Susceptible historia de amor de un intransigente matrimonio al que un banquero amigo le transfirió buena parte de su fortuna, para posteriormente montar un insólito y apoteósico pronunciamiento; suicidarse el día de su onomástico frente a sus invitados. No obstante, a cambio de su inmolación, encomendó a sus legatarios, plasmar tres humanas comisiones: hacer crecer el dinero recibido en provecho del ecosistema y la subsistencia de los más necesitados, fecundar los hijos que él no tuvo; y por último, custodiar su metafísica tumba. Promesas que los beneficiados no consiguieron cristalizar excepto en la vida post mortem ¿Y por qué razón?, porque sus karmas estaban tejidos por el letal crochet de un idéntico destino.

G.S.Oliva

El Miserable Sótano de la Compasión

G.S. Oliva

Order this book online at www.trafford.com
or email orders@trafford.com

Most Trafford titles are also available at major online book retailers.

Author: Gregorio Oliva Zelada
Graphic Design: Paula Silva Montecinos

Printed in the United States of America.

ISBN: 978-1-4669-5732-9 (sc)

Trafford rev. 09/06/2012

www.trafford.com

North America & international
toll-free: 1 888 232 4444 (USA & Canada)
phone: 250 383 6864 • fax: 812 355 4082

En qué estábamos?

Discúlpame querida, pero el rasgón de una estrella fugaz me distrajo —indicó Toño a Joba, su mujer, mientras "hacían sueño" sobre un ancho cojín de paja una noche tranquila junto a un bohío a cielo abierto—.

— Me hablabas del Señor Mholán y su extravagante mundo.

— ¡Ah! el difunto Mholán, mi ferviente amigo, filósofo y noble hastiado de la "buena vida". Prefería ser el perro que muere lamiendo su propia verga, a reñir tras una plétora de fastuosidad inapetente. Su vanidad enervó la más cruda congoja por revocar la degustación de una existencia desoxigenada ante el excrementoso afán de "ser".

Para Mholán —apoderado de una considerable fortuna— no era bueno disolver el dinero en el paladar de la cómoda delectación; a cambio, le era orgiástico quemarlo en las chispas martirizantes de aquellos que no lo tenían. En poco tiempo regaló gran parte de su patrimonio a los más hambrientos, y como si esto fuese insuficiente, buscó la forma de deshacerse de su propia vida pero sin que nadie creyera que lo hace de afligido. Frente a semejante decisión, superó una descomunal y noble incertidumbre ¿Cómo enriquecer la apoteosis de un agradable suicidio?

(Joba, la flamante esposa, seguía con atención lo que Toño iba relatando)

— Sucedió una tarde:

Mholán celebraba su onomástico número 38 en su lujosa residencia junto a lo más selecto de su exclusiva esfera social. Los convidados comieron y bebieron como pocas veces en la vida. Una banda de músicos, tarifada para tocar todo el tiempo necesario, rindió honores al gran evento. Al filo de la tarde, en pleno ágape, sucedió lo que nadie imaginó. Después del opíparo refrigerio, y mientras todos bailaban a espaldas del mundo, el Sr. Mholán convocó a sus invitados a escucharle; subió a una elevada tarima previamente acondicionada por él y habló sereno:

"Agradezco a cada uno de los presentes por honrar esta significativa fecha. Ahora quiero decirles que, hay dos eventos en la vida en que somos sinceramente atractivos; cuando tenemos dinero y cuando morimos. Qué triste es saber que nadie tiene un minuto para velar tus ominosos días, ni aun cuando te vean yaciente y esposado a tu lecho de muerte ¿Dónde está la emoción del supuesto condolido? ¿Aguardando a que la eterna "dama de negro" abata sobre ti su fría guadaña para después, recién recordar que fuiste una persona muy importante? ¿O no querrán darse cuenta, que no hay tiempo para nada, excepto para rondar como cuervos sobre tu cadáver y mofarse traidoramente?

Queridos amigos, estoy seguro que cuando yo haya muerto, tendré a mi lado a un número de presentes, mayor a los que han venido a esta reunión, y aquéllos comparecerán desde todas partes, no lo duden. No obstante ¿De qué vale eso? ¿Sabré quiénes son ellos? Vuestra presencia, en cambio, me place estando vivo y no muerto, y eso, verdaderamente, es lo más sublime. Reflexionando un poco, digamos que, palpar una cosa alguna vez, es suficiente, lo demás es manía. En otras palabras, si ya sabes a qué huele la vida, volver a olerla es frivolidad pura. Por tal razón, a este aburrido mundo, —usaré un peruanismo— me lo paso por los huevos, concluyó Mholán".

Los convidados, visiblemente ebrios, aplaudieron enardecidos, mostrando sus rabiosas ganas de seguir divirtiéndose. Todos ellos de pie, como buenos fiesteros miraban fijamente al Sr. Mholán esperando a que bajase del estrado para darle el zalamero abrazo. Pero él, sin más ni más, sacó de su chaqueta negra una apetitosa y sonrojada manzana, la mordió con vehemencia y ésta explotó desintegrándole la cabeza por completo. Todo fue rápido; el espanto mostró su oscura facha y en un segundo, el alocado griterío de los asistentes no pudo contraerse ante el estrepitoso eco, ¿Qué había sucedió?

El Señor Mholán, el hombre más caritativo del pueblo, pagó con su propia sangre el sórdido boleto al "más allá", y lo hizo intencionalmente; empleó un explosivo disfrazado de una roja y delicada manzana que se activó al primer mordisco.

¿Qué cosas no? expresó Joba, suspirando intrigada ante el espantoso episodio que Toño le estaba narrando. De inmediato preguntó ¿Qué hizo después la gente?

Toño, conociendo demás la dócil impresionabilidad de su mujer, puesto que ella solía recrear "en tecnicolor" todo lo que él le contaba, no quiso continuar con el trágico relato para no despedazarla emocionalmente. Por ahora deberían dormir lo necesario para soportar al día siguiente la dura jornada que restaba caminar hasta las ruinas del "Cerro Tantarica", destino reservado para ofrecer al espíritu de Mholán, su más íntima y excéntrica "luna de miel".

Hija mía —repuso Mholán— dejemos esta fúnebre historia para después, acuérdate que mañana muy temprano vendrá Modesto, nuestro amable guía, para despertarnos ¡Y ya te quiero ver!, estoy seguro que estarás pegada al colchón como estampilla y luego me dirás un ratito más y otro más. Así que, es mejor que vayamos a dormir y recuerda que no estás en tu casa.

Es preciso comentar que Toño, desde hace mucho tiempo, es un gran ecologista y un activo partidario del turismo de aventura, así como además, un infatigable promotor de la ecoagricultura, la que patrocina con tanta exaltación que, gracias a ello, conoce diversos lugares y costumbres del Perú.

Toño vivía pacíficamente en una zona montañosa a orillas del río Rímac a la altura del kilómetro 43 de la carretera central entre Chosica y San Bartolomé al oriente de Lima. De vez en cuando aprovechaba su tiempo libre para incursionar lugares no tan comunes como: ejidos montañosos, cavernas, lagos, castillos, puquios termales y reservas nativas. Y no solamente eso, participaba en diversos "foros de turismo" que había en la ciudad capital. Fue en uno de ellos que conoció a Joba, la que más tarde sería su esposa, con quien luego convinieron rematar su luna de miel en la cúspide del Cerro Tantarica, allí donde dormita el olvidado reducto del mismo nombre y del que tanta remembranza hizo su gran amigo Mholán al evocarlo como el centro apacible de su retiro espiritual y de sus nirvánicas abstracciones, antes de autoexpulsarse lejos de este pegajoso mundo.

La decisión estaba tomada, marido y mujer se alistaron como lo hacen los expertos. Entre sus básicos enseres no faltaron, una carpa impermeable, una cámara fotográfica, un botiquín, una linterna, relojes con sensores GPS, pulseras ionizadas para optimizar la circulación sanguínea, zapatillas con chip e iPod Touch para medir distancia, velocidad, calorías y recorrido, etc. En especial llevaron ropa absorbente de humedad y pantalones de compresión en zonas determinadas, con la finalidad de impedir la fatiga al caminar.

(El itinerario quedó ligeramente bosquejado)

Viajar en vehículo propio, de Lima hasta la localidad de Tembladera; de allí al poblado de Santa Catalina, y desde ese lugar —sin más carretera— y a remolque de muslo y corazón, sortear en ascenso un boscoso y ensortijado desfiladero, el cual, debido a la altura es sacudido por violentas ráfagas de niebla. La travesía de Santa Catalina hasta Tantarica, haciendo tres saludables descansos, consta de 4 días ida y vuelta, pero tratándose de explorar la zona sin apuros y poder así lamer aquel dulce y exuberante hábitat, una semana de demora sería lo mínimo.

La primera detención del periplo se hizo en Cholol Bajo, lugar de viviendas rodeadas de matizados y salvajes prados. Allí, en la finca de "la familia Pichén", en una precaria choza reservada para los huéspedes, Toño y Joba conversaron acerca de las ocurrencias del Sr. Mholán, salvando de esa forma, el tedio de la primera noche.

Modesto —el guía—, un muchacho de 23 años, cuya humildad hacía honor a su nombre, fue a despertar a Toño y Joba, justo a las 5 de la mañana tal como le fue encomendado.

¡A levantarse! —expresó Modesto muy animado— tenemos que desayunar y adelantarnos al fuerte sol, si queremos comenzar bien el día.

Los padres de Modesto esperaban con la mesa servida: trigo pelado, harina de cebada, choclos, papas, leche, carne seca y caldo de arvejas. Toño exclamó ¡Esto no es un desayuno, es un almuerzo!

El papá de Modesto objetó al instante: "Me gustaría que vivieras acá con nosotros y trabajaras la chacra como burro para ver si no te da hambre".

Usted tiene toda la razón, no había observado eso, sobre todo ahora que tendremos que caminar cuesta arriba —repuso Toño—.

Tan pronto desayunaron, emprendieron la marcha, aviados de mochilas y bebidas energéticas que Toño llevaba consigo. Modesto, únicamente cargaba en una pequeña alforja una garrafa repleta de un "concentrado de tamarindo". La meta de ese día (el segundo desde que partieron de Santa Catalina) era arribar por la tarde a Cholol Alto y quedarse allí a pasar la noche, para de nuevo, al día siguiente, asaltar la empinada cumbre del Tantarica.

Muchos tramos de la senda eran angostos, lo que obligaba a caminar en fila india, no dando lugar a una conversación fluida. Por eso, de tiempo en tiempo, los caminantes se detenían a observar los policromados huertos, la humilde gente, e intercambiar impresiones. Pero ¿Dónde comer y beber en una zona sin comercios?

Aquello no era problema. Calmar la sed, al menos dentro de la comarca, estaba asegurado. Las aguas heladas y transparentes escurrían por cascadas y riachos a cada paso. Comer, era cuestión, nada más, de seguir la costumbre campesina; acercarse a una casa so pretexto de hacer una pequeña pausa en el camino, lo demás llegaba solo. Los lugareños son generosos por instinto; cuando un extraño llama a la casa, primero le saludan, le invitan a tomar asiento afablemente, le sirven algo de comer y después, con más confianza preguntan ¿Quién es usted y qué hace por acá?

Con estos antecedentes, Toño y Joba surcaban los abruptos relieves andinos sin más preocupación que disfrutar "a concho" aquel típico paisaje. Literalmente "les faltaban ojos" para inspeccionar a ambos lados de la ruta todo cuanto podían.

"Cholol Bajo", está conformado por unas cuantas viviendas levantadas por aquí y por allá, entre oteros y cañadas que apenas se distinguen bajo platanales y humaredas.

¡Ah!. Ese silencio inconmovible, a veces únicamente alterado por un tropel de arrieros que con acémilas cargadas de cereales ruedan hacia el valle. Aparte de eso, la inocente convivencia del entorno, sencillamente es un susurro inmarcesible: el niño que duerme en un felpudo a ras de piso, la mujer que ceñida a un "telar de cintura" trabaja muy campante, y otra que sonríe al transeúnte mientras enjuaga "el trigo sancochado" metida hasta las rodillas en un frío canal. Hábitos aldeanos que no pasaron por alto para Joba, quien con su cámara fotográfica captaba aquello entristecida; su cariño por esas pobres y humildes almas, era elocuente.

— Detengámonos por un instante, propuso Modesto, mientras sacaba de su alforja un jugoso concentrado de tamarindo; prueben esto y verán cómo "el dolor de piernas" desaparece.

— Si no me hubieses convidado, te lo habría pedido. Me antojaba probarlo; tenía informes del valor tonificante, astringente y digestivo del tamarindo —reparó Toño—.

— Sobre todo, es natural —recalcó Modesto, como burlándose de las simuladas bebidas energéticas que Toño transportaba en su mochila—.

Toño y Joba no habían saboreado anteriormente el agradable y refrigerante "extracto de tamarindo" que a decir verdad, libaron más de la cuenta. Y eso no estuvo mal, ya que de un solo envión caminaron hasta los pies de Cholol Alto, que cual jardín colgante, descendía sobre sus cabezas.

Habían roto los cálculos previstos, dado que fue más temprano que tarde cuando arribaron a su periferia. No obstante, en la última curva que da al pueblo, el laxativo tamarindo cobró su efecto estomacal. Por demás está pensar que Toño y Joba preguntaran dónde queda "el baño" (sería insultar a Modesto); cada quien tomó un pedazo de papel y corrió quebrada abajo en busca de su propio retrete.

Promediando las cinco de la tarde, tropezaron con Cholol Alto; encantadora villa de una veintena de casas de adobe y tejas color ladrillo, las que apiñadas en un cuadrilátero, dan espacio a una iglesita católica que se distingue de las edificaciones restantes por ser más grande y estar blanqueada de cal.

Cholol Alto, se convertiría en el remanso para una estadía mayor, pues es el "punto medio" entre Santa Catalina y Tantarica. En ese lugar, tomarían una siesta y harían provisiones para el respingo final hacia la cumbre del Tantarica. Aquello significaba, no obstante, sortear la distancia más dura, cuya geografía empinada y menos frugífera que la ya recorrida, no suministra arroyos, ni fuentes de agua, ni casas a la vera del camino, excepto que por ahí solamente caminan quienes van hacia otros pueblos aledaños.

El atento Modesto sabía de todo ello; por eso, como buen guía, condujo a Toño y Joba a buscar hospicio en la casa de un respetado vecino: Don Melesio Castillo, un patriarca de la "Iglesia Adventista del Séptimo Día, Movimiento de Reforma", quien suele dar posada a los inmigrantes temporales en nombre de su amor a Dios. Pero como nada es gratis, los invitados han de recibir de sus labios el Santo Evangelio. Toño y Joba, por su parte, estaban dispuestos a lo que venga, incluso a pagar con dinero toda forma de hospedaje.

Hasta aquí, todo había salido según lo predicho; el albergue quedó reservado y la amistad entre el señor Melesio, Toño y Joba, fue instantánea.

Los forasteros, guiados por Modesto, abandonaron la casa y salieron a contemplar el espectáculo adyacente, mientras la señora Irene, esposa de Melesio, se hizo al fogón a sofreír las típicas y bienolientes hostias de gluten, conocidas con el típico nombre de "cachangas", ¿Cachangas? Sí, las redondas y blandas galletas sin levadura, que reemplazan al pan en los desayunos y cenas norandinas del Perú.

Afuera, como todas las tardes y durante todo el año, frías bocanadas de niebla fluyen tamizadas por distintas correderas que dan a la glorieta del pueblo, avisando que hay que abrigarse. Felizmente, Modesto, Toño y Joba se habían anticipado.

Dime, —inquirió Toño a Modesto— mientras volcaba sus ojos sobre la florida y abrupta cuenca moteada de cabañas en distintos puntos de los cerros circundantes, ¿Qué autoridad administra estas tranquilas tierras? ¿Y qué podría hacer yo para ser dueño de un mendrugo de suelo? ¿Te imaginas, regresar a este paraíso para quedarme? ¡No sabes cuánto me gustaría morir aquí!

— Estas tierras ni se venden ni se regalan; pertenecen a la comunidad campesina autónoma de Cholol y son administradas por la asamblea general de comuneros, autoridad suprema de nuestra sociedad y de las miles de hectáreas concedidas por el gobierno hace más de cien años. Dicha asamblea tiene autoridad para lotificar a cada cual según sus propios estatutos. Se podría decir que tenemos la posesión del suelo pero no el dominio. O sea, nadie puede hacer lo quiere con la tierra, excepto por decisión de la asamblea. Así, cuando un comunero muere, sus tierras se transfieren por sucesión a los hijos y si aquél no los tiene, vuelven a la comunidad.

— ¿Me estás diciendo que no tengo chance de comprar un terrenito, ni aunque desembolse un dineral?

— Así es. No tienes chance. Sin embargo, existe una excepcional posibilidad —dijo Modesto—, y a modo de hacerle una broma a Joba, agregó socarronamente; ¡Si te casas con una comunera puedes conseguir tu parcela, ahora mismo!

Ante aquella grata noticia, Toño quiso aumentar la supuesta desazón de Joba y exclamó ¡Gracias por el dato! Entonces, casándome con una comunera ¿Puedo tener mi parcela no? ¿Lo voy a pensar eh?

Joba —inocentemente afectada— pero con esos reflejos propios del desagravio femenino, no se quedó callada y alegó ¿Y no podría ser al revés?

Modesto rió abiertamente —soltando su candor pueblerino— y remató: ¡Claro Jobita tú también puedes casarte con un comunero y tendrás tu propia parcela!

A Toño se le acabó la conversa y sin más argumentos expresó: ya es tarde; volvamos, Don Melesio ha de estar esperándonos para cenar.

En efecto; las cachangas, el toronjil, los ollucos, las papas y el quesillo con miel, aguardaban sobre la mesa, sentenciados a desaparecer bajo las muelas del hambre. Y no era para menos; los peregrinos habían trajinado tanto que, únicamente tenían fuerzas para cucharear. Tan pronto comieron, Don Melesio abrió el coloquio de sobremesa preguntando a Toño y Joba ¿Qué viento les trajo por acá muchachos?

— ¡Uf! hace muchos años que quería conocer este bello "santuario de la naturaleza", del cual tanto habló mi gran amigo Mholán —Respondió Toño—.

— ¿Mholán? ¿Te refieres a Mholán, el extraño místico que solía pernoctar en solitario arriba en las ruinas del Tantarica? ¿El benévolo hombre que regalaba dinero a los pobres?

— Sí, Don Melesio, él mismo.

— Pero si yo le conozco, él también es mi amigo y amigo de todo Cholol Alto. A propósito ¿Qué sabes de él? ¿Dónde está? ¿Qué hace? No se ha dejado ver desde hace dos años. Pasaba por Cholol Alto cada setiembre, rumbo a Tantarica y de regreso llegaba a mi casa para hacer un descanso.

— Debo confesarle, señor Melesio, que el buen amigo Mholán murió y fue justamente hace dos años desde cuando dejó de venir.

— No me digas esas cosas hijo ¿Y cómo murió?

El señor Melesio no pudo esconder su desconsolada impresión e inconscientemente sacó una Biblia del cajón de la mesa, la aferró fuertemente a su pecho y cerrando los ojos, como listo para orar, esperó respuesta.

Por su parte Toño, no pudo disimular la pena, pues, el hecho de comulgar pesares con alguien que sentía igual cariño por el mismo amigo, lo llevó a cavilar profundamente, y para no ser tan punzante prefirió ocultar la verdad de los hechos: Mholán amaneció muerto por causas que aún no han sido aclaradas.

Don Melesio, —inherente a su fe cristiana y a los designios divinos— batió los párpados y habló con dejo lastimero:

— Nuestro padre celestial tutela nuestras vidas, sólo él sabe en qué momento nos llama.

Y luego, abriendo la Biblia continuó:

— Veamos qué nos dicen las escrituras, Génesis 2:7; "Entonces Jehová Dios formó al hombre del polvo de la tierra y sopló en su nariz aliento de vida y fue el hombre un ser viviente". Leamos de igual modo, Génesis 3:19; "Porque de la tierra fuiste tomado; pues polvo eres y al polvo volverás". Si nos damos cuenta, todos pasaremos por aquel obligado camino de retorno a los brazos del señor, a quien tenemos por centinela en la tierra como en el cielo. Pongámonos de pie y alabemos a Dios a la memoria del hermano Mholán. Don Melesio escogió el himno Nº 500 del Himnario Adventista, cuya primera estrofa dice así:

"Aunque en esta vida, fáltenme riquezas, sé que allá en la gloria tengo mi mansión; alma tan perdida entre las pobrezas, de mí, Jesucristo tuvo compasión".

Coro:

"Más allá del sol, más allá del sol, yo tengo un hogar, hogar, bello hogar, más allá del sol".

Para finalizar el sentido y espontáneo culto fúnebre, el reverendo Melesio, oró y enseguida dejó establecido, dónde dormiría cada quien esa noche: Toño y Modesto conmigo, y Joba con Irene, mi esposa. También agregó:

— Acá solemos acostarnos tan pronto anochece, pero ustedes pueden hacerlo más tarde. Eso sí, sugiero que despierten de madrugada; es mejor adelantarse al sol, o extinguirán sus fuerzas a mitad de camino. Mi señora les tendrá listo el portaviandas con el almuerzo. Tengan en cuenta que arriba sólo hay pasto y muros de piedra. La gente que sube al Tantarica reconoce que hay poco que observar y no prevalece más de tres horas; otros opinan que su tremenda altura únicamente da "soroche", y otros apuntan que las ruinas exhalan cierta maldición deletérea para quienes la mancillan huaqueándola o tirando basura en sus canales subterráneos. Yo testifico aquello, pues algunos que la deshonraron, pagaron con su propia vida ¿No será ésa, la razón de la muerte de Mholán, quien solía quedarse arriba a escuchar música a todo volumen, y hasta bailaba desnudo según lo decía él mismo? No sé, pero si no les da miedo pasar arriba la noche entera... ¡Mis respetos!

— Gracias Don Melesio, y le pido que no nos asuste más, ya que nos antojamos de salir un momento a conversar en la banca de la puerta y luego regresamos para ir a la cama. Comprenda usted que en Lima se duerme pasada la medianoche —expresó Toño—.

— Bueno, si ésa es la costumbre de ustedes y no tienen sueño, salgan, conversen y vuelvan que sus camas están hechas... Hasta mañana.

— Yo en cambio guardo la costumbre —dijo Modesto— y se unió a Don Melesio camino al dormitorio.

Desde que se volvió a tocar el "caso Mholán", de quien Toño describía, con cierta nostalgia, como el más piadoso y excéntrico héroe que jamás haya conocido, la curiosidad de Joba por auscultar a ese extraño hombre, reapareció con fuerza. Era el momento, ella no iba a "pasar por alto" la ocasión, y tan pronto se sentaron a la puerta de la casa, bajo el oscuro y refrigerado cielo de Cholol Alto, abrazó a su flamante marido diciéndole, ahora puedes continuar con el relato que me narrabas al comienzo de esta expedición: Me contabas que el Sr. Mholán convocó a lo más selecto de su círculo social a que osadamente presenciara el programa de su propio holocausto ¿Lo recuerdas? ¿Qué pasó después?

Conociendo el espíritu autosugestivo de su mujer, Toño probó a enardecerla, poniendo todavía mayor dramatismo al relato. Estaba plenamente convencido que ella fantasearía los vívidos enfoques escuchados, en "formato cine", como pocos lo hacen, y detalló:

"Aquella tarde, cuando Mholán mordió la manzana letal del suicidio, muchos de los testigos huyeron como ratas en toda dirección. Algunas mujeres que vieron de cerca el desagradable acontecimiento, gimotearon, pero no de pena sino de pavor. Algunos como yo, tocados por el profundo dolor hacia "el compadre", vigilamos su cadáver, el cual sin rostro suplicaba compañía. Durante horas, pasamos las de "Kiko y Kako", sobrellevando las enojosas pesquisas de la autoridad forense con tal de salvar cualquier requerimiento ante la justicia.

A la postre, cumplido el trámite médico-legal, el atiesado cuerpo de Mholán fue concedido a su familia para ser velado en la propia casa, la misma que, en un solo día, se trajeó de púrpura para conmemorar dos paradojales sucesos: su "natalicio y muerte". Aquella congelada y tenebrosa noche entró por mis narices expeliendo a "café con sangre". No sentía deseo por degustar nada, excepto la pena por el entrañable amigo. Y cuando mi tristeza se desbarrancaba por las apretujadas fosas del desconsuelo, un comisionado de la Guardia Civil que me estaba buscando, me extendió un "sobre cerrado" cuyo encabezamiento escrito a mano decía: "Para Toño", y más abajo: "Remitente, Mholán".

Mi curiosidad cedió a la desesperación y ésta hizo lo mismo con mis dedos que sin más demora, abrieron el "sobre" que contenía una nota: "Toño, comunícate con mi tía R.S.H. Tú sabes dónde la encuentras, ella tiene un recado para ti". Fue una dulce confidencia que suavizó mi alma para poder soportar el lánguido desvelo junto al cadáver".

Picada por el chisme, Joba preguntó ¿Y recogiste el recado? ¿Qué cosa era?

— Desde luego que sí, pero no lo hice de inmediato sino al cabo de una semana. El recado era sencillamente una carta extensa y tan extensa que no me preguntes qué cosas decía, te lo contaré con más calma, quizá mañana.

— Bueno, pero al menos cuéntame cómo fue su sepelio, me imagino que fue apoteósico.

— No hace falta adivinar cómo se glorificó el culto a sus exequias; fue delirante, tal como él justamente lo había pronosticado. Sin embargo, a Mholán le habría dado nauseas que, a causa de su deceso, sea el foco de una ruidosa y profana ovación, habría rechazado ser la yema de una simulada piedad de quienes disfrutan asistiendo a un velorio en relación a los que realmente sufren el duelo. En su velatorio no faltaba nada pues los detalles sobresalían ante el fervor de las candilejas, donde hasta el más fiero humano se hace coactivamente religioso para congraciarse con el beso absoluto de la muerte. Es ante su arbitrario poder que todos se inclinan, y no ante el muerto. Las ofrendas florales llegaban de todos lados; una larga hilera de personas se abría paso para firmar el libro de condolencias; otra para tocar el féretro y otra para dar los "sentidos pésames" a la familia. Por los pasadizos de acá y de allá, la gente exhibía los negros atuendos del narcisismo mortuorio: para que después no se diga que no se estuvo presente. Asimismo, pétalos de flores blancas llovieron sobre la carroza, también pañuelos blancos al paso del cortejo fúnebre, y sonatas provenientes de unos ignorados músicos envolviendo el parsimonioso recorrido hasta el camposanto. Y yo que todavía no asimilaba la partida del querido hermano, no me veía en ningún lado, pero ahí estaba. En fin Joba querida, como dicen ciertos bromistas, "así pasa cuando sucede", mañana te seguiré contando. Hagamos una pausa al relato que tenemos que dormir ¿Te parece?

Bueno, vamos a dormir, gruñó Joba, arrastrando a Toño hasta su respectiva recámara.

e madrugada y anticipándose al sol, como lo había hecho anteriormente, Modesto, se aproximó a los durmientes y como un reloj despertador se dejó oír: a levantarse que partimos. Todo fue rápido: el desayuno, un cántico de alabanza a Dios, las bendiciones de Don Melesio, el aparejo de mochilas, el "vuelvan pronto", y luego, piernas para qué te quiero: "La erguida cuesta", ésa, que desde un inicio, fustiga al resoplo y a un zigzagueo de nalgas como no lo hace "la zamacueca".

Ascender la abrupta cuesta fue un serrucho al corazón. Con la lengua afuera, no había nada que decir, sólo avanzar pasito a paso sin detenerse e infiltrar fuertemente el húmedo aire de la montaña. El secreto estaba en no mirar abajo y superar sin vahídos la escarpada pendiente; lo demás sería cosa de adultos. No obstante, Modesto sentía sobre sus hombros, un peso adicional que cargaba desde la noche previa cuando se enteró de la muerte de Mholán, cuya noticia literalmente le desinfló.

Habiendo ascendido ya el tramo más delicado, los andinistas se tumbaron a descansar y echar un vistazo hacia abajo, al pueblo de Cholol Alto, el cual se veía como en una hoya, cuando en verdad está sobre una imponente elevación. El guía Modesto dejó su habitual parquedad para informar que se hallaban a una hora de Tantarica y que el descanso sería sólo de cinco minutos, ni un minuto más, para no permitir que los músculos se enfríen.

Ya en plena marcha agregó; este camino corta el cerro transversalmente hasta llegar a aquel paso o abra que alcanzamos a ver desde acá, y a partir de allí se bifurca: por el lado derecho, al pueblo de Catán y por el lado izquierdo a Tantarica. Así que, mientras el camino sea espacioso y despejado, podemos ir en cuadrilla conversando.

Modesto, aprovechó la conversación en grupo para descargar su impaciente y triste comentario: si no me lo habrían dicho, seguiría pensado que el Sr. Mholán aún sigue vivo y que volvería por acá nuevamente.

Joba, impulsada por su propia curiosidad preguntó velozmente ¿Le conociste? ¿Fue también tu amigo?

— Claro que sí; el Sr. Mholán visitaba a mis padres desde cuando yo era un niño. Se quedaba en mi casa, pero igualmente frecuentaba otras. Había hecho amigos en la comarca, quedándose más tiempo en cualquier casa de Cholol Alto que no fuera la de Don Melesio, pues de él renegaba diciendo: "Me tiene huevón, cada vez que voy a su casa, me lee la Biblia, me hace cantar y también arrodillar para orar". No obstante ese detalle, a Mholán le parecía que Don Melesio era la persona más buena que había conocido.

Joba respondió:

— Y ahora que ya te enteraste de la muerte del Sr. Mholán ¿Lo harás saber a todo el pueblo?

— Si no lo divulgo yo, lo hará Don Melesio. Sin embargo ¿Te parece justo, ignorar a quien vale? El señor Mholán fue tan generoso que regalaba dinero a los pobres por donde iba. ¡Mira! —y descubriendo su pecho, mostró un rutilante medallón de oro el cual besó religiosamente— esto me regaló él la última vez que vino a Cholol ¿No ves aquí su alma? ¿Y crees que eso me pone contento? Sabiendo que ya no está, el perfumado incienso de este herboso camino no me lleva a ningún lado sino a un derrumbe de lágrimas.

Toño, por su parte, trató de refrigerar la acalorada consternación de Modesto. Reconocía que a él también el recuerdo del compañero Mholán le paralizaba el pecho, y destacó:

— Sinceramente, si no fuese por Mholán, no habríamos llegado a conocer este cristalino rincón del mundo, ni habríamos conversando contigo, ni tampoco estaríamos subiendo este elevado camino rumbo a Tantarica.

— Tengo una curiosidad ¿Qué lo motivó al Sr. Mholán venir a conocer este aislado escondite que casi a nadie le interesa?

— ¡Qué bien que lo preguntaste, Modesto!

— Mholán y yo fuimos amigos desde siempre, vivíamos en la misma zona, compartimos el mismo colegio, los mismos amigos y hasta nuestras cosas personales. Diría que fuimos cómplices de una misma suerte, hasta que él, por su mejor condición económica, dejó la zona para recorrer distancias antes que yo. Mholán sabía que en todos mis viajes de aventura, el montañismo era mi "plato de fondo" y fue por eso que me recomendó conocer "las ruinas de Tantarica"; excepcional retiro que él, principalmente, eligió para sus dulces abstracciones. Y aquí estamos, a punto de cristalizar una singular "luna de miel" y un tributo a la memoria del muerto y a la naturaleza misma.

En lo tocante a las razones que trajo a Mholán a Tantarica, te diré que todo parte por haber estudiado en el "Colegio Italiano Antonio Raimondi de Lima" (Colegio que honra al naturalista italiano del mismo nombre). Aquello despertó en Mholán el deseo de saber quién era ciertamente Antonio Raimondi; descubrió a la postre que Raimondi fue un geólogo y botánico milanés que desembarcó en el Puerto de Callao en julio de 1850, e hizo patria en el Perú recorriendo más de 45.000 kilómetros de su geografía, para explicar al mismo tiempo, su espléndida riqueza natural.

Voy a ser más preciso; en una libreta de viajes (Itinerario N° 12, 1860-1869 - Raimondi) se registra que éste anduvo por la serranía de Cajamarca, llegando incluso a Tantarica. Pregunto ¿Acaso fue el arrojo del incansable explorador italiano "referencia decisiva" para que Mholán se animara a conocer Tantarica? Yo creo que sí. Y ahora querido Modesto ¿Entiendes el porqué?

— Me quedó claro, pero no se adelanten, hemos llegado a las faldas de las ruinas; ahora viremos a la izquierda, estamos a veinte minutos, no hay señales de acceso, así que andemos por las piedras pues la tierra esconde espinas gigantes que atraviesan los zapatos; me refiero a las rebeldes púas de cardos espinosos de una diversidad de cactus y plantas suculentas que subsisten al tiempo. Fíjense al lado derecho, hay una columna de extraños arbustos muy propios de la flora originaria que repta como serpiente hacia la cumbre, engalanándola ¿No es este oriundo edén tan frenético como imponderable?

La bienvenida al complejo arqueológico de Tantarica, lo dio un solitario y pelinegro rocín que pastaba sobre un terraplén crecido de forraje. Una vez en la cima, Toño quiso saber en qué punto de la tierra se hallaba y apeló a la precisión satelital de su "reloj GPS": Latitud sur, 7°, 16′ 30¨. Longitud oeste, 78° 58′ 00¨. Altitud, 2834 m.s.n.m.

Restos de murallas, torres, cercas, andenes, nichos y acueductos subterráneos. Todo, hecho de lajas apiladas con argamasa arcillosa. Pero, ¿Qué representó Tantarica en sus tiempos de esplendor? ¿Una ciudadela? ¿Un adoratorio? ¿Un baluarte? ¿Quiénes lo construyeron? ¿Con qué finalidad? Nadie responde a ello ciertamente.

Para algunos, fue la residencia de descanso de los Curacas Chuquimangos y que a su vez servía de mirador para vigilar sus extensos dominios. Para otros, fue un fortín de manufactura anterior hecho por los guerreros Cupisniques. Lo que haya sido, para Toño y Joba sería humildemente "el motel" a la intemperie para agasajar su particular "luna de miel".

Parapetados del fuerte viento, detrás de una de las muchas paredes pedregosas, levantaron su pequeña tienda y se alistaron para almorzar. Modesto fue tajante: mi compromiso llegó hasta aquí, almorzaré con ustedes porque tengo hambre, pero luego bajaré hasta aquel potrero para recoger mi ganado.

Fue así, después del almuerzo, Modesto cedió algunos minutos para mostrar lo que supuestamente los amigos querían saber. Extendiendo su brazo hacia el oriente indicó, aquello que brilla en medio de esos azulencos montes es Contumazá, la ciudad más importante de la zona, la cual está a ocho horas de camino. Señalando al poniente, dijo: hacia allá fluyen las quebradas de Santa Catalina y Tembladera. Si te das cuenta, podemos ver desde esta altura, cien kilómetros "a la redonda" o tal vez un poco más, e incluso al fondo, cuando no hay brisa, se ve la "alta mar" del océano pacífico. Me voy, que lo disfruten y nos vemos en "Cholol Bajo"... ¡Ah! y no olvides Toño que, antes de volver a Lima, debes darme la dirección del cementerio donde reposan los restos del Sr. Mholán.

Modesto quedó satisfecho con su labor de guía, se despidió y bajó velozmente al pueblo. Mientras arriba, entre los hechiceros remos del atardecer, corría el apasionado espejismo de dos almas que, acurrucadas sobre un emborrachador abismo, iban repasando el redondeado horizonte hasta verlo enrojecer junto a la noche. Joba no desperdició la ocasión para engullir la golosina de su pendiente curiosidad y embistió:

— Anoche, en casa de Don Melesio, quedó pendiente que me contaras acerca del mensaje póstumo que el Sr. Mholán escribió para ti antes de morir, el cual como expresaste, lo habías leído al cabo de una semana ¿Qué secretos guardaba aquel manuscrito?

— Muchos secretos. La carta de Mholán guarda relación con la millonaria suma de dinero que él traspasó a mi cuenta corriente, con los detalles de la construcción de su enigmática tumba. Debes saber que Mholán había presentido que lo inhumarían en primer instante en una sepultura familiar del cementerio general de Lima. Sin embargo para él, eso sería intrascendente. Con suma discreción y desde hacía años, mandó a edificar su propia tumba. Estaba al tanto de saber que él mismo la ocuparía muy pronto, incluso mintió a sus constructores diciendo que sería para su madre. Su diseño fue hecho de acuerdo a lo que él representó en vida: "el misterio". Diré —ahora que la conozco— que fingiendo ser sencilla, es una de las tumbas más sofisticadas y sugestivas del mundo. Preguntarás ¿Por qué?

— ¿Quieres decir que sus restos no están en ningún cementerio limeño?

— No. No están allá, sino en un terreno de su propiedad, a tres horas de Lima, en las riberas del "río Rímac", más arriba de los terrenos míos.

— ¿Y por qué consideras que es una tumba sugestiva?

— A eso me iba a referir; Mholán aprovechó un cerro de roca dura para transformarla en un sepulcro a su propio estilo. En su derredor hay un bosque de rocas o un laberinto peñascoso que han de atravesar las personas que decidan acceder al lugar exacto donde reposa su cadáver. Eso sí, antes que todo, habría que pronunciar tres palabras máxjco-cabalísticas sobre un punto oculto de la peña, esas palabras son: Apu Deo Mholán, y luego, un segmento de la peña se abriría, dejando a la vista una estrecha cabina giratoria, y dentro de ella, una videocámara verificaría el ingreso de una sola persona, para al instante, taponarse herméticamente, quedando la peña de nuevo como un murallón rocoso sin rastros de puerta alguna. Adentro, unos escalones descienden longitudinalmente hasta un pequeño habitáculo cuya puerta de metal, al cruzarla, se cierra automáticamente. Y allí enfrente y cubierta de hierros, se abre la misteriosa y oscura bóveda que contiene el cadáver de Mholán, cuyo nicho empotrado a una de sus paredes no se ve en absoluto.

Un comprimido recinto donde sólo cabe un amplio diván es el álgido locutorio con la otra vida. Cuando el visitante ingresa a este lugar y toma asiento, baja la luz dejando ver a duras penas el arco de una tenebrosa caverna desde donde se escucha la voz de Mholán: ¡Adelante amigo! Toma asiento que tendremos una conversación enteramente a solas. Si tienes miedo y no quieres escucharme, dímelo y te abriré una puerta de salida.

Hay que decir que, en la bóveda oscura hay micrófonos, sensores y cámara termográficas infrarrojas para captar valores térmicos del organismo ante el espanto u otras reacciones sobreemotivas, activando en cierto modo un tobogán mecánico de escape. De manera que, quienes sufran un shock nervioso o desmayo, serán atendidos oportunamente por los guardianes y asistentes de la tumba, quienes ocultamente estarían monitoreando y supervisando su interior. Ese "mausoleo prototipo" es una máquina de alta tecnología que conduce al virtual y suculento coloquio entre un ser vivo y un muerto.

La orden para el accionamiento de los dispositivos electrónicos fue programada computacionalmente por un software que convierte las señales analógicas en señales digitales. Y esto explica la razón por la cual muchos interlocutores podrían preguntar a Mholán diversos temas y éste argüiría de inmediato. El secreto reside en que toda pregunta acciona un motor de búsqueda, explorando y abriendo un sinfín de "archivos de voz" previamente grabados por el mismo Mholán.

— ¿Puede cualquier pregunta hallar una apropiada respuesta?

— Desde luego que no. Las respuestas de Mholán sólo contienen temas afines con el inframundo, la filosofía y la humana expectación ante la muerte. No obstante y pese a ello, Mholán podía indistintamente atacar a toda pregunta impertinente, respondiendo de modo tajante: "No hablemos de eso, que no corresponde".

En síntesis, el trasfondo filosófico del "mausoleo conceptual" tiene por fin, desatorar el estremecimiento humano ante el paso de la muerte, transmutándolo por una experiencia religiosa capaz de hacernos sentir la resurrección de alguien como real en el momento que se quiera.

Aquellos que quisieran experimentar la alucinación transcomunicativa de esa bóveda sepulcral, percibirían casi somáticamente al difunto Mholán e inclusive se familiarizarían con él, de tal forma que perderían el miedo a los fantasmas para siempre. Es singularmente bajo ese escalofriante y cibernético mausoleo —el cual prometí ponerlo en marcha— que un virtual careo con la muerte, cebaría el alma de quienes aspiran fundirla al origen de todo.

Joba se mostraba anhelosa:

— ¿Qué clase de preguntas podría hacer la gente? ¿Y qué podría preguntar yo cuando me entreviste con su espíritu?

— Las mismas preguntas que haría alguien que se ve dominado por un franco sentimiento hacia quien ama y se niega a creer que ha muerto definitivamente; algo así como ¿Estás bien? ¿Qué ves al otro lado? ¿Es triste no estar con nosotros? ¿Hay algo bueno bajo la sombra? ¿Puedes ayudarme desde tu oscuro mundo? ¿Tienes alguna exhortación para mí?

Toño y Joba permanecían aún abrazados, mirando la altiplanicie bajo sus pies, y no se dieron cuenta que el cielo había desplegado ya su aceitunado telón para tomar la noche.

Cuando las amarillentas lamparillas de las aldeas lejanas comenzaban a discrepar con las sombras, un ruido imprevisto a la espalda de Joba, la hizo gritar de susto; al girar pudo ver de cerca al "caballo pelinegro" que resultó ser el mismo que más temprano pacía abajo y que alevosamente ahora, clavaba en la noche sus brillosos ojos. Toño alcanzó a ver lo mismo. Aquello le pareció insólito, y para no preocupar a Joba, disimuló: ese pobre animal tal vez subió a buscar compañía, ha de sentirse solo, Joba no le creyó:

— ¿Y por qué resplandecen sus ojos?

— Joba querida, en la oscuridad a ciertos animales les relucen los ojos... ¡Vamos!, no pienses en nada malo, no mires a ese caballo que ya se irá. Entremos a la carpa y platiquemos y brindemos el haber llegado hasta este bello lugar.

Parecía que bajo el toldo no habría nada más que temer. Sin embargo, mientras Toño agitaba botellas para el brindis, la salvaje curiosidad de Joba la condujo hasta la escotilla de la carpa para ver si el caballo negro seguía allí, pero esta vez su pavor fue aún más grande. Toño reaccionó:

— ¿Y qué pasó ahora?

— Hay un hombre montado en ese caballo y está mirando nuestra carpa, será mejor que huyamos. La verdad, tengo miedo. Abrázame y fricciona mi cuerpo, que del espanto se me puso como lija.

— Cálmate, que no veo más que un caballo solitario sin jinete.

— Mira bien, es un jinete, parece un "guerrero apache" con una vincha roja en su frente, lo raro es que sus ojos relucen como fuego ¿Es posible que huyamos de aquí?

— ¿Hacia dónde correremos a esta hora de la noche sino a despeñarnos? ¿Tú sabes que nos costó mucho llegar acá de día? ¿Crees que podremos salir de noche? No mires afuera y la pesadilla se acabará.

Joba recapacitó; se formuló no mirar afuera y no ceder al miedo. Aceptó beber un sorbo de vodka para pasar el mal rato. Sin embargo, un fuerte resplandor atravesó el refugio. Toño se sintió ofendido, corrió la ventanilla y lo que pudo ver le endureció la lengua, le costaba hablar. Aquel jinete que transmitía su propia fluorescencia mostrando su gallardo semblante como un centauro en todo su esplendor, era "el retrato redivivo de Mholán". Ahora Joba preguntó conmovida ¿Qué sucede afuera?

— Ven a ver querida. El hombre a caballo es mi amigo Mholán. Hoy podrás conocerle de cerca.

— No quiero mirar. Me va a costar hacerlo, prefiero ver su foto, realmente estoy aterrada.

— ¿Querrá algo mi buen amigo? Espérame aquí, no te muevas, me acercaré a él en busca de alguna señal.

— No me dejes sola, iré contigo.

— Entonces salgamos, y créeme que Mholán no vino acá para asustarnos, ni menos para hacernos daño.

Afuera, "el jinete llameante" permanecía erguido y orondo, mientras Toño y Joba, inseparables como dos esposados presidiarios, se arrastraron hacia él.

A sólo tres metros de distancia y de rodillas, Toño le imploró: "Compañero del alma, sé que tu aparición no es para aterrorizarnos, y tal vez sólo buscas acompasar nuestra "luna de miel" y felicitar nuestra aventura por haber pisado este maravilloso rincón del que tantas veces me referiste. Y ya lo ves, lo hice realidad. Ahora concédenos tu enorme corazón como lo has hecho siempre; Joba está sacudiéndose de susto y eso me entristece; ella nunca presenció algo semejante, sin embargo, estoy seguro que cuando visite tu tumba y hable contigo, perderá el miedo irreversiblemente. Indícale a Joba que lo único que deseas esta noche es estar con nosotros".

Mientras Joba contemplaba estupefacta el lozano y ruborizado rostro de Mholán, éste y su oscuro rocín despidieron una enceguecedora luz para luego, como vidrio fundido, licuarse por el suelo hasta desaparecer. De vuelta a la carpa y a raíz de lo sucedido, las ganas de "hacer el amor" quedaron sosegadas como la noche; únicamente quedó valor para beber y beber vodka hasta "agarrar sueño". De pronto, a modo de comparsa para un sacramento de amor, la dulce melodía: "Qué voy a hacer sin ti" de David Dalí, invadió aquel viento helado que azotaba la cima del Cerro Tantarica.

— ¡Oh!, es mi canción favorita, es la balada de mi vida; para Mholán también lo era —suspiraba Toño—, él solía sintonizarla en su vieja radiola, y esta noche quizá, al comprender este emotivo instante, quiso compartirla con nosotros.

— ¡Qué romántico es tú amigo!, perdón, nuestro amigo.

— ¿Te das cuenta Joba, que mi compañero y hermano Mholán no es malo? ¡Salud!

os flamantes esposos bebieron más de la cuenta y despertaron justo cuando el sol rayaba el corazón del cielo. Toño, muy entusiasta e inspirado, echó abajo la vista sobre la verde campiña meridiana y con esos "aires" de poetastro, versó:

"Tantarica, sol que despiertas debajo de mi cama, masaje de mis pies encima de las nubes. Tú imbuyes el "oxígeno puro", y yo el cariz de la mujer que amo. Aquí precinto el encuentro inmortal con el universo que, aunque ahora mismo se reviente, ya hice con él lo que quise".

Tan pronto desayunaron a ras de suelo, dejaron oír de su equipo de sonido algunas canciones ¿Les faltaría algo más? Por supuesto que sí; al compás de "Virus" y su sensual balada "luna de miel" hicieron el amor, pues para eso también se habían preparado, y lo disfrutaron como fieras de campo; después de todo, aquel ermitaño lugar "era el lugar".

De inmediato, sin haberse vestido todavía, tomaron sus prendas íntimas, escribieron sobre ellas sus nombres, las anudaron, y con dos estacas hincadas en la tierra las estiraron para luego morder sus bocas, sellando así el profano protocolo de una excepcional aventura.

Posteriormente, con la esperanza de volver algún día y reencontrarse con esa voluptuosa seña, emprendieron el descenso.

Similares casualidades experimentadas "al subir", sintieron "al descender" hasta llegar a Santa Catalina, en donde tras un reparador descanso tomaron su vehículo propio enrumbando a la ciudad de Lima, el "hogar dulce hogar" de su futura vida matrimonial. Serían 11 horas de viaje en que el tedioso alquitrán de la pista, forzaría a departir y evocar con nostalgia las peripecias vividas. A Joba le quedó dando vueltas en la cabeza el gustito de la mundología campestre.

— ¡Repetible! ¡Fue un paseo repetible! Todavía conservo en el paladar, ese "caldo verde" de la señora Irene y las "yucas con rocoto amarillo".

— Ni me lo digas. Ese caldo verde mentolado es único en su género. Es un plato típico de Cajamarca, obtenido del "huacatay", una yerba de la zona que, machacada y disuelta en agua caliente, con papas, huevos y ají, es un "quita hambre" y "un quita frío" y hasta un "reparador de borrachos". No te impacientes Joba que volveremos el próximo año para rodearnos otra vez de esos lujos que no se dan en ninguna otra parte del mundo.

— ¿Entonces volveremos en setiembre como hoy?

— Sí, pero ya no atemorizada ¿eh?

— ¿Y qué esperabas? Si fue la primera vez que vi a un fantasma.

— ¿Te refieres a Mholán?

— ¿A quién más?

— Y conste que todavía no conoces el conmovedor ambiente de su tumba, la que cuando la conozcas y te familiarices con ella, habrás echado el miedo al bolsillo. Ésta es la foto de Mholán, mírala.

— Te diría que es "buen mozo" e idéntico al jinete que vimos en Tantarica ¿Me contabas que murió a los 38 años de edad?

— Así es efectivamente, es una lástima que no haya dejado hijos.

— ¿Y para qué hijos, si a él no le interesaba vivir?

— Precisamente, por eso digo que es una lástima, pues aparte de su única tía y de sus amigos ¿Quiénes más heredarían sus bienes?

— Tienes razón Toño, y a ti ¿Cuántos hijos te gustaría tener?

— Todos los hijos que se pueda, ése es el motivo central por el cual me casé contigo Joba mía.

Una "nube negra" alteró los sentimientos de Joba, quien con cierta paliación expresó:

— ¿Puedes poner la balada de David Dalí? No me cansaría de escucharla, es muy tierna.

Tortuosa verdad la que Joba intentaba esconder, pues con 36 años de edad no podía tener hijos a causa de una "endometriosis" conducente a la esterilidad; la que quizá podría haberse remediado con técnicas de reproducción asistida, pero no pudo hacerlo por falta de dinero. Una triste verdad que no lo confesaría aún, no era el momento. Pese a todo, ella respondió lo que Toño quería escuchar:

— ¿Me preguntas a mí cuántos hijos quisiera tener? Obviamente, muchísimos.

Sin embargo, mientras la canción de David Dalí: "Qué voy a hacer sin ti" hacía rebotar en el pecho de Joba afligidos acordes, ella no pudo más y se puso a llorar. Toño, como todo hombre enamorado creyó que su mujer encubría sentimientos extramaritales:

— ¿Hay algo que no puedas confesar?

— Nada en particular.

— No te creo Joba... Tú no lloras sino es por algo grave.

— Es por lo susceptible de la letra de la canción: "Cómo explicar esas cosas que llenaron mi vida en tan poco tiempo; horas, días, noches de estar ligado a tu piel, pensando que la felicidad se había hecho sólo para nosotros dos". Son palabras que despiertan sentimientos y un tormento de no poder decirte lo que realmente quisiera decirte.

— Ahora, me pones peor ¿Te acordaste de alguien?

— No.

— ¿Dejaste críos por ahí?

— No.

— ¿Especulas una separación? ¿Alguna enfermedad mortal que yo no lo sepa?

— No. Estás muy lejos de adivinarlo, sin embargo tendré que decírtelo aunque eso sotierre nuestro matrimonio para siempre, pero no en este instante; y no es nada de lo que cínicamente piensas, sino que es solamente... Mejor te lo digo cuando lleguemos a casa, no quiero mojar de llanto los kilómetros que restan.

— ¡Desgracia, la mía! Me haces sentir mal. Mira que yo también tengo mucho que confesarte, solamente estoy esperando el momento. Vamos querida, será motivo para intercambiar sorpresas ¿No?

— ¿Vas a confesar que ya no me quieres?

— No Joba, no; mis sentimientos por ti son "a prueba de balas", y de eso no se trata.

Posteriormente, al arribar a la metrópoli de Lima. Sobre una banda peñascosa frente al mar de "Barranco", salió al encuentro de la pareja, la acogedora residencia nupcial, ofrendándoles amor y paz para toda la vida, tal como lo prometieron al casarse. Rato después, tras haber acomodado sus enseres domésticos y con la impaciencia encima, Toño retomó el diálogo:

— Directo al grano Joba ¿Dime cuál es tu verdad?

— No puedo tener hijos; sufro por ello y no hay caso. De solamente pensar que tú optarías por otra mujer que sí pueda darte hijos, se me parte el corazón, pero asumo el menoscabo ¿Entiendes por qué me puse a llorar? ¿Y quieres preguntarme por qué te lo confieso ahora?

— Te lo pregunto, ¿Por qué?

— Porque si no me arriesgo a confesártelo hoy, nunca sabré si existe un solo hombre en la tierra que posponga el interés de hacer hijos, por amar a una mujer cuyo deseo de parir a veces no es suficiente. Yo no tengo la ventaja de ser madre y ése es mi dolor.

Toño no quería quedar irreparablemente afectado ante la sensible argumentación de su mujer, y pese a que sus sentimientos se estrellaron en la dubitación, buscó la forma de endulzar la acritud de haberse enamorado profundamente de la mujer que ahora frustraba sus designios.

— Joba de mi vida, si bien, concebir hijos contigo es una imperiosa razón, nada supera la testarudez de amarte; quiero morir a tu lado aunque deba torturarme de cualquier forma.

— No lo digas comprometidamente. No quiero un gesto compasivo, y dime ¿Cuál es la imperiosa razón de hacer hijos conmigo?

— Te lo digo. Fecundar hijos, en cierto modo, colma el sentir estereotipado del "hombre macho". Sin embargo, no hacerlo, tampoco es anómalo, salvo que, en mi caso, procrear, saldaría un pacto de lealtad con Mholán y sabrás porqué: él me transfirió todos sus bienes, con el propósito de procrear los hijos que él no tuvo. ¡Madre mía, me comprometí a eso sin pensar en otra cosa! ¿Recuerdas el testamento que Mholán me dejó? Me solicita específicamente tres cosas: el cumplimiento de hacer hijos, velar su tumba y rentabilizar su fortuna en provecho de los hambrientos, creando al mismo tiempo, consciencia altruista en mis propios hijos, para que éstos hagan lo mismo con los suyos. Únicamente en ese sentido, la sobreabundancia, según palabras de Mholán, no deshonraría a quien la usufructúa. Entonces ¿Podré regocijarme de todo lo que ahora poseo, faltando a la palabra? ¿Olvidaré que el espíritu de Mholán camina conmigo y me está auxiliando donde vaya?

Por ti querida, me pongo en "pie de guerra" hasta hallar un tratamiento eficaz para tu enfermedad, cueste lo que cueste, y tendremos hijos aunque sean de barro, lo vas a ver.

Entre trabajo y descanso, Toño se dio tiempo para averiguar todo acerca de la esterilidad de su mujer, corroborando a la postre que sus causas eran oriundas de factores tubáricos, tal como ella le había anunciado. La pobre, venía padeciendo desde hacía mucho tiempo, cierta anomalía de las mucosas que envuelven el interior de las trompas de Falopio, cuyo mal: "Endometriosis", felizmente hoy, gracias al auxilio de Toño, pasaría a manos de médicos expertos, quienes le aplicarían todas las técnicas habidas, comenzando con un conveniente tratamiento quirúrgico y hormonal. Trámite que abría esperanzas para un buen resultado, no descartando como último recurso la fecundación "in vitro".

La espera por la terapia de Joba demandaba paciencia pues demoraría a lo menos dos años. No obstante Toño confiaba que aquello se haría mucho antes, y con esa expectación se dispuso a trabajar duro como cualquier mortal. Por su parte Joba juró velar amorosamente por la felicidad de Toño.

A la sazón, Toño retomó el mundo de los negocios debiendo viajar dentro y fuera del país. Sin embargo, ¿Cómo proceder si los periodos de ausencia apuntaban a ser prolongados? Toño prefería llevar consigo a Joba, lo que no siempre sería provechoso y esa idea "le partía el alma", pues renunciar al calor epitelial de su mujer era igual al temor de lo que ella pudiese sufrir lejos de él. ¿Entonces qué hacer ante las circunstancias? Puso en práctica un costoso plan de seguridad para ambos. Contrató los servicios de una empresa dedicada a la vigilancia privada y protección personal. Consiguió de ese modo, tres guardaespaldas "por cabeza", para poder así, vivir sin sobresaltos. Al menos eso pensó Toño; no veía otra salida.

Sin embargo, la aparente ventaja que ofrece la implementación de un costoso sistema de seguridad, arrastra sus propios y delicados signos. Y es que, con tanto resguardo, se altera a la par, la privacidad familiar, y surge por lo demás, el esfuerzo de preocuparse, en este caso, por atender también a los guardaespaldas; un círculo que significa "velar correctamente por ellos, para que ellos hagan lo mismo con uno". Y sin contar que no surjan incompatibilidades que transgredan los roles de trabajo provocando reveses fatales como sucedió con la escolta guardiana de Toño y Joba, según veremos más adelante.

Y como el dinero manda; Toño alistó maletas para viajar a Buenos Aires; la razón de este viaje sería cerrar negocios con una importante empresa argentina, cuyo rédito serviría para dilapidarlo con su propia mujer en algún "paradisíaco y natural resort" en los confines del mundo. Era la primera vez desde que se casaron que Toño iba a desertar de su amada, la que esperaría su regreso al cuidado de sus guardaespaldas respectivos.

sí entonces, llegada la hora de la hora, Toño, se halló atravesando los cielos en un avión, de madrugada; iba cargando la tristeza de no estar con Joba, y también la emoción de poder volverla a ver y darle el souvenir que le había prometido. En sus narices corría la noche, moqueada por la mujer que, de mala gana, había abandonado. Su mente rumiaba el pesar de no haber ingerido más, todo el virginal jarabe que a diario Joba solía ofrendarle. Se encontró experimentando, sin querer, una violenta sensación de desesperanza, como lo sentiría alguien que cruza su casa rumbo al destierro, o alguien que prueba la amargura del último deseo, o el sinsentido de una vela apagada, o la angustia de ver en la cara del hijo, el enloquecido llanto del hambre.

Toño, ya más plácido y reposado, quiso disipar su mente edulcorando sublimidades a base de nostalgia, comenzó a pensar en la miel que junto a Joba habían paladeado, pero la voz de la aeromoza zarandeó su pecho:

"Señores pasajeros hemos aterrizado en el Aeropuerto Internacional Ezeiza de Buenos Aires, a las 8 y 20 minutos de la mañana según lo previsto, por favor manténgase sentados hasta que el capitán de vuelo haya apagado el aviso de liberar los cinturones de seguridad".

Al rato, a la salida del aeropuerto, un complaciente "remisero" (taxista de agencia) esperaba para trasladarle hasta el Centro de Buenos Aires, más precisamente, hasta un lujoso hotel situado en la médula comercial y financiera de Puerto Madero. Luego, ya en su cómoda habitación, mientras ordenaba su equipaje, la fuerza del amor forzó su deseo de telefonear a Joba:

— Hola linda, llegué a Buenos Aires y ya estoy en el hotel, cuídate que te extraño y te llamaré nuevamente.

— ¡Qué bien que llegaste Toño!... Descansa, has de estar fatigado.

— ¿Descansar? No hija. Tengo una cita a las 10 de la mañana, o sea en breves momentos. Debo bañarme y saldré sobre la marcha, hablamos por la noche.

— Hasta entonces. Esperaré tu llamado.

Ya en la ciudad de Buenos Aires, Toño correteó sus largas calles sin más comitiva especial que su "remisero" particular. Pese a que iba satisfaciendo uno a uno los compromisos de su agenda, sentía la orfandad propia de un niño sin su madre. Y como aún quedaba mucho por hacer, buscó relajarse visitando algunos atractivos turísticos de la ciudad. Recordó que en el archiconocido y célebre "Barrio de la Boca", específicamente en el colorido pasaje de "Caminito" que da al río de la Plata, podría comprar algún souvenir para Joba.

Fue hasta allá para ojear las diversas estanterías y exposiciones artesanales al aire libre; se topó con un retratista al paso, de cuyo pincel floreció un admirable facsímil de la foto de casamiento que Toño guardaba en su billetera. Sería uno de los tantos recuerdos de su permanencia en la capital argentina. A un costado de "Caminito", en un pequeño y empedrado frontón, una joven pareja con vestimenta gaucha, trenzaba un alegre zapateo; se trataba de la típica danza, correntina, paraguaya, salteña: "La chacarera".

Toño quedó sinceramente atrapado, observando a los danzantes, cuyos pañuelos al viento acribillaban su pecho dejándole un sucedáneo dejillo a una tarde inmersa en "agua de borrajas". Se lamentaba de no poder estar alborozándose plenamente al regazo de su mujer. Tal vez con ella habrían ensayado algunos "pasos de tango" en pleno "Caminito", inmortalizando una estampa típica como lo hacían otros turistas. O tal vez, desde el muelle del "río de la Boca" habría tomado un "catamarán" para navegar con un exquisito almuerzo a bordo y disfrutar del paisaje fluvial circundante. Pero así no, nada que hacer. Toño gritó a su "remisero": hasta aquí nomás muchacho, se acabó el recreo, volvamos al hotel.

Más tarde, llamó a Joba, le rogó que se cuidara mucho, que no saliera sola a la calle, que no conversase con extraños, ni siquiera con sus guardaespaldas. Le sugirió que no estuviera triste pues en dos o tres días más, él estaría de regreso, aunque a decir verdad, soplaban en su mente presentimientos mefíticos.

Por la noche, Toño tuvo un extraño sueño:

"Se hallaba en casa, en compañía de Joba, conversando y riendo mientras instalaban una sonora cortina hecha de pequeñas laminillas de acero; cada cual agujereada en sus extremos, por donde se enhebraban filamentos del mismo metal, los que servían de sujetadores para entrelazarla por completo.

Esta artesanal cortina —que separaba la sala con el interior de la casa— producía un chasquido encantador cada vez que se la rozaba. Ellos, como dos chiquillos, la hacían sonar cruzándola de un lado a otro. Pero en un segundo, cuando ambos se hallaban en lados opuestos, la metálica cortina se endureció formando un tabique impenetrable. Joba alzó su voz clamando por ayuda. Toño hizo fuerzas para abrir la testaruda cortina, y nada. Desesperado quiso romperla de cualquier forma, pero antes, acercó sus ojos milimétricamente por una de sus pequeñas rendijas y pudo observar a una jauría de lobos alados que mordían el cuerpo yaciente de Joba asiéndola de sus extremidades y elevándola por los aires hasta extraerla por el techo, sin rumbo".

Fue una atroz pesadilla que dejó a Toño empapado bajo una neblina de sangre y sin poder sortear sus espantadizas dudas. Así con todo, al despertar, voló a la calle a cumplir con lo que debía hacer ese día. No quiso referirle a Joba acerca de su horrible sueño para no inflamar sus temores; le era suficiente que Joba le dijese que se hallaba bien. Sin embargo, por la noche, otra vez soñó algo semejante:

"Al otro lado de la crujiente cortina, Joba fue atacada por numerosos buitres que ella misma había criado. En momentos que se aprestaba a darles de comer, esos buitres —desconociendo a su dueña— se abalanzaron sobre ella y comenzaron a picotearla sin clemencia. Toño cruzó el cortinaje, y provisto de una pistola hizo disparos al aire para repeler a las belicosas aves, pero no huyeron, al contrario, embistieron con más furia. Toño se alocó y arrojándose sobre cada animal, le disparó a quemarropa, deshaciéndose uno a uno de todos, liberando finalmente a su malherida esposa. Luego se sentó junto a ella a consolarla y recapacitar ante tan destemplado acto y despertó".

Felizmente se trataba de otro desquiciado sueño, el cual no obstante, abría paso a una dura interrogación ¿significaría algún desdichado presagio?

Sin esperar más, llamó a Joba muy temprano y ella contestó alegre... ¡Qué alivio para Toño! Él prefirió no disertarle acerca del extraño sueño y sin más, expresó:

— Hola Joba, te cuento que pasado mañana estaré volando de regreso a Lima. No me quedan más cosas que hacer acá.

— ¡Toñito querido! Te estoy esperando sumida a la eternidad y abrazada a un tiempo y espacio que no caben en ningún arqueo matemático; un segundo de espera duele igual a mil años. Recuerda que, desde que te fuiste, mi corazón se colgó al insomnio y a la puerta de la casa, esperándote; vuelve pronto.

— Avisaré la hora cuando emprenda el regreso. Dile a los guardaespaldas que deberían ir al aeropuerto a la hora precisa.

— Coordinaré con ellos.

Último día de trajín financiero en la capital argentina y Toño pudo cerrar su faena al mediodía; le quedaba la tarde libre ¿Qué más podría hacer? Lo aprovechó para complacer un lujo que todo extranjero se da cuando llega a Buenos Aires, adquirir una entrada de 10 pesos argentinos y recorrer el interior de uno de los más insignes y bellos palacios del mundo, el Teatro Colón.

Ingresar al famoso teatro, es hacerlo por turnos y por grupos limitados como personas vayan llegando. Adentro, simpáticas anfitrionas dan la bienvenida y luego dividen a todos en dos bandos; los que desean ser informados en español y los que lo prefieren en inglés. Toño ubicado en su respectivo grupo, daba oído pleno a todo lo que la joven guía iba exponiendo:

"Buenas tardes señores. Acérquense más a mí, les comento un poco acerca de las entradas que tiene el teatro. Nos encontramos en la entrada principal desde la calle Libertad. Por aquí ingresa el público que va a ocupar las localidades más importantes como la platea y los tres primeros niveles de palcos. También tenemos una entrada por la calle Viamonte por donde ingresa el público que se va a ubicar en el cuarto y quinto nivel de la sala. Por la calle Tucumán ingresa el público que se va a ubicar en el sexto y séptimo nivel, finalmente por la calle Cerrito del otro lado del teatro, ingresan solamente los artistas y empleados.

En cuanto a la historia; antiguamente, el teatro se hallaba ubicado en la esquina de la calle Reconquista y Rivadavia, frente a la Plaza de Mayo y cerca de la Casa Rosada donde hoy se encuentra la sede del Banco Naciones; ese teatro funcionó durante 30 años, desde 1857 hasta 1888, pero debido a la gran inmigración europea de fin de siglo y a la cantidad de personas que comenzaron a dejar chico el teatro, el gobierno es quien decide construir uno más amplio.

En el 1890 es cuando se construye este teatro a cargo del arquitecto italiano Francisco Tamburini, pero al año siguiente fallece debido a una grave enfermedad, le sucede su colaborador y colega, también de origen italiano, Vittorio Meano, pero lamentablemente éste en 1904 es asesinado y lo finaliza un tercer arquitecto de origen Belga que estuvo viviendo mucho tiempo en Francia llamado Jules Dormal, y es quien finalmente lo inaugura el 25 de mayo de 1908 con la ópera "Aída" de Giuseppe Verdi.

Por estos tres arquitectos van a apreciar dos estilos bien diferenciados; aquí en el hall pueden ver un estilo más simple, más cuidadoso, que es un neo-renacentista italiano, mientras que en el salón dorado y en la sala de espectáculos van a apreciar un estilo más trabajado, más mejorado, que es un neo-barroco francés. La textura de diferentes estilos es denominada e'clettiche.

En cuanto a los materiales, van a apreciar en la escalinata principal, un mármol blanco de Carrara de Italia. En las barandas van a ver un mármol amarillo de Siena, también de Italia, y en la parte central de las barandas circundantes un mármol rosado de Portugal. En la parte superior hay una imitación al mármol Botticino llamado "estuco" que es una mezcla de polvo de mármol, yeso y pegamento. La gran diferencia que hay entre ambos es que, el estuco capta la temperatura ambiente, mientras que el mármol permanece siempre frío.

Ahora, si observan el piso, van a ver un trabajo de mosaicos venecianos, donde cada cuadradito llamado tesela, se fue pegando uno por uno a mano en forma de abanico; este trabajo se encuentra también en la catedral metropolitana. Y finalmente si elevan la vista, van ver en la cúpula un conjunto de vitrales que fueron traídos de la casa Gaudín de París el año 1907; en el día permiten el paso de luz, mientras que en la noche se iluminan con proyectores ocultos".

Mientras la joven y agraciada mentora derrochaba explicaciones a los pasmados visitantes, Toño —a paso de procesión— seguía al tropel de turistas devorando visualmente todos los sesgos del imponente teatro. Del "hall principal" hacia dentro, estaba prohibido tomar fotos. Por eso, de ahí en adelante, cuanto pudo observar Toño, debió perpetuarlo en su memoria para que tal vez algún día pudiera jactarse el haber conocido aquel "monumento nacional", orgullo de la Argentina y de la arquitectura universal.

Toño acentuaba la vista a cada cosa habida: fotos de coreografías y danzas contemporáneas, maquetas escenográficas, maniquíes de personajes ataviados con suculentos vestidos, etc. Por los corredores y escalinatas se erguían esculturas y bustos anclados a pedestales, y arriba en las elevadas cornisas, angelitos desnudos; todos de un blanco y esplendente mármol.

Al descender por la penumbra para ocupar una butaca de la platea, Toño llegó a sentir, cómo la historia aplastaba el momento, produciéndole una experiencia mística que tal vez sintieron sus demás acompañantes, y de seguro, aquellos abuelos que gozaron el teatro en sus años de esplendor.

Allí estaba Toño, sentado suavemente en uno de los 640 sillones púrpura de la platea, se vio acorralado por los balcones superpuestos en siete niveles. De no ser porque habían más personas, se habría sentido en las fauces de una colosal bestia cuya anatomía recargada de atavíos le habría devorado de éxtasis y de nostalgia por su querida mujer que ahora no estaba junto a él.

¿Alguien quería cantar? —Expresó la anfitriona provocando risas— y Toño, ya más desabotonado, se imaginó dando un saludo bajo el recogido telón del escenario donde alguna vez las luminarias líricas de todo el mundo, impregnaron de canoro dramatismo esa glamorosa atmósfera para siempre. Toño levantó sus ojos y se estrelló con la embriagadora y acústica cúpula del recinto, cuyos auríferos matices orbitaron en su imaginario, abriendo una clandestina puerta al cielo.

Llegó la hora de abandonar la sala, y todos, como tímidos alumnos guiados por su profesora, caminaron en completo orden hasta la salida. Afuera, Toño se puso a contemplar por última vez el lugar donde previamente estuvo, y consiguió fotografiar, al menos, la fachada lateral del Teatro Colón, uno de los teatros de ópera más famosos del mundo".

De vuelta al hotel hizo maletas para su regreso a Lima de la mañana siguiente. Durmió más de lo habitual. Su taxista de confianza enrumbó hacia el Aeropuerto Internacional de Ezeiza en contra del reloj; quedaba muy poco tiempo para que su vuelo partiera. Al llegar al terminal aéreo, antes de chequear su pasaje,

Toño se topó con una ventanilla que está a la entrada; un empleado le indicó que debería pagar la tasa de embarque para vuelos internacionales que es de 18 dólares.

Toño, sorprendido y algo molesto porque su avión estaba a punto de partir, asentó:

— ¿Qué tasa de embarque? Eso lo pagué por internet ¿Supongo que es de ida y vuelta, no?

— Usted pagó la tasa de embarque de Lima a Buenos Aires, pero la de Buenos Aires a Lima no está incluida en ese pago.

— ¿Y qué hago? No tengo dólares ni pesos argentinos, me deshice de todo ello pensando que no lo necesitaría, incluso los últimos pesos que me quedaron se los di a mi taxista ¿Puedo pagar con tarjeta de débito?

— Por ahora no estamos cobrando con "Red Compra".

— ¿Y de qué modo puedo pagarlo? El avión está a punto de despegar.

— Vaya al cajero de enfrente y haga su retiro en moneda local.

Toño rodó su pesada maleta a toda prisa y para mala suerte el cajero automático no tenía dinero. Fue en seguida a otro cajero y estaba temporalmente fuera de servicio. Se devolvió al empleado de la ventanilla para que le diera una solución al problema.

— ¿Qué hacemos?

— Usted lo sabe; hay que estar dos horas antes en el aeropuerto si quiere abordar el avión sin problemas.

— Lo sé, desde luego que sí. No calculé la enorme distancia desde el Centro hasta Ezeiza y se me fue la hora, discúlpame, eso pasa ocasionalmente ¿No crees? Están llamando al pasajero que falta y ese pasajero soy yo, ni siquiera he llegado al mesón para hacer valer mi pasaje. Por favor aquí tienes mi tarjeta de crédito y cóbrate lo que quieras pero no puedo perder el vuelo.

— ¿Qué tarjeta es?

— Master Card Black.

— Dame tu tarjeta, voy a ayudarte y eso tiene un costo adicional.

— No importa.

¡Hasta que solucionaron el problema!

A Toño no le afectó lo que le hayan cobrado. Se dirigió velozmente a la "Counter" de su aerolínea, presentó su boleto y en seguida con el pasaporte en mano corrió a migraciones donde sin demora le timbraron la salida, felizmente la aduana omitió revisar su equipaje; después de todo no quedaba más tiempo y pasó. ¿Quizá en el aeropuerto conocían la importancia de este hombre?

Agitado y haciendo rodar su fiel valija corrió al segundo piso y cruzó la corrugada manga de abordaje que lo llevaría hasta el interior de la nave. En la puerta, una atenta aeromoza, disimulando su molestia le dio la bienvenida, y luego otra, le guió hasta la clase ejecutiva, donde un confortable asiento "full flat" con reclinación de 180° junto a la ventana, esperaba inmutablemente.

Su compañera de asiento expresó:

— ¡Pucha, que corriste como loco!

— ¡No te imaginas cómo! Un poco más y voy colgado al fuselaje, pero ya estoy acá –expresó–.

En seguida él, buscando superar el percance, reclinó su asiento y cerró los ojos. Sintió tanta paz que, incluso ésta, abofeteaba su pecho, se imaginó estar volando derecho a los brazos de su abandonada mujer, pues ya quería besarla y resarcir toda la incuria ocasionada. Su cabeza era una dulcera destapada de emociones, las que ahora empuñaba una a una reventándolas de contento. Toño iba figurando cosas, se veía junto a Joba, mojando en leche, panecillos de maíz, en un desayuno sobre el mirador de su palacio frente al mar de Barranco.

Iba degustando la fuerte fricción del delirio, el que sólo requiebra una persona enamorada. Y cuando se estaba acordando de la plantita de "tamarindo" que trasplantó en el jardín de su casa la vez que llegó de Tantarica, la sosegada voz de la azafata desordenó sus visiones.

— ¿Se sirve algo para beber?

— Bueno, gracias ¿Qué tienes?

— Café, jugo de naranja o gaseosa.

— Jugo de naranja por favor.

De vuelta a la realidad, Toño acomodó su asiento, cerró la bandeja del refrigerio, y un rato después, para "matar el tiempo" encendió el monitor personal que tenía enfrente; podía entablar algún juego interactivo con otros pasajeros, sin embargo, prefirió ver un video de música.

En un momento más y sin darse cuenta, la aeronave estaba sobrevolando las proximidades del Aeropuerto Internacional Jorge Chávez de Lima.

De pronto un amabilísimo "ding dong" antecedía a las redentoras palabras de la asistente de vuelo avisando el aterrizaje: "Señoras y señores, cuando son las 11 de la mañana hora local y con una temperatura de 20° celsius, en nombre de la tripulación, les damos la bienvenida a la ciudad de Lima; esperamos que este vuelo haya sido de su agrado y que podamos contar nuevamente con su presencia a bordo".

Mientras algunos pasajeros aplaudían el haber llegado con vida a su destino, Toño se ahogaba de ansiedad a los compases de un endiablado tambor que imaginariamente retumbaba desde el fondo de su corazón ¿Qué más podía sentir sino las ganas de apachurrar a su adorada esposa después de una eternidad que sinceramente punzaba?

El trámite aeroportuario al arribar a Lima quedó atrás y el encontronazo con Joba sucedió como era de suponerse. La atracción hipnótica de ambos, confirió un abrazo y un beso tan largo que los guardaespaldas después de acomodar el equipaje en el auto, debieron avisar que no había tiempo que perder. En seguida de vuelta a casa, la comitiva tomó el atajo más conveniente; el circuito de playas de "la costa verde" para acceder en pocos minutos hasta la superficie de los acantilados del distrito de Barranco.

Para el almuerzo de ese día y como parte de la sorpresa que Joba tenía reservada para su marido, el romántico mantel del comedor exhibía un recipiente cristalino con el bocado predilecto de Toño: "Camarones al whisky", que luego fue asentado con "vino mistela argentino". Fue un enternecido yantar de "dos", dicho de otro modo, fue un ágape privado y propio de un sentimiento familiar áulico.

A solas y sobrepasados por una pasión irresistible, los esposos saltaron del comedor a la cama, enredando tarde y noche al abrigo de un reencuentro erótico sin obstáculos, hasta que posteriormente, de tanta piel, se quedaron dormidos.

No obstante Toño, al día siguiente, aún insatisfecho y pretendiendo resarcir el desplante que pudo haber provocado a Joba, al no viajar con ella a Buenos Aires, le extendió una invitación: acampar un día completo en el "Centro Vacacional Huampaní": un latifundio de 27 hectáreas, levantado exclusivamente para la diversión, lugar que, para variar, se hallaba cerca de la antigua hacienda de Toño.

Aquel jardín ubicado en el kilómetro 26 de la carretera central, de exuberante vegetación, piscina, discoteca, restaurante, hotel, juegos de salón, paseos a caballo, canchas deportivas y una inmejorable vista al río Rímac, sería el oportuno edén para olvidar las penas.

Todo salió a pedir de boca, pues en menos de media hora, en coche propio, y escoltados delante y detrás por los autos de sus guardaespaldas, los esposos llegaron al lugar.

Allí, la guardia personal vigilaba a distancia con cierta prudencia, mientras la aniñada pareja soltaba las piernas traviesamente por los diversos ambientes del alegre parque. Durante el almuerzo se dieron tiempo para un solemne brindis por el feliz reencuentro y la buena salud.

En seguida, displicentes al fandango de un agitado vergel rugiendo a sus espaldas, tomaron una banca que mira hacia la vía férrea Lima-Huancayo junto al río y se sentaron a conversar. Las vibraciones del momento sacudieron a Toño para abrazar a su mujer y colmarla de ofrecimientos, ahora que la vida marital iba en serio:

— Joba mía, hay tres cosas que no dejaré de lado jamás: costear todo el tratamiento médico posible contra tu esterilidad, llevarte a conocer la bella y conceptual tumba de mi amigo Mholán, y volver a Tantarica a revivir nuestra nostálgica "luna de miel".

— ¿Y desde cuándo?

— Desde hoy mismo.

— Iba a decirte ¿Desde cuándo bromeas así?

— ¿Crees que bromeo?

— Mentira, yo sé que hablas en serio y te lo agradezco. ¿Cómo compensártelo? Has pensado igual que yo y en el mismo orden de preferencia: primero, enriquecer nuestro hogar con un hijo; después, cumplir la promesa de llevarme a conocer la extraña catacumba del señor Mholán; y sobre la marcha, —quizá— con el hijo a la espalda, repetir el plato de escalar la cima del Cerro Tantarica. Después de esto habré vivido lo suficiente como para corear "lo que fue la vida" junto a Mholán en su reposado sepulcro.

— Siendo honesto, puedo decirte que, nuestro futuro comienza acá en Huampaní, a donde te invité de todo corazón ¿Pero sabes? Es hora de volver a casa.

— Sí, ya es hora de volver, la casa nos llama ¿Ves aquel palomar? Ése hace lo mismo con sus palomas cuando oscurece. Sólo que, surge una inquietud de última hora, hay una enorme lechuza sobre el cobertizo de al lado mirándonos, lo cual me alarma, mis padres solían decir que su presencia es un código de mal agüero y lo he probado muchas veces, puesto que cuando una lechuza me daba la cara, algún infortunio venía detrás.

— ¿Eres supersticiosa?

— Diría que soy muy supersticiosa.

— Bueno, yo también lo soy, pero no exagero, y eso que todavía no te conté los sueños atroces que tuve en dos oportunidades mientras dormía en el hotel de Buenos Aires.

— ¿Soñaste algo deplorable?

— Fueron dos sueños horrendos y preferí no dilucidarlos como indicadores de algo siniestro y más bien quise creer que todo era consecuencia de sentirme solo y distante de ti.

— ¿Esos sueños tenían relación conmigo?

— Sí, directamente contigo, y no te los conté para que no los tomaras a pecho, sabiendo de lo supersticiosa y hechizada que te vuelves con mis relatos.

— ¿Me los vas a contar?

— Cuando lleguemos a casa; aunque a veces los sueños no necesariamente se deben tomar "al pie de la letra".

La distracción de "un día entero" hizo el milagro, sepultó los pesares e hizo florecer la esperanza de un mañana sin zozobras, toda la ternura iba regándose por el campo mientras Toño y Joba egresaban del "Centro Vacacional Huampaní". De regreso a casa, la pequeña caravana enfiló a velocidad moderada por la carretera central, abriéndose paso entre un mar de vehículos que circulaban la carretera central en la "hora punta". Hasta que, con la noche, arribaron al babilónico distrito de Barranco. La alegría de los vecinos flameaba al paso de la comitiva matrimonial, cuyos negros automóviles con sus intermitentes balizas luminosas no dejaban de llamar la atención.

En un instante, rondando ya los orondos hierros que circundan la gran mansión, todo parecía normal; los múltiples focos exteriores con detector de movimiento se iluminaron disipando los agüeros de algún percance. Sin embargo, el alivio de "felizmente nada pasó" dio un giro inusitado. Hubo cierta escama porque el vigilante de turno desde su atalaya no activó ninguna alarma a todo lo que se moviera en las inmediaciones, como de costumbre lo hacía. Algo impaciente Toño, a través del telemando, impulsó la puerta automática del garaje e ingresó sin mayores problemas. Pero ¿Dónde estaba el vigilante? ¿Habrá ido al baño? ¿Se habrá quedado dormido? ¿Estará en algún sitio del jardín? Y si fuese así ¿Por qué no informó que dejaría su puesto por un momento?

A Toño no se le ocurrió nada más precipitado que despedirse de sus guardaespaldas diciéndoles: hasta mañana. Después de todo, estaba en casa y sólo quería telefonear a su centinela y recordarle que hiciera uso del control remoto para cerrar la puerta principal. Llamó y no hubo respuesta, ya aparecerá, pensó. Salió él mismo a cerrar la puerta y no pasó ni un minuto cuando oyó un fugaz e intenso grito desde el fondo de la casa. Fue el grito de Joba ¿De quién más?

Intentó devolverse, pero la penumbra de un apagón fue el preludio a la embestida de dos enmascarados que como panteras se le abalanzaron encima, irradiándole "gas paralizante"; cegado por completo y anulada toda reacción, Toño quedó a voluntad de los malhechores quienes le maniataron y sedaron para luego acostarle con cierta compasión en una abrigadora cama.

Al día siguiente Toño, con el cuerpo aún sentido por la agresión y sin recordar nada, se vio rodeado de extraños, y lo primero que hizo fue preguntar ¿Dónde está Joba? La respuesta fue directa: la secuestraron; hallamos al guardia de seguridad maniatado en una habitación, y a Joba no la vimos por ningún lado.

La amarga noticia fue para Toño "el fin del mundo"; recién pudo divisar el negro horizonte de sus atroces y pronosticados sueños del hotel en Buenos Aires. Le rumiaba el pecho de saber que esa misma pesadilla reverdeciera ahora en carne viva. Le mortificaba más todavía, no haber confesado a Joba tan solo uno de sus más iluminados sueños: la de la jauría de lobos alados que carcomían su cuerpo yaciente, asiéndola de sus cuatro extremidades y elevándola por los aires, hasta extraerla por el techo sin rumbo. Tal vez Joba, por supersticiosa, habría interpretado bien aquel sueño, evadiendo con ello semejante tribulación. Pero ya no había remedio: "Cuando el sobrehumano e inevitable remolino de la vida mueve sus aspas, nada lo detiene".

¿Y qué sucedió esa noche efectivamente?

Las incipientes indagaciones fueron deducibles. Aunque hubiesen robado artículos de valor de la residencia, el móvil del asalto tuvo como fin el secuestro de Joba, la compañera por quien Toño ofrendaría hasta su propia vida; sombrío plan que se plasmó aprovechando el paseo al "Centro Vacacional Huampaní".

Según la declaración del centinela de turno; él perdió la consciencia y no se dio cuenta cómo y cuándo se filtraron los malhechores al domicilio. Únicamente recuerda que, después de las 6 de la tarde, cuando hizo el relevo con su otro compañero, fue dominado por un fuerte dolor de cabeza y comenzó a dormitar dentro de su propia garita de vigilancia, para luego despertar amarrado en otra habitación, sin poder reincorporarse hasta que la policía llegó ¿Y cómo lo advirtió ésta? Fue alertada por una central de monitoreo, procedente de la empresa de seguridad que protegía la residencia.

En rigor de las investigaciones, los guardaespaldas y vigías fueron sometidos a intensos interrogatorios por sospecha simple. Por su parte, Toño se enfrascó en una encolerizada inculpación con todo el mundo, incluso consigo mismo, en razón de que nadie haya podido olfatear este incidente que habría tomado tiempo en planificarse. De hecho, se preguntó ¿Cómo su residencia supuestamente protegida por una empresa de buena reputación fue franqueada de tal forma?

Así entonces, mientras las indagaciones policiales comenzaban su severo trámite, Toño fue atacado por la ansiedad y la desesperanza que lo llevó cuesta abajo hasta caer en los enredados nervios de una depresión psicológica, limítrofe al enloquecimiento. Había pasado una semana desde aquel jubiloso y a la vez lamentable día en que perdió a su mujer y aún no tenía respuesta, ni un llamado, ni una pista.

Su propensión a querer vivir se iba aniquilando con tal esclerosis que la incertidumbre discutía "boca a boca" con la fatalidad: si Joba estaría muerta ¿Qué hago acá? Su honda desolación era el veneno que se destilaba lánguidamente sobre las llagas abiertas de todos sus sentidos cada vez que los recuerdos arremetían.

Orientado por diversos neurólogos fue sorteando el peligroso alambrado de su depresión afectiva, la que le ocasionó agotamiento, pérdida de peso, insomnio, falta de apetito y desinterés al trabajo. La virtual defunción de su propio ser le oprimía un intenso dolor que, para no estrangularse con pensamientos asesinos, devoraba antidepresivos, ansiolíticos, analgésicos, hipnóticos, sedantes, vitaminas cerebrales y todo un popurrí de fármacos que saturaban su "mesita de noche".

Abatido y sin consultar, contrató las prestaciones de dos famosos investigadores privados (Louis y Marlon), expertos en secuestros, quienes estaban dotados de los equipos electrónicos más adelantados del espionaje dentro y fuera del país.

El plan fue dar con el paradero de Joba a toda prisa, pues su vida estaba en juego. No obstante, quería que todo se efectuara bajo un hermetismo absoluto, pues intuía que una de las condiciones para negociar con los secuestradores sería, cero intervenciones policiales y de particulares.

Cierta noche, antes que Toño tragara sus benditos comprimidos para poder dormir, la resonancia de su sediento y trasnochado celular batió su cuerpo para dar el primer bostezo noticioso:

— Hola Toño, te habla Lobo Azul, jefe de Pentaequis (las cinco fieras de la oscuridad), tu mujer está con nosotros aguardando volver a tu lado a cambio de un millón trescientos mil dólares ¿Te Parece mucho? Es un regalo para que no lo pienses tanto, y no recibas en casa a tu mujer, elegantemente degollada.

— Quiero pagar por ella ¿Puedes darme una prueba de que está viva?

— Cuando aceptes las condiciones.

— Las acepto, ¿Cuáles?

— No quiero mediadores de ninguna clase, si haces algo en contra de una privada transacción, esto se acaba de la peor forma. Tu compromiso a partir de mañana será adquirir un nuevo celular, me das el número, te pongo en contacto con Joba y seguimos negociando. Si te apresuras y nadie más sabe que estamos conversando, tendrás a tu mujer en casa muy pronto ¿Estamos?

— Compraré el teléfono celular mañana mismo y luego te daré el número.

— Bien... Hasta mañana.

— Hasta mañana.

La esperanza sopló un aire fresco por los rincones de la casa, y Toño, en nombre de Joba, se juró para sí, discreción total. La negociación no la haría saber a nadie, ni a sus investigadores, ni a la policía local. Esa noche, su corazón se salió de lugar y se acostó juntito a él para velar una somnolencia absolutamente distinta, y mientras agarraba sueño, discutía: daré lo que sea; la pobreza es una tesis obscenamente psicológica, con Joba en mis brazos, aunque me quedase sin dinero, seguiré siendo un magnate, pues habré recuperado el tesoro más grande de mi vida.

Toño amaneció en paz y hasta sentía el trino de los pájaros batiendo sus alas en su ventana. Salió a comprar el celular y regresó sin tardanza a esperar el ansioso llamado, el cual nerviosamente recién llegó pasada la medianoche:

— Hola Toño, te habla Lobo Azul, si ya tienes el nuevo número, dámelo y te vuelvo a llamar.

— Te lo doy.

De inmediato, el llamado se hizo presente, y como para extasiarse, esta vez Joba estaba en el aire; su voz encendió las moribundas esperanzas de Toño sin poder aminorarlas:

— Toñito, cuídate que yo afortunadamente estoy bien. Lo que hagas por mí, será mucho. Te quiero más de lo que se puede, aun cuando no se puede.

— Joba mía, dime qué día es hoy, que sin ti he perdido el sentido de orientación.

— Hoy es domingo y son las 12 de la noche.

Toño sabía ciertamente en qué día estaba. Pero, quería comprobar que su interlocutora estuviera viva y que su voz no fuera una simple grabación. Segundos después, el auricular cambió de voz, ahora fue la de Lobo Azul:

— ¿A todo esto, qué dices Toño, vas a recuperar a tu señora por el dinero que fijamos?

— Sí, conseguiré el dinero.

— ¿En cuánto tiempo?

— En siete días, a más tardar.

— Te llamo en cualquier momento a partir del séptimo día, y cuando hayas reunido el dinero, te diré dónde y cómo harás la entrega. Hasta entonces.

Reunir el millón y pico de dólares exigidos, no era el problema para Toño, pero sí lo era, vislumbrar cómo sería el canje. Por un lado, debería proponer un escenario de convenio adecuado para que su esfuerzo no sea en vano, y por otro ¿Cómo hacerlo para que nadie más esté al corriente? Podría complicarse la única ocasión de recuperar a su mujer.

Noche a noche, el despilfarro especulativo de cómo condicionar a Lobo Azul una transacción que no ponga en serio compromiso la vida de Joba, fue para Toño un desequilibrio. No obstante, mientras él se esmeraba por afinar detalles, sus detectives particulares, astutamente, habían emplazado adminículos de espionaje de última generación por toda la residencia de Toño sin que éste lo notara; era parte de su trabajo.

El diálogo negociador entre Toño y el líder de Pentaequis, así como los informes semanales cedidos por la policía, además de las conversaciones en diversos puntos de la casa, eran grabados por los equipos de interceptación y micrófonos espías de alta precisión de los detectives privados.

La sospecha de complicidad de algunos empleados de Toño con los secuestradores, ganaba fuerza. Aquello incitó a los sabuesos de investigación (Louis y Marlon) hacer uso de localizadores GPS y rastrear los vehículos de todos ellos, en especial, de los tres guardaespaldas encargados al exclusivo resguardo y asistencia de Joba, quienes, pese al secuestro, continuaban trabajando para Toño de forma sospechosa y con poca responsabilidad operativa.

Sobre estos tres recaía la escama según los detectives privados, pues en una escucha telereceptada, dichos guardaespaldas comentaron que, mientras Toño se hallaba en Buenos Aires, ellos se habían ganado el corazón de Joba, quien inocentemente les confesó que su marido ofrecería hasta su propia vida por tenerla a su lado y no verla sufrir.

Y obviamente, el macizo amor entrambos dejaba a los manilargos un boquete para la prevaricación por el excitante dinero. Ante tales circunstancias, la amistad resultaría violada y la codicia no se inculparía; caerían rendidas.

Con un fajo de sospechas en el portafolio, Louis y Marlon lucharon minuto a minuto por quitar el antifaz de los aludidos guardaespaldas; estaban seguros que en ellos susurraba un fuerte hálito de culpabilidad por el secuestro de su propia patrona ¿La razón? A diferencia de los otros guardaespaldas, éstos solían reunirse muy a menudo y entablar regaladas tertulias, despertando suspicacias.

De esa manera, cierto domingo por la noche, los sospechosos reservaron una mesa para comer y beber en una "peña criolla" del distrito de Barranco. Pero Louis y Marlon se adelantaron al encuentro e igualmente reservaron una mesa contigua para cenar y divertirse como tantos otros.

Louis llevaba en su gabardina un lapicero con un micrófono unidireccional incrustado, ideal para distancia media, Marlon por su parte llevaba otro lapicero pero con un micrófono parabólico para distancias largas, el cual no sería tan provechoso por ahora.

El micrófono espía unidireccional era de tipo supercardioide, el que cuando está bien dirigido a la fuente de sonido, aunque ofrece un ángulo menor de recepción brinda una fidelidad más localizada y de mayor rechazo al ruido ambiental. Así pues, aun en contra de la bulla que aquella noche había en la "peña criolla", se logró registrar la suelta conversación de los sospechosos sin que ellos lo notaran.

¿Qué se extrajo de la espiada conversación?

(Aquí el resumen)

— ¡Huevones! Son un millón trescientos mil dólares que Toño va a pagar sí o sí, y Pentaequis nos dará cien mil dólares a cada uno. Imagínense, sólo por el dato.

— ¿Tú crees que es sólo por el dato?

— Efectivamente.

— ¿Y el trabajo de meterles en la maletera del auto y esconderles en el altillo de la cochera antes de salir al "Centro Vacacional Huampaní", te parece poco?

— ¡Ah! Perdón, fue una faena sudorosa y delicada, pero "tuvimos los huevos" para hacerlo ¿Se imaginan si nos hubiesen pillado? No estaríamos disfrutando de estas "chelas".

— Bueno muñecos, olviden todo, con cien mil dólares por cabeza, volamos.

— ¿Adónde?

— ¿Cada quien verá adónde? A la China, o "a la chucha de la china".

— Pero primero deberíamos renunciar al trabajo so pretexto de cualquier cosa ¿No creen?

— ¿Y para qué renunciar?

— Comprendan que la policía viene acorralándonos, y si esto sigue así, arriesgamos el pellejo ¿Acaso no sería mejor que huyamos? Escuchen, aunque la policía no descubra que somos cómplices de Pentaequis, Lobo Azul no nos perdonaría si seguimos trabajando con Toño. Nuestro deber, apenas recibamos el dinero, es escapar y esfumarnos por un tiempo. No hay otra salida.

— ¿Tú crees que Toño pagará el rescate sin regateos?

— ¡Desde luego que sí! Él no existiría sino respira por las narices de Joba; por ella, malgastaría todo el dinero que tiene.

— ¡Salud muchachos! Pronto dejaremos de vernos.

El regocijante encontronazo de los cómplices en la "peña criolla", buscaba definir dos asuntos: festejar por anticipado el dividendo que correspondería a cada quien una vez pagado el rescate; y también, jurar que con el dinero en el bolsillo deberían ramificarse cada cual con rumbo desconocido para salvar su propia vida.

Louis y Marlon, una vez persuadidos tras haber examinado las diversas grabaciones, planificaron una maniobra profesional, la cual consistía en facilitar un rescate táctico, pues la libertad de Joba sin secuelas deplorables era lo más provechoso desde el punto de vista de ganar prestigio y mayor remuneración.

Se cuidaron mucho de no adelantarle a Toño los avances de las investigaciones, dado que él, por su pesimismo, podría alterar las estratagemas, que por el momento iban "viento en popa".

Por lo tanto, era de suponer que ambos temían que Toño hiciese un mohín de ofuscación a lo que se le formularía, y esto podría alterar los pasos para una victoria decisiva.

Ahora, dado que faltaban apenas 2 días para que Toño hablase nuevamente con Lobo Azul y ajustar detalles acerca del lugar y la forma de pago por el rescate, era necesario convencer a Toño, a toda costa, incluso, falseándole la información, a que posponga por una semana la entrega del dinero. Con ello se pretendía no sólo ganar tiempo sino también acumular mayores antecedentes, y de esa manera, conseguir el triunfo inmediato y el aniquilamiento definitivo de la banda Pentaequis. Rápidamente, convocaron a Toño para una entrevista privada lejos de casa y sin la escolta de sus guardaespaldas, pues se trataría de una disertación especial en momentos en que había "mucho pan que rebanar".

Aquella reunión entre Louis y Marlon con su contratante Toño, sería la primera tras una semana de intenso trabajo. Se llevó a cabo de noche y a puertas cerradas en la casa de Marlon en un distrito apartado del centro de la ciudad. De los acuerdos de esa reunión dependería la suerte de Joba y su inestimable rescate. Fue Marlon quien abrió el diálogo:

— Ya descubrimos quiénes facilitaron la intrusión de los secuestradores en tu residencia ese mismo día de la salida a "Huampaní", pero no intervendremos si tú no lo quieres. Tampoco haremos nada antes de la cita de pasado mañana cuando hables con Lobo Azul. Sin embargo...

— ¿Sin embargo qué? ¿Cómo se atrevieron a interceptar mi teléfono? En eso no debieron meterse; a ustedes les contraté para dar con el paradero de Joba de manera rápida, y para nada más.

— ¿Y por qué tanto desconcierto Toño? Tú sabes que nosotros perseguimos el delito, legitimando una misión que no siempre se ve como transparente, no obstante es profesional y no sobrepasa las reglas del trato que hicimos, aunque ello nos obligue incluso espiarte a ti. Ahora, lo que nos incumbe es recobrar a tu mujer tal como la quieres, "viva". En cuanto a la negociación del rescate, tú puedes hacer lo que te plazca. No obstante, así como escuchamos tus conversaciones con Lobo Azul, también interceptamos lo que él y su banda van tramando. Tenemos pruebas que a Pentaequis no le interesaría devolverte a Joba si de sacarte dinero se trata, pues gracias a la información de sus cómplices conocen tu gran sensibilidad por Joba y lo que por ella darías si ellos te negaran devolverla. Hasta podrían emplear el recurso del impacto psicológico haciéndote creer que la van a torturar o que ya lo están haciendo; te enviarán un dedo amputado de ella como muestra de su ferocidad y eso impulsaría a que eleves la oferta. No olvides que, ellos desconocen la palabra misericordia, y no confíes ciegamente en sus palabras; ese es nuestro humilde consejo. Si no nos haces caso, tampoco cargues sobre nosotros las desgracias que surjan.

— ¿Y cuánta más argucia urden aquellos miserables?

— Muchísima más. Toda patraña que Pentaequis trama, la pone en marcha. Recuerda, son delincuentes con un prontuario sangriento sin igual, eso lo sabe la policía y sin embargo, ni siquiera sospecha de su intervención en el secuestro. Estamos a tiempo de prevenir lo peor, y por el bien tuyo y de Joba, la pregunta ahora es ¿Quieres cooperar contigo mismo?

Los detectives privados, naturalmente, exageraron lo que suponían que acontecería, intuyendo desde luego, lo miedoso que era Toño. Pero felizmente éste tomó consciencia acerca de la posibilidad de un revés tan pronto entregase el dinero. Así que, a pocas horas del próximo convenio con Lobo Azul, Toño se resignó a ser más autocorrectivo, y prestando oídos a Louis y Marlon, preguntó:

— ¿Qué se debe hacer entonces?

— Nuestra táctica es simple —afirmó Louis—, aquí tienes tres nuevos celulares, los que has de entregar a cada uno de los guardaespaldas que custodiaban a Joba el día que fue raptada. Lo harás hablándoles como jefe y con cierto acento autoritario:

"Queridos muchachos, estos celulares 3G, son un obsequio para ustedes; debo aclarar, no es un simple recambio por los celulares anteriores, sino la muda a mejor tecnología para comunicarnos óptimamente ya que se acerca el plazo fijado para el desembolso del dinero por la liberación de mi mujer, por quien ustedes cariñosamente velaron y asistieron antes de su caída. Es a partir de estos nuevos aparatos que haremos un buen seguimiento ante cualquier incidente. Pienso que con la ayuda de ustedes, el rescate será un éxito y no un fiasco. Pueden enviarme mensajes de texto e incluso fotos a toda hora. Cuando prevean peligros en el curso de la negociación por el rescate, lo debo saber de inmediato; y si todo sale bien, la recompensa para cada uno de ustedes, será muy buena".

Es así como deberías decir a tus guardaespaldas, reafirmó Louis, pero si no te alcanza la memoria, te lo doy por escrito. Debes ser convincente, pues queremos que ellos hagan uso de estos celulares; posteriormente te explicaremos cuál es la razón. Por otro lado, cuando converses con Lobo Azul, argumenta que ambos deben ser precavidos, apuntando que el arrojo podría caer en "saco roto", y cuando hay dinero en juego, las cosas no se hacen "a la paporreta". Dile asimismo que la policía no ha despegado los ojos del caso desde un principio y te hostiga telefónicamente, lo que podría obstaculizar cualquier privanza entre ambos. Trata de imponer tu "punto de vista" persuadiéndole a que respete ciertas condiciones de prevención, ya que de lo contrario, ambos perderían. En resumen, la idea es aplazar la entrega del dinero hasta por una semana. De ser así, tenlo por seguro que no sólo habremos rescatado a Joba con vida, sino también podríamos identificar y ubicar a todos los integrantes de esta repulsiva banda.

— Consiento tal idea —dijo Toño—, haré entrega de los nuevos celulares a cada uno de los guardaespaldas. Confío en ustedes y en vuestro esfuerzo por haber dogmatizado mi cabeza con el pronto rescate de mi mujer. Y ahora ¿Nos vamos?

Louis y Marlon acompañaron a Toño hasta su residencia y se despidieron a la espera de lo que suceda.

¿Y qué sucedió?

Temprano por la mañana, Toño hizo entrega de manera solemne los nuevos celulares a sus odiosos esbirros, quienes quedaron felices y prometieron cooperar con él, aunque incuestionablemente, como encubridores del secuestro, no colaborarían, pero fingirían hacerlo.

Ignorando la total desvergüenza de los apócrifos guardaespaldas, Toño puso atrevimiento a su encargo, confiando manifiestamente en las intenciones de sus aliados investigadores.

Hasta que nuevamente, el providencial telefonazo de Lobo Azul, sonó:

— Hola Toño ¿Estamos listos?

— Sí, ya tengo el dinero.

— ¡Qué bien!, veamos la forma del canje. Si recibimos el dinero, tendrás a Joba contigo y pronto.

— La verdad, no entiendo cómo podremos negociar sin exponernos al peligro. Te lo digo porque la policía no ha detenido su persecución tras los hechos y me pregunta vía e-mail si acaso tengo noticias de los plagiarios, pese a saber que no cederé a su importunación y menos si esto pone en riesgo, redimir con vida a mi mujer. Junté todo el dinero, pues quiero a Joba en casa ya, pero la policía tercamente está detrás observando mis movimientos, y no puedo impedirlo. Repasa tu consciencia y dime cuál es tu propuesta para un trueque sin peligros ¿Tienes una idea?

— Tengo alternativas que barajar, lo pensaré bien y te vuelvo a llamar de madrugada, no apagues tu celular.

Lobo Azul consideraba factible el presentimiento a un fatal desenlace ¿Cómo evitar venirse abajo después de haber invertido todo su patrimonio en esta misión delictiva? El apuro no sería lo más adecuado y debiera quedar al margen de su agenda, de lo contrario, en un "abrir y cerrar de ojos" todo lo planificado se iría al agua, y Lobo Azul podría quedar en la bancarrota.

Él era consciente que "la especialidad de la casa" eran los asesinatos y toda clase de rapacerías, pero no los secuestros. Además, como jefe de una demoledora horda asesina, convertida en la más requisitoriada por las brigadas del crimen, su destino más probable sería caer en manos de la ley, y de seguro, morir en la cárcel.

Lobo Azul lo pensaría dos veces; se dio unos días para meditar e hilar un plan infalible, aunque ello significara emplear todo su ímpetu criminal para arrebatarle el dinero a Toño a balazos, pues por un millón trescientos mil dólares, no vería ningún obstáculo en jugarse la vida, pero jamás ir a prisión.

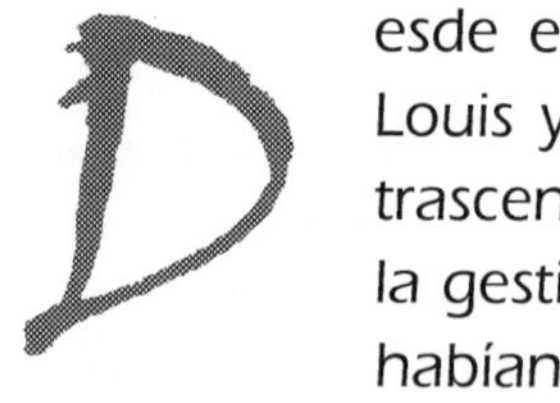

esde ese mismo instante, el espionaje de Louis y Marlon cobraría profesionalismo y trascendencia en los cálculos decisivos de la gestión interventora. Hasta el momento, habían reunido antecedentes de jerarquía para reconocer a los culpables, pero faltaba indagar mucho más mientras perduren las negociaciones del rescate.

Toño no entreveía la estrategia de Louis y Marlon, ni tampoco lo aceptaría, puesto que su obstinación por liberar a Joba era efervescente. Persiguiendo el cebo de su alucinada esperanza, buscaba un pequeño impulso para arriesgarse a todo. Se hallaba en un punto en que su expectación no resistía más, y ante la incertidumbre, estimó que su propia vida valía menos que el dinero.

¿Pero cuál era la estrategia de los detectives privados?
¿Cuánto más sabían de lo que andaban buscando?

A las "escuchas" por interceptación y a los ojos de las mini cámaras, discretamente instaladas en diversos puntos, Louis y Marlon, integraron al espionaje los tres celulares que Toño concedió a sus guardaespaldas. Los números de estos aparatos quedaron bajo control para ser examinados a distancia por los "celulares espías", los que tenían previamente instalados un software hacker, programados para rastrear SMS y correos electrónicos, enviados o recibidos; además de oír llamadas entrantes y salientes. Toda una plataforma web, cuyo monitor de un notebook o de un celular, serviría para mostrar cabal información de los teléfonos espiados.

Lo más importante de todo esto, es que también se podía rastrear por GPS la ubicación física, más o menos exacta de los teléfonos intervenidos. Entonces ¿Habría pretexto para fracasar ante semejante maniobra?

El empeño que Louis y Marlon pusieron a su misión fue tomando cuerpo. Accesoriamente, contrataron los servicios de algunos hombres para que, figurando ser detectives, merodeen las afueras de la residencia de Toño, y asimismo, con disimulo, sigan a los sospechosos, presionando su asedio hasta que éstos se sobrecojan y ver desde luego cómo reaccionan.

(Louis y Marlon descubrieron lo que presumían)

A raíz de las espléndidas actuaciones de los simulados agentes, Toño y los guardaespaldas (incluidos los no sospechosos) cuestionaron la actitud de los extraños protagonistas, inquietándose. ¿Serían agentes de la policía local? ¿Agentes de seguridad municipal? ¿Otros ladrones que, enterados del millonario rescate, estarían afanosos por asaltar a Toño en una suerte de nadie sabe para quién trabaja?

Así entonces, el mensaje emitido desde uno de los celulares de los guardaespaldas cómplices, no estaba destinado a Toño sino a Lobo Azul y de pasada a los teléfonos espías de Louis y Marlon:

Hola Lobo Azul; por estos días hemos visto a varios tipos en un auto sin patente, que no cesan de patrullar la casa de Toño día y noche. Para ser más preciso, hoy al mediodía nos siguieron tres hombres fortachones hasta el restaurante donde solemos almorzar. Le pregunté a Toño si aquellos extraños, eran sus nuevos contratados de seguridad, o tal vez un contingente policial destinado a su resguardo ante un eventual atentado. Me confesó desconocer quiénes eran, pensó más bien que los tipos extraños pudiesen ser parte de un equipo de apoyo de Pentaequis en vísperas del pago por el rescate.

Frente a ello, Lobo Azul, estamos conteniendo el nerviosismo, y nuestro corazón nos dice que ya es hora de renunciar a seguir con Toño, pues si alguien se da cuenta que somos coautores, estamos fritos ¿No crees que estamos tardando mucho en tomar una decisión? ¿Qué debemos hacer con los que nos persiguen?

La respuesta fue audaz: no te acobardes, tómale fotos a esos imbéciles y las envías a mi celular; esos "sapos" serán identificados, no obstante, antes que nos sigan molestando les vamos a reventar la cabeza a golpe de metralla ¿Ignoran quiénes son los Pentaequis? Ten en cuenta que, en cualquier momento, nuestro escuadrón de aniquilamiento barrerá la basura del camino. En nombre del contraespionaje que ustedes hagan les duplicaré el pago; mientras tanto, quédense tranquilos que estamos a un pasito de recaudar los fondos del rescate, el cual se consumaría en horas.

El fluido intercambio de mensajes entre Pentaequis y sus implicados coadjutores, resultó ser una suculenta fuente de revelaciones que fue a dar a manos de Louis y Marlon, quienes sin pérdida de tiempo, alistaron su arsenal de investigación para aproximarse al primer plano de los acontecimientos, lo que a la postre, llevaría al desenlace final de su misión.

Sin embargo, momentos antes del arreglo final con los secuestradores, Toño habló con Louis y Marlon y les comunicó lo que estaba aconteciendo a su alrededor, dejándoles saber también, que el desembolso por la libertad de su mujer se daría en breve tan pronto Lobo Azul lo programe. No obstante, aunque nadie la olfatee, sería una acción temeraria.

Hablando con Louis y Marlon, Toño expuso lo que pretendía hacer, sin aceptar de éstos más indicaciones, excepto aquéllas que certificaran la supervivencia de Joba, para entonces soltar los dólares. A ello debiera sumarse la condición de hablar telefónicamente unos minutos con la secuestrada para luego entrar en vereda derecha por el "pago y rescate" y sin más treguas de espera.

Toño enfatizó a los detectives: si ustedes pudiesen apuntalar cualquier debilidad que ayude al éxito del rescate, enhorabuena, pues suceda lo que suceda, el precio fijado por la vida de mi mujer, ojalá exonerada de suplicios, es una bagatela en comparación a todo lo que podría dar.

Louis y Marlon tampoco tenían interés por imponer sus particulares puntos de vistas, pues sus encargos, a estas alturas, estaban demás. Con los antecedentes y evidencias en su poder quedaron conformes y decididos a hacer lo necesario para ubicar el paradero de Joba y sus captores. Sólo quedó desear a Toño, buena suerte y un pronto reencuentro con su amada.

Pese a una posible persecución policial, Lobo Azul se jugó su última carta y tomó decisiones aunque fueran letales. Llamó a Toño de madrugada y le dijo:

— Hola Toño, te habla Lobo Azul, prométeme que harás las cosas como yo te ordene y en absoluto secreto.

— Lo prometo.

— El lugar donde vas a dejar el dinero aún es incierto, dadas las inseguras circunstancias de la negociación. A partir de estos momentos, nuestra mutua coordinación será ambulante, quiero decir que, lo que acordemos se irá dando en el transcurso del camino. Conversaremos en todo momento, poniendo ojos y oídos a las cosas que interfieran el objetivo, y cuando tú creas que nadie asecha por la espalda, depositarás el dinero en el lugar que yo te señale. Sin embargo, no te emociones tanto, que tu mujer no será liberada mientras Pentaequis no duerma tranquilo en algún placentero socavón del mundo. Dicho de otra manera, será cuando tengamos el dinero en nuestro poder y estemos libres de todo peligro. Recién entonces te devolveremos a Joba, sana y sin ningún rasguño.

—¿Y por qué no hacemos un canje más rápido?

— No seas tan ingenuo Toño; ruega más bien que cuanto más lejos nos hallemos de la contingencia, más cerca estarás de tu mujer. No deseamos comprometer nuestra libertad de ninguna manera; acéptalo, hemos matado a tanta gente que, nadie nos va a perseguir para felicitarnos.

— O.K. Quiero conversar con mi mujer.

— Aquí la tienes.

(Habló Joba)

— "Toño querido, cuando la fe manifiesta su fogosidad, hasta los muertos querrán quemarse en ella con el fin de ser plausibles. Por mi parte, agonizaré confiando en ti longitudinalmente; me faltaría saliva para besar el borde complaciente de todo cuanto significas. Me pregunto,

¿Respiraremos juntos el reencuentro en algún lecho del universo? Yo pienso que sí, pues hemos logrado derretir nuestros corazones, vaciándolos en un mismo molde. Te confieso que mis celadores me han tratado muy bien; lo que han hecho es cuidarme y aquí estoy, "haciendo cola" en la repartición de tu formidable amor, pase lo que pase".

Aquella prosa sacudieron los tímpanos de Toño que se apuró por el "pay per view" de su añorada mujer, y soltando un suspiro de ansiedad exclamó: Lobo Azul, estoy listo para lo que me digas.

No obstante, en simultáneo, y a corta distancia, los detectives privados tomaban el pulso de los sucesos, dispuestos a seguir a Toño sin que éste lo notara. En efecto, Louis y Marlon se acordaron que una noche de "halloween", ambos se habían disfrazado de viejitos y nadie les reconoció, entonces ahora harían lo mismo; pretendían hacer un seguimiento camuflado e incluso pasar por las narices de Toño, si fuera posible sin ser advertidos.

El hilo parlante entre Lobo Azul y Toño estaba siendo registrado felizmente minuto a minuto por los detectives particulares:

— Hola Toño, soy Lobo Azul, son las tres de la mañana y comenzamos la operación; ésta no debe demorar más de una hora. Cuando vuelva a llamarte, abandonarás el lugar donde te encuentras; te aviso en breve.

Como previniéndose de un repentino asalto, Toño tomó la decisión de esperar la hora indicada en una casa lejos de la suya. Consiguió un automóvil de poca clase para movilizarse disimuladamente. Sin embargo, no sospechaba que su cautela, para Louis y Marlon, no le serviría. En contra de ello, silenciosamente, ambos se enrolaron para escoltar a Toño según las determinadas órdenes de Lobo Azul. La intención era no intervenir y solamente prestar cuidado a que no se produjese algún arreglo decepcionante. De la misma forma, procuraban ampliar el historial de datos que pudiese servirles más tarde. Y una vez que Joba quedara en poder de Toño, toda operación que lleve a la caída de la banda asesina, sería un laurel agregado.

Lobo Azul hizo sonar el celular de Toño para decirle:

— Sal y dirígete al centro de la ciudad, mirando siempre por el retrovisor a que nadie te siga maliciosamente, ¿Dónde estás?

— En algún lugar del distrito de Lince.

— Ve hasta el centro de Lima e ingresa por algún lado a la Avenida La Colmena, y prontamente sigue derecho en dirección de la Plaza San Martín y cuando estés aproximándote a ella, me avisas.

(Momentos después)

— Ya estoy cerca a la Plaza San Martín.

— Entrando a la Plaza, vira a la derecha por el Jirón de la Unión y a velocidad reducida. A mitad de cuadra verás el rótulo de neón de un garaje público, ingresas a él y desde allí me llamas.

— Llegué, estoy en el garaje.

— Deja el auto y sal al Jirón de la Unión con el dinero escondido. Afuera, camina en sentido inverso a la vía, como devolviéndote a la Plaza San Martin, al primer auto que se te acerque haciendo "cambio de luces" lo haces parar como si se tratase de un taxi, te subes en la parte trasera y eso es todo.

— Allá voy.

Ante ello, los detectives Louis y Marlon apuraron la marcha de su vehículo hasta el Jirón de la Unión y no vieron el auto de Toño pero se percataron de la cochera donde supuestamente ingresó. Detuvieron el auto un poco más allá para que uno de ellos se apeara. Éste era Louis, disfrazado de un decrépito octogenario, quien comenzó a avanzar a paso de enfermo en dirección de la cochera, llevando un libro debajo de su brazo, y dentro del libro, una potente mini cámara que iba filmando discretamente todo.

Mientras Marlon iba al volante del auto, dando vueltas alrededor de la cuadra a la espera de su compañero Louis, éste se iba aproximando a la cochera, hasta que coincidentemente en la misma puerta se topó con Toño, quien no llevaba en sus manos ni una bolsa ni una valija, sólo iba arropado con un largo abrigo de color gris oscuro y un gorro de lana del mismo color. Sin prestar importancia a nadie Toño apresuró sus pasos hacia la Plaza San Martin.

El fingido anciano asediaba y nadie le tomaba en cuenta, a más que, pese a la hora, la céntrica arteria del Jirón de la Unión nunca está desierta. El ligero disfraz de Toño le pareció al detective algo extraño pero se limitó a no especular y continuó la pista que venía rastreando.

Al rato, un vehículo con apariencia de taxi se fue acercando y haciendo cambio de luces. Toño levantó la mano; el falso taxi se detuvo, él se subió en la parte trasera y luego enrumbaron en dirección de la Vía Expresa.

Louis, del mismo modo, hizo señas para detener el auto de Marlon y subirse e indicarle: apresúrate hacia a la Vía Expresa, pisa el acelerador, mientras yo examino el GPS. El auto que perseguimos es de color amarillo y según mis cálculos está yendo a 70 kilómetros por hora. Quizá Lobo Azul no toma más velocidad pues no quiere levantar sospechas o simplemente no quiere accidentes.

El auto se halla a la altura de San Isidro; lo tenemos cerca. Está saliendo de la Vía Expresa e ingresando a Miraflores por la calle Schell. Lo tenemos a la vista, ahí va delante de otro auto. Se detuvo en el semáforo... ¡Mira quién baja!

Es Toño, con su grueso capote y gorro de lana gris; ahora salió y camina veloz hacia el lado sur de la Av. Larco. Detente un momento que iré tras él.

Louis no desperdició tiempo y bajó detrás de Toño para ver a dónde se dirigía. A la distancia pudo ver que Toño se subió a un taxi en sentido transversal a la calle Schell. No le quedó más que tomar sus propios apuntes: color, modelo, número de placa, etc. El panorama se le había complicado, de modo que, regresó de inmediato donde Marlon y le dijo:

Toño subió a un taxi que marchaba por la Avenida Larco para dirigirse al centro de Lima, supongo que ya pagó el dinero del rescate y ahora va a la cochera a recoger su auto para irse a casa. Estamos frente al desconcierto ¿Qué hacemos? ¿A quién perseguimos? ¿Al auto de Toño por la Avenida Larco o al auto de Lobo Azul por la calle Schell?

Marlon opinó con total certidumbre, a Lobo Azul obviamente; nos interesa más, saber a dónde va con el dinero.

El olfato de los investigadores particulares no podía caer en distracciones de ninguna clase, y ellos por nada del mundo debían perder de vista al auto que pisaban los talones. Se olvidaron del taxi al cual supuestamente se subió Toño y continuaron derechamente por la calle Schell detrás de Lobo Azul.

Pero de pronto, la situación comenzó a manifestar cierta extrañeza; el auto perseguido ingresó por un angosto pasaje hacia el óvalo de José Pardo y dio una rotación completa para retornar por la Avenida del mismo nombre hasta llegar al final y luego virar a la izquierda por la Avenida Arequipa rumbo al centro de Lima. Lo más extraño fue que, este auto, el mismísimo que venían acosando desde cuando Toño lo abordó en el Jirón de la Unión, marchaba a paso de tortuga, como si no le importara que alguien lo persiguiese.

Esto motivó a Louis y Marlon ir a la zaga de modo más lento, tratando de no ser vistos. Aprovecharon la ocasión para enfocar sus potentes cámaras y buscar el mejor ángulo para fotografiar de cerca la fisonomía del hombre más peligroso del hampa. Y es que teniéndole virtualmente cercado y frente a los ojos, sólo esperaban el momento preciso. Quizá, si Louis y Marlon —de pura curiosidad— se hubiesen tomado la molestia de vigilar su GPS, la cosa sería distinta. Para su desgracia, no lo hicieron.

El perseguido vehículo con apariencia de taxi se estacionó en el frontis de un restaurante de la Avenida Arequipa, y los detectives más allá hicieron lo mismo. Con sus micro cámaras bien encubiertas, cortésmente disfrazados, Louis y Marlon se acercaron al inmutable hombre que hoy daba la cara, orondo y sonriente, pero el impacto emocional no se hizo esperar, ese hombre a quien no le quitaron el ojo de encima, no era Lobo Azul sino Toño, que ya no llevaba ni el abrigo ni el gorro de lana con el cual salió de casa.

— Son cosas que pasan, murmuró Marlon, disimulando un nuevo fracaso.

El supuesto Lobo Azul (ahora, Toño) abandonó el auto, caminó unos metros sin mirar atrás y tomó un taxi que lo llevaría directo a la cochera donde había dejado su auto en custodia.

¿De qué forma la ilusión óptica se impuso a la perspicua practicidad de quienes creían ser los más listos en el campo de la investigación secreta? ¿Cómo y en qué momento se dio la confusión? ¿Y por qué eso podía ocurrirle a ellos precisamente?

Resignados declinaron la persecución, se dieron cuenta que, una vez transferido el dinero por el rescate y habiendo perdido el rastro de Lobo Azul, ya no tenía sentido seguir. Sabían además, que Toño volvería a la vivienda del distrito de Lince desde donde partió. Así que, lo mejor sería ir a dormir, pues según sus propios cálculos, quedaba todavía una brisa de esperanza para liberar a Joba como prometieron a Toño. Sin embargo, restaba armar el rompecabezas del chasco sufrido tras la agotadora persecución ¿Qué pudo haber ocurrido?

Disipar tal interrogante sería "tarea para la casa", hasta cuando vuelvan a juntarse.

Al atardecer del día siguiente, Louis y Marlon volvieron al "Estudio" que compartían. Lo primero que hablaron fue, si ya tenían indicios de la confusión que ambos sufrieron al perseguir a Toño en vez de Lobo Azul. Marlon reclamó a Louis:

— Sobre todo tú, que ibas enfocando "la mira" tras los fugitivos ¿Qué crees que sucedió? ¿En qué minuto se te fue el hilo?

— Tengo una respuesta y si no la aceptas me das la tuya, repuso Louis.

— Vamos, dímelo.

— Fuimos consumidos por el ilusionismo muy bien montado por parte de Toño, quien francamente es más intuitivo que Lobo Azul. Toño elaboró un artesanal y eficaz montaje para confundir a los perseguidores. Por lo demás, —si no lo sabías— Toño es un aficionado a la prestidigitación. Cada vez que la oportunidad se presta, hace gala de sus destrezas hipnóticas; se figura como un ilusionista que inventa sus propios trucos. Según su madre, Toño desplegaba habilidades en el arte del ilusionismo desde niño, y que exponía en reuniones de familia y amigos. Incluso más recientemente, lograba hacerle numerillos mágicos a Joba para seducirla. Y bueno, esta vez lo hizo con nosotros.

¿Cómo sucedieron las cosas?

El temor a un probable asalto y el hecho de no faltar a su palabra, más la ansiedad por rescatar a Joba, hizo que Toño se las ingeniara para ocultar el dinero debajo de su grueso abrigo, el cual fue forrado de billetes, tanto así que no necesitaba de un chaleco antibalas, aunque llevaba ya uno puesto. Vestido de esa manera, con su habitual capote gris oscuro, pudo caminar sin miedo, por las húmedas calles del estridente centro limeño, pasando desapercibido como cualquier mortal.

La entrega del dineral a Lobo Azul, o más bien dicho, la entrega de los billetes adheridos al abrigo, se hizo en plena Vía Expresa. Toño lo había premeditado, deduciendo que el dinero oculto en un escueto gabán en pleno invierno, sería un sablazo a la distracción para cualquier perseguidor; y así mismo sucedió, porque un poco más allá, en uno de los semáforos del distrito de

Miraflores se produjo el intercambio de roles: Toño pasó al volante del falso taxi para conducirlo y devolverse a la cochera de Lima, y Lobo Azul (ya disfrazado con el botín debajo del abrigo) escaparía para guarecerse en algún sitio, dejando de ese modo, cerrado aquel cauteloso y cruel negocio.

(Louis siguió comentando)

Lo peor fue que, nosotros, los bienquistos del espionaje, "los cazadores de ratas", nos olvidamos de mirar nuestro "Palm con GPS" para establecer el punto de ubicación del celular de Toño y nos regimos únicamente por el instinto de nuestras frágiles pupilas. Puedo concluir que, en el trayecto hacia Miraflores se produjo la brecha de nuestra fallida persecución.

— Yo intuyo lo mismo Louis, y no quiero más excusas. Después del inesperado tropezón que tuvimos, hemos de estar atentos a que Pentaequis entregue el dinero ofrecido a los tres partidarios del secuestro. Entretanto, estoy seguro que estos delincuentes no abandonarán a Toño hasta después de la recompensa, lo cual significa que ellos continuarán intercambiando mensajes con Lobo Azul, y nosotros proseguiremos interceptándolos, ¿No crees que tenemos razones para entusiasmarnos? Además, tenlo presente que la liberación de Joba no se va a efectuar tan fácilmente así como Toño lo quiere. Los secuestradores no sacarían a Joba de su escondrijo mientras "no hayan moros en la costa"; y por su propia seguridad, no perderían mucho con no soltarla. Para ellos, sería más conveniente matarla que correr riesgos inmediatos. Tal vez por ahí, en un momento dado, si aflorase en ellos, tan solo una pizca de misericordia, liberarían a Joba, pero aquello tampoco sería en breve tiempo.

sí las cosas, mientras la amable esperanza tomaba asiento aguardando su turno, Louis y Marlon decidieron informar a Toño todo lo que ya sabían del caso y cuánto más quedaba por investigar, considerando ciertamente las estrictas sugerencias del empresario.

Pasó otro día más en la extendida agenda de los detectives privados. Pero ahora, en la mansión de Toño, y en su propia cara, tiraron "toda la carne a la parrilla". Sin miedo, o mejor dicho, sin asco, revelaron el fruto de su esforzada comisión. Decidieron pues, hablar con la verdad, o como se dice vulgarmente, "a todo hocico", aunque a Toño le doliera escuchar.

(Opinión de Louis)

"El secuestro se gestó primero en los salivales y ávidos ganglios de la codicia de uno de los guardaespaldas de

Joba en los días en que tú estabas en Buenos Aires. La mutua confianza de ella con su inseparable séquito de guardaespaldas, sazonó en pocos días el concupiscente caldo de la codicia de uno de ellos cuyo nombre es Nehemías, a quien tú conoces pero no tanto. Por otra parte, el inocente desahogo de Joba por compartir confesiones de su vida afectiva y privada, dejó abierta una ventana a la indiscreción de Nehemías, quien como íntimo amigo de Lobo Azul se interesó en interrogarla y buscar los puntos débiles que le sirvieran poder orientar el golpe.

Fue Nehemías quien corrompió a sus colegas para facilitar el asalto y posterior rapto de Joba a cambio de una gran recompensa.

El secuestro podría haberse ejecutado con toda la pachorra del mundo mientras estabas en la ciudad de Buenos Aires. Sin embargo, mañosamente los raptores esperaron a que volvieras para dar el golpe, evitando de ese modo, que la sospecha no recayera de inmediato en los encomendados guardaespaldas.

Ya sabemos que la entrega de 1´300.000 dólares, se dividiría así: 100.000 dólares para cada guardaespaldas cómplice, y 200.000 dólares para cada uno de los cinco integrantes de la banda Pentaequis.

Cuentas claras y el asalto se produciría tan pronto la ocasión lo permita, y esa ocasión se dio el día en que ustedes salieron a solazarse al "Centro Vacacional de Huampaní" ¿Y qué más pasó realmente?

Considerando la inflexión del personal de vigilancia que rondaba la zona cada vez que la familia salía a la calle, Nehemías introdujo en la maletera del auto —que él mismo conducía— a cinco homicidas con armamento y todo, y les condujo hasta el garaje, sin que el vigilante de turno lo notara. Ya en el interior, los criminales se escondieron en un elevado altillo a ras de techo, donde comúnmente se almacenan diversos artículos baladíes. Allí, con calma, aguardaron el relevo de los vigilantes, el cual llegaría bajo el claroscuro de la fresca noche.

Dos fornidos integrantes de la banda Pentaequis sorprendieron al nuevo centinela que descansaba en paz dentro de su cabina de observación; quizá estaba anímicamente disipado por no tener mucho que vigilar con la familia fuera de casa. Sin darle tiempo a que reaccionara le redujeron y le sellaron la boca con una cinta adhesiva y luego más encima, le inyectaron una solución hipnótica.

El vigía, profundamente adormecido, como si fuese un muñeco de trapo, fue arrastrado y recluido en un apretado espacio, donde de madrugada fue descubierto por la policía. Mientras todo esto sucedía, los coludidos guardaespaldas que escoltaban al matrimonio mientras andaban por el "Centro Vacacional Huampaní", no dejaban de informar a los asaltantes de la residencia, acerca de los detalles de la misma, alertándoles de paso el pronto regreso de los paseantes. El resto es historia ya conocida.

Toño, abriendo sus ojos como búho y apretando sus labios como un Moai, escuchó la extendida y amarga revelación de Louis. Ya que su rabia se había enredado al estupor, todavía no lograba asimilar que uno de sus hombres de confianza, Nehemías, le hubiese asestado el puñal más fementido de su vida, y refunfuñó:

— Si yo debiera resarcir la ingratitud de ese maricón, le ahorcaría con mis propias manos. Imagínense, le sobró agallas para traicionar a su propia e ingenua patrona, aquello es imperdonable ¿Mas qué se puede hacer mientras Joba siga de rehén?

Louis replicó:

— No conviene levantar más polvo, hasta que Joba logre su libertad. De modo que tendrás que seguir viéndoles la cara a tus falsos servidores, dado que ninguno querrá abandonar su puesto de trabajo en tanto no obtenga cada cual su recompensa. No obstante, tan pronto lo consigan, correrán por una madriguera hasta que pase la tormenta. Conviene mientras tanto, que ellos sigan dando la cara, y de ese modo, no les perdamos el rastro hasta que sus carreras delictivas sucumban inmisericordemente.

— ¡Eso me gusta muchachos! Dejo en sus manos lo que ustedes puedan hacer, yo por mi parte habría tomado la decisión de despedirles del trabajo.

— Más bien querido Toño, ve acostumbrándote a dormir con "la señora esperanza", ya que aún no hay indicios que Lobo Azul se ponga en contacto con los cómplices para entregarles el dinero ofrecido. Si eso pasara y no soltasen a Joba de inmediato, quedan a nuestro favor muchas vías para rastrear el virtual rescate de Joba. Sin embargo, eso no avala dar con el lugar exacto donde ella podría estar. Empero, tenemos fe que será liberada de cualquier forma. Si esta vez no disimulan su crueldad devolviendo a Joba, la persecución policial y la nuestra, no daría tregua hasta acabar con ellos.

— Tendré que resistir los días que falten, me abrazaré al limbo de la ilusión y aunque la angustia me ulcere el estómago, moveré mis negocios otra vez. Sin embargo, singularmente, cuando mis narices soplen tan solo un instante sobre la bruñida piel de Joba, disfrutaré el atrevimiento de fondearme al "pozo ciego" de esta intransigente naturaleza invadida de caca.

Con estos términos Toño manifestó su furibundo despecho y se despidió de los detectives recordándoles que no dejasen de informarle las "buenas nuevas" del caso.

Ciertamente que así sería. Pero la rutina existencial de Toño ya no fue la misma; su desgano e irritabilidad emocional se hizo patente. Y cuando conversaba con los forajidos, mirándoles los manchados ojos del descaro, sentía ganas de vomitar toda la bilis de su desgracia. Por donde se moviera transpiraba a pocilga, se preguntaba si acaso alguien percibía también que su alma apestaba fúnebremente.

Las noches ceremoniales en su dormitorio tenían un gustillo a exequias. Su célebre tumba que era su cama, mostraba un cobertor de pulida tristeza, bajo el cual, a menudo, se retorcía como una lombriz que odia estar expuesta a un mundo sin tierra. A veces prefería no dormir y caminar por la huerta, navegando su propia esquizofrenia como cualquier ansioso internauta que busca rarezas por la Red. No quería morir aplastado por la desolación y se coreaba: ¡No! ¡No! y mil veces ¡No!

Sin embargo, vegetar otra semana más como un eremita, sin tener señas de Joba, le llevó nuevamente a triturar sus añejos soporíferos para poder dormir. Una noche, el bienaventurado timbre del triste palacete, seguido de un facundo grito de Joba llamando a la puerta, impulsó a Toño como una bala para ir tras ella, mas afuera, "ni una alma", el inmueble entero dormía desierto ¿Qué había sucedido?

La estructura químico-nerviosa del cerebro de Toño se vio afectada por los tranquilizantes, jugándole una amarga broma. Él mismo, reconoció que sólo se trataba de una ilusión. De vuelta a su encierro, cruzó por la sala, y desde un costado, la pomposa foto de Joba imploró un poco de consuelo; se paró enfrente de ella para rezarle, y la hipocondría pagó con un grueso fajo de recuerdos. ¡Qué difícil momento! ¿Cómo arrinconar al fondo, todas las promesas hechas a Joba: el tratamiento contra su esterilidad, los planes para fecundar hijos, la romería a la enigmática tumba del afectuoso Mholán, y el regreso a la extasiante cima del Cerro Tantarica, en cuyas ruinas ofrecieron al extinto compañero, "la miel" de su reciente maridaje? Imposible no lamentarlo.

Los fondos obtenidos en Buenos Aires los proveyó a la causa de Joba, y sin embargo, la incertidumbre batía en su interior con tanto salvajismo que una noche no pudo sostenerse en pie y se tumbó sobre el espacioso diván donde ambos versaban con frecuencia temas de la vida.

Mirando la alegre foto de su muñeca como si ella estuviese presente, brotó de sus labios una plegaria: "Qué voy a hacer sin ti". ¡Oh compasiva frase!, aquélla era también el título de la sensible balada que ambos escuchaban enamorados.

Toño encendió el equipo de sonido para reproducir aquella melodía, pero "la letra" comenzó a descuartizar su corazón, y mientras oía la canción, se fue atascando en un estero impregnado de lágrimas:

... Hoy quisiera hablar de ti y decirlo todo en palabras, pero me han de faltar palabras para contar que fuiste lo mejor que llegó hasta mi corazón y fuiste tú quien me enseñó a ser un buen amante.

... Cómo explicar esas cosas que llenaron mi vida en tan poco tiempo: horas, días, noches de estar tan ligado a tu piel, pensando que la felicidad se había hecho sólo para nosotros dos.

... Mas hoy todo ha terminado, sólo quedan los recuerdos habitando en mi corazón, tan llenos de ti. Me entregaste tus besos, tu vida, todo lo que eras, y ahora que te has ido, tengo el alma vacía y ávida de ti.

... ¿Qué voy a hacer ahora para vivir sin ti? ¿Qué voy a hacer ahora para seguir sin ti?

... Cómo pudo llegar a su fin este viaje tan bello, después de vencer nuestro orgullo a la gente, a los tuyos, creo que con el tiempo se fue perdiendo un poco de los dos y no hicimos nada por evitarlo.

... Hoy que estamos alejados me pregunto ¿Te acordarás de mí? Quisiera saberlo, porque yo todo lo relaciono contigo, y a veces tengo miedo, tengo miedo porque mi mente se niega a dibujarme tu imagen.

... ¿Podremos olvidarnos? Pues te diré la verdad. Para mí será difícil sacarte de mi mente, porque me diste mucho de ti y porque en cada rincón de mi alma tienes tu lugar.

... No sé cuánto tiempo durará esta agonía, tan sólo quisiera evadirme de ella un momento, pero es imposible... Es imposible porque quererte... Quererte ha sido como querer a mi propia vida.

Toño se encontraba enumerando el goteo de su propio sollozo cuando su inseparable celular sonó ferozmente; contestó de inmediato y escuchó la voz de Marlon, su detective personal:

— Hola Toño, perdona la imprudencia pero hay buenas noticias; estamos registrando una serie de mensaje entre Lobo Azul y Nehemías. Ambos están concertando lugar y hora para hacer entrega de la recompensa. Sécate las lágrimas y duerme que nosotros nos encargamos de ir tras ellos.

— ¿Y cómo sabías que estaba llorando, eres un psíquico?

— También lo soy cuando quiero serlo. ¡Mentira! No soy un psíquico, sólo suponía que podías estar gimoteando después de tantas noches sin noticias. Descansa Toño y mejor nos vemos más tarde; en estos instantes estamos saliendo a husmear de cerca el punto de entrega del dinero.

— Rogaré por ustedes.

Según los e-mails espiados, el dinero se traspasaría en apenas 10 segundos y en cualquier sector de Miraflores. Los agentes secretos vislumbraban que la transacción (tal como sucedió con el pago del rescate) esta vez y de modo semejante, se concretaría en pleno movimiento, haciendo difícil un fisgoneo directo.

Louis y Marlon reconocían con cierta humildad sus limitaciones y opinaron: comprendamos en último lugar que, si no logramos atrapar en el acto a los cómplices, será cuestión de mala suerte, pero sus desplazamientos ya están bajo la lupa de nuestros equipos; claro está, mientras ellos no apaguen sus celulares intervenidos. Honestamente, puede que nuestro aporte no culmine con un triunfal rescate, pues la libertad, e incluso la supervivencia de Joba está en manos de Pentaequis, pero cooperaremos con la policía hasta el arresto o exterminio de los culpables.

Siguiendo las señales digitales intervenidas, los detectives llegaron al distrito de Miraflores, tripulando cada quien su propio auto. La idea para esta vez era, no solamente captar la entrega del dinero, sino el destino que tomen por separado el recibidor y su pagador.

Así pues, a la velocidad de un rayo, y sin más ni más, consiguieron acorralar al auto de Nehemías, al que no debían perder de vista, acercándose y alejándose tantas veces como la prudencia lo requiera.

Fue en un tramo de la Avenida Benavides cuando llegó el mensaje esperado: "Atención Nehemías, en la próxima esquina hay un supermercado, trata de aparcar tu vehículo en algún sitio y luego camina hacia la puerta del supermercado; un compañero a quien no conoces, se acercará llamándote por tu nombre para decirte lo que has de hacer".

Al acecho y muy de cerca iban los cazadores cuyos vehículos se detuvieron en el mismo estacionamiento del supermercado.

Se bajaron detrás de Nehemías, ambos con sus diminutas videocámaras a manera de botones en sus camisas. Al rato, un hombre se acercó a Nehemías y sin mayor cuidado le estrechó la mano como a un viejo amigo. Obviamente no era Lobo Azul; habló algunos segundos y se despidió para ir caminando en dirección al centro de Miraflores. Todo fue rápido que no hubo tiempo para ajustar correctamente los auriculares de los micrófonos de largo alcance.

Los detectives supusieron que tras la persecución, algo observarían, y otra vez se equivocaron, ¿Otra vez?... Sí, otra vez, puesto que no alcanzaron a escuchar ni una palabra de lo que el extraño hombre le dijo a Nehemías. A pesar de ello, y ya en contra del tiempo, correspondía sólo continuar con lo pre acordado: Louis perseguiría al desconocido integrante de Pentaequis, y Marlon haría lo mismo con Nehemías.

En efecto, mientras Louis seguía "a pie" al extraño bribón, Marlon iba detrás de Nehemías hasta que éste tomó su automóvil y enrumbó de vuelta por la Avenida Benavides.

Marlon siguió el recorrido de Nehemías, quien se había alejado del lugar especialmente para distraer a cualquier posible perseguidor, pues minutos más tarde retornó al estacionamiento del supermercado, al cual ingresó con prontitud para hacer algunas compras.

Al salir Nehemías del autoservicio, se aproximó a la típica cajonera metálica (locket) donde se guardan las pertenencias de los clientes, y de uno de sus casilleros extrajo un bolso de nylon, se dirigió a su coche y partió. ¿Hacia dónde? Aquello debería averiguarlo Marlon quien no se despegaba del trasero de Nehemías; él fue marcándole el paso a Nehemías hasta cuando llegó a su destino, su propia casa. Desde allí, citó telefónicamente a sus compinches para entregarles a cada cual lo suyo. La paga quedó al fin resuelta y Marlon cumplió con su tarea. Llamó a Louis por si necesitaba ayuda y éste respondió:

— Por mi parte, mi trabajo concluyó más temprano de lo pensado; el delincuente a quien yo seguía, marchaba sin destino fijo por diversos pasajes de Miraflores, hasta que repentinamente abordó un taxi, escurriéndose de mis ojos. Y como me había alejado tanto del punto de partida, atiné a regresar, no me quedaba más, puesto que, aun cuando el acecho se hubiese realizado, desde un principio, en auto, no habría servido de nada, ya que los callejones peatonales por donde el forajido andaba no permitían el acceso de vehículos. Mejor cerremos el libro de las lamentaciones y vayamos a dormir dejando para mañana las conclusiones de lo que pudo haber ocurrido.

Al día siguiente por la tarde, se volvieron a reunir en el "Estudio" para recapitular y deducir opiniones de lo que ciertamente sucedió, ¿Y qué sucedió?

El frugal encuentro entre el lugarteniente de Lobo Azul con Nehemías fue sólo para transferir la llavecita de uno de los casilleros metálicos del supermercado, desde donde se retiraría el dinero. Sucedió en el momento que uno estrechaba la mano del otro, siendo a simple vista improbable advertirlo.

Por otra parte, los involucrados guardaespaldas no volvieron más a sus puestos de trabajo. Si lo habrían hecho, sólo para disimular, habría sido una locura. Es más, sería faltar al propio honor y a su palabra. Después de todo lo hecho ¿Qué más habría que hacer, sino velar la sagrada hora en que Pentaequis se apiade de Toño y libere a Joba? No obstante, mientras eso no ocurra, los detectives no dejarían de interceptar más mensajes y tomar mayores determinaciones.

Toño sintió ganas de preguntar qué había sucedido la noche anterior, y llamó a Louis y Marlon a su propia residencia para enterarse de aquello. Éstos acudieron a revelarle "con puntos y comas" lo sucedido y también para informarle qué planes abrigaban para el futuro.

raíz de todo lo expuesto, Toño advirtió que los detectives particulares venían desempeñando a cabalidad su honesto y eficaz trabajo, lo cual llevó a su corazón hasta el delirio esperanzador de ver a su mujer de nuevo en sus brazos.

Únicamente que, por la prerrogativa de la posible captura de los secuestradores, Toño no aceptaría la intervención policial, ya que la vida de Joba estaba todavía comprometida. Y aunque ella quedase libre, soliviantar al ataque contra Pentaequis traería como respuesta una racha de implacable venganza.

La gente y la policía, de igual modo, estaban al tanto de la activa intimidación de las huestes de Lobo Azul, incluso muchos "soplones" acabaron acribillados, inhalando el polvo de su triste delación. Por eso Toño, prefería libar con sorbete toda la sed de su anegada furia antes de vengar a sus traidores, al menos mientras Joba no haya sido redimida.

Para Toño, ningún otro plan en la liberación de su mujer sería aceptable. El millón y trescientos mil dólares que puso en manos de la banda homicida, no le afligía tanto como el temor a no lograr el rescate de su mujer. En cambio, para los detectives privados, pase lo que pase, un contraataque efectivo sería la coronación al esfuerzo. Diplomáticamente y por su propia cuenta decidieron ponerse en contacto con la policía nacional e internacional para cooperar en el apresamiento de los criminales.

Imploraron a Toño a que se mantenga sereno, a que duerma, a que no se desvele tanto y a que esté de buen ánimo, pues el corazón presagiaba que Joba sería liberada en cualquier momento. Apuntaron asimismo, a que cuando Joba vuelva a casa no le gustaría toparse con un esposo cadavérico y enmohecido por la pena.

Toño reflexionó profundamente y haciendo caso a los consejos de sus detectives privados salió a trabajar autoimponiéndose fortaleza. De algún modo, depositó su agónica fe en lo réditos de la ilusión. Y cuando la pena se imponía, él mismo podía accionar esa lucecita tranquilizante que sus hombres consiguieron estimular.

Después de dos eternos meses sin su querida Joba, las noches carbonizaban la mente de Toño con cierto ímpetu, hasta que una de ellas resultó distinta. Recibió un llamado de sus detectives para avisarle que revise su e-mail donde estaban registrados los últimos mensajes de texto intervenidos y cuyo contenido era hasta hoy la mejor noticia.

Toño corrió a encender su computador con más nerviosismo que regocijo y pudo leer desde su correo:

"Nehemías, avísame si tú y tus compañeros están en resguardo y lejos de Toño, que nosotros ya lo estamos. Una vez que me lo corrobores, tomaremos la decisión de liberar a Joba. Piensa que después de esto no recibirás un mensaje más y cada cual velará por su propia vida. Atte. Lobo Azul".

(La respuesta de Nehemías no demoró)

"Confirmado; estamos escondidos remotamente, por lo tanto, puedes proceder con la liberación de Joba. Buena suerte".

Estos mensajes provocaron en Toño sentimientos de euforia, pero al mismo tiempo, de mucho debilitamiento físico, similar a lo que sintió el día en que se produjo el secuestro. Le dolían los huesos de sólo creer que por fin su falleciente espera llegaba a su "hora cero".

La demora no jugaba a favor, ni para uno ni para otro; para los delincuentes podría significar la cárcel o la muerte, y para Toño, más sacrificio y más agonía. Según los cálculos de Lobo Azul, la prolongada retención de Joba incrementaba el costo logístico y por lo mismo, paradójicamente, se debería soltar a Joba en cuestión de horas.

Fue así que la mañana siguiente, después de haber leído aquellos mensajes auguradores, Toño despertó entre bisbiseos fantasmales, oyendo la dúctil voz de su mujer por toda la casa. Aprovechó que su propia moral estaba al tope para limpiar la maleza que sin ningún cuidado había sobrecrecido en el huerto. Se metió de lleno al quehacer de hortelano, no deseaba que Joba descubriera que su acicalado vergel ahora estuviera tan maltratado.

Toño cortaba el crecido césped sudando a chorros cuando el teléfono de la casa sonó sin contenerse. Tiró a un lado sus herramientas y voló a contestar, pero antes de levantar el teléfono se frotó el corazón hablándose asimismo: cuidado con el infarto. En seguida, la voz de Joba no tuvo misericordia; la sonoridad de un "hola cariño" impactó en el rostro de Toño sacudiéndole los maxilares con tanta inquina que apenas pudo decir "hola"; en tanto Joba agregó rapidito: estoy yendo en taxi para la casa, estaré contigo en cinco minutos.

Toño se enjugó el sudor de la cara con su propia camisa e impulsivamente salió fuera de la residencia para dar la bienvenida a su extraviada mujer, pero en un segundo se dio cuenta que no se había lavado la cara, mas esto poco importaba. Sin embargo, admitió algo que jamás debió olvidar y regresó a toda prisa puertas adentro hasta su dormitorio, desde donde extrajo un desodorante; se roció las axilas, al menos para disimular su hedor y evitar una mala impresión en el abrazo con su mujer. Pero al salir de vuelta se topó con Joba quien ya esperaba en la puerta.

Se abrazaron como dos hermanitos trepidando de hipotermia; compartieron sonrisas, lágrimas, besos y palmadas en las mejillas como diciendo ¿Eres tú? Les costaba creer estar pisando el umbral de una nueva vida ojalá sin sobresaltos. No obstante, en la mente de Joba se había impregnado la psicosis enajenada del rapto. Inconscientemente al entrar a casa, ella misma accionó manualmente todos los cerrojos del enrejado portón como implorando ¡No más intrusos!

Tal actitud fue un aspaviento que entristeció a Toño, quien tragándose las lágrimas y con la voz asfixiada abrazó a su mujer para reconfortarla: "Cálmate cariño, nunca más volverás a sufrir lo que sufriste; defenderé tu vida por encima de la mía, a fuego si fuese necesario".

De inmediato, citó a casa a sus honestos detectives Louis y Marlon para elogiar su trabajo y asimismo saldar pecuniariamente el pago prometido por sus servicios tras el fin de la odisea.

Los detectives llegaron al instante, deseaban de igual modo, compartir con Toño la formidable alegría por la liberación de Joba. No hubo brindis, solamente abrazos y ofertas de cara a los favores bilaterales que sobrevengan. Y para no vapulear ese agasajo que el rehecho matrimonio estaba reservando para cuando estén completamente solos, los profesionales, sin tanta reserva descubrieron cuál era el secreto de su decisivo triunfo; se pusieron a desarticular los dispositivos de espionaje que se hallaban escondidos por los diversos ambientes de la espaciosa residencia, lo hicieron en minutos, sin dejar nada que se preste a desconfianzas de futuras intrusiones.

De inmediato, después de limpiada la casa, llegó el triste adiós. Toño mintió a los detectives que tan pronto pudiese vender su casa, emigraría con su mujer a otro país. Mientras tanto, seguirían allí, bajo la protección de los otros tres insobornables guardaespaldas, a los que meritoriamente finiquitaría como corresponde.

Más tarde, después del tibio jacuzzi y la suculenta cena a domicilio, la idílica y secreta conferencia de los conciliados esposos inflamó la idea de instaurar formas prácticas en defensa ante potenciales asaltos.

Fundarían un régimen, ya no de protección asistida, pero sí, de absoluta discreción, optando por asentarse en un humilde y circunspecto refugio y sin despertar la codicia de nadie. La reciente y angustiada experiencia serviría para dar un vuelco en sus costumbres. Tenían presente la precaución que, el crimen reincide donde resulta exitoso, siendo factible que los secuestradores volvieran por la repesca, y eso sería el venenoso aguijón de un eterno martirio; Joba se lo planteó a Toño:

— Amor de mis entrañas, no quiero vivir más en este palacio, llévame donde quieras, fuera del país, a Cholol Alto, o a cualquier guarida donde podamos coger un mendrugo de felicidad; aquélla salvajemente esquiva para nosotros y que quiero consumirla con mis propios dedos, aunque sea por un día ¿Lograremos morir con una sonrisa?

— Es posible querida. Después de lo que nos sucedió, guarecernos en algún recóndito lugar estaba en mis planes. Iremos donde mis detectives privados no han de saberlo. Hay una finca en un rincón del mundo, con sotos plenos de salud y una flora nativa que ya querrías acariciarla de por vida; son 100 hectáreas situadas a escasos kilómetros al levante del "Centro Vacacional Huampaní". Yo vivía allá, en ese escondite flanqueado por elevados riscos andinos antes de ser beneficiado económicamente por el compasivo Mholán ¿Y te digo algo más? Allá construiremos nuestro apacible hogar, no lejos del predio donde ocultamente se yergue la mítica y extraña tumba de Mholán y a la cual iremos contigo, es la promesa que hice. Y una vez anidando en aquella apartada zona, iniciaremos el tratamiento de tu dolida esterilidad hasta que puedas ser madre; y en setiembre, cuando la vidorria de los campos de Cholol Alto y Bajo, pinte de matices aquel nostálgico paisaje, volveremos para gatear sobre los rocosos vértices del sugestivo Tantarica.

— Tu visión encaja con la mía, adorado Toño.

— Con mayor razón entonces. Mañana mismo venderé la residencia a "precio de huevo". Su venta será rápida y todo lo recaudado lo compartiré con tu familia y la mía. Entretanto, solicitaré a los obreros a que comiencen a remozar la antigua casa del fundo. No habrá mudanza de nuestros enseres domésticos; huiremos entre gallos y medianoche.

— ¿Y qué? ¿No llevaremos nada?

— Cargaremos el equipaje de nuestra propia ropa ¿Para qué más? Una vez vendida la casa, ningún vecino debe saber que nos mudamos cerca, sino que emigramos terminantemente a otro país. Todos han de creer lo mismo; los guardaespaldas, mis amigos, tu familia y los detectives. A partir de entonces, usaremos algún medio para comunicarnos con quienes queramos, pero sin más contacto físico con ellos.

— Quiero creer que, mientras la casa de campo tenga lo básico para vivir y nos sintamos más seguros que en la ciudad, el resto será redundancia.

— Así es Joba, la agridulce expresión de la vida nos mostró su lado adusto, ya es hora que nos muestre su lado complaciente ¿No crees?

— Ya que hablas del lado negativo que nos tocó vivir, espero que esto no sea el comienzo de lo peor.

— ¿Por qué tanto fatalismo, Joba?

— Después de una desgracia como la que yo viví, las contusiones del alma quedan inquebrantablemente a merced del terror. Complemento que, a cada tranco de nuestra crispada subsistencia, aflojamos más y más el armazón de nuestro frágil y biológico ser. Es por ello que a veces, los locos tifones del peligro, excitan en cada cual, un extraño afán por agonizar del modo más pestilente; recordemos a Vallejo en su poema "La Cena Miserable":

> "Hasta cuándo estaremos esperando lo que no se nos debe. Hasta cuándo la duda nos brindará blasones por haber padecido. Hasta cuándo este valle de lágrimas a donde yo nunca dije que me trajeran".

— ¡Ah, aquel acervo impulsivo de abrazar la gentileza de un mundo desquiciado! A pesar de todo, tú te mantienes igual de encantadora, en tanto yo estoy hecho un esqueleto.

— ¿Por qué tanta expiación Toño? ¿Si después de todo, tú soportaste mi secuestro y yo tu alejamiento? ¿Vamos a comparar quién sufrió más? Olvídalo, acá estamos, espirando sangre, solamente por el capricho de vivir un ratito más. Te has preguntado ¿Cómo pudo sucedernos todo, en tan poco tiempo?

— Nos tocó coexistir de esa forma —Joba mía—, pero si nosotros no hubiésemos sido adinerados ¿Habríamos vivido mejor? Difícil de saberlo. No obstante, de algo hay que persuadirnos; la pasión por vivir dignamente, oprime a unos con más fuerza que a otros. Si analizamos las cosas reflexivamente, reconoceremos que todos podemos ser víctimas e infractores de algo. Fíjate en esto; uno de tus custodios, Nehemías, ganó tu amistad, pero a la vez se sirvió de ella para conspirar contra ti. Fue él quien trazó el boceto de tu secuestro. Tal vez no lo vas a creer; este patán y dos guardaespaldas más se coludieron con la banda Pentaequis para secuestrarte; dejaron abierta la puerta de la residencia el día que salimos de paseo a Huampaní. A cambio de ello, estos cómplices consiguieron un sobrepago y huyeron sin aviso.

— No me digas Toño. Eso jamás me atrevería a suponer. Ahora incúlpame por haber revelado datos que quizá no debiera. De sólo pensar en la "cara de beato" que mostraba Nehemías cada vez que platicábamos, se me ponen "los pelos de punta". Pero ya es tarde, pagué caro mi ingenuidad, te lo juro que no volveré a confiar en nadie ¿Cómo no lo presentí a tiempo? Perdóname.

— Lo presagiaste Joba ¿Te acuerdas de la lechuza sobre el galpón en el Centro Vacacional Huampaní? ¿Creíste incluso que tu superstición, anunciaba algo malo? Sin embargo, yo lo sospeché mucho antes, cuando me hallaba en Buenos Aires, ¿Me preguntas por qué?

— ¿Por qué Toñito?

— Tuve dos apocalípticos y premonitorios sueños. Te lo insinué sutilmente antes que cayeras secuestrada ¿Lo recuerdas? Si no te lo conté, fue para no sugestionarte, o quizá porque me negaba a pensar que aquello fuese el anuncio de un suceso terriblemente cierto.

— Concretamente ¿Qué soñaste?

(El primer sueño)

"Nos veíamos contentos, tejiendo una cortina de finas laminillas de acero en la antecámara de la casa recién estrenada. Cuando terminamos de instalar la musical cortina, nosotros, como dos niños, la sacudíamos una y otra vez cruzándola de un lado a otro. Pero en un segundo, cuando nos hallábamos en lados opuestos, la cortina se endureció formando una valla impenetrable y tú alzaste la voz clamando ayuda. Yo hacía fuerzas por separar la intransigente cortina, y nada. Desesperado, quise romperla de cualquier manera, pero antes, puse mis ojos milimétricamente por una pequeña abertura y pude observar a una jauría de lobos alados que mordían tu cuerpo yaciente, y asiéndote de tus brazos y piernas te levitaron para extraerte por el techo, sin rumbo".

(El segundo sueño fue algo parecido)

"Cuando te encontrabas al otro lado de la crujiente cortina, en momentos que te aprestabas a dar de comer a unos buitres que tú misma habías domesticado, éstos, desconociéndote como su criadora, se arrojaron sobre ti y comenzaron a picotearte sin clemencia.

No obstante, esta vez sí pude atravesar la cortina y provisto de una pistola disparé al aire para ahuyentar a los carroñeros, mas no huyeron, sino por el contrario, arremetieron con más salvajismo; entonces me abalancé sobre ellos y disparé a quemarropa deshaciéndome uno a uno, de todos. Por fin alcancé a liberarte pero estabas malherida". Fueron dos pesadillas consecutivas que no supe interpretar.

— Aquello fue explícito; fuimos sacudidos por lúgubres campanadas que sólo una mente desértica es capaz de oír sin poder palpar su tostado relieve ¿Qué nos queda ahora por apurar?

— Nos queda acariciar un espantoso cielo estrellado, y sobrevivir condicionados a no cebar jamás un escenario de postración, lo cual sería la más cobarde experiencia humana que el difunto Mholán maldeciría.

— ¿Un escenario de postración?

— Sí, para Mholán ese escenario es caer al miserable sótano de la compasión; aquel pestífero e imaginario ataúd donde se refugian las almas de quienes expiran encadenadas a lamiscar una vida sin remedio.

— ¿Y qué vamos a hacer?

— Soportaremos la más infame tortura si de preservar nuestra presunción se trata. Tragaremos el humo del orgullo aunque después nos asfixiemos; la dignidad, como decía Mholán, es indisoluble y adolece de todo, menos de imponer su fragante hegemonía. En aquella viña donde vivamos, rasgaremos las vetas del mutismo, poblando de espigas los incansables vientos. Allá, sobre nuestro holgado territorio, haremos florecer, a galope firme, la suficiencia de todo lo que ambicionamos. Y nuestros corazones no rodarán a una vida de penurias; al contrario, absorberán el cisco que provoca la fortuna, y seremos trascendentes ¿Acaso por ser millonarios? No, por ser Mholanistas. Uno de los enunciados de Mholán reza: "La apoteosis de nuestra propia adoración reside en la arrogancia, a la cual se escala como sea posible, incluso, desliéndola en la ardiente insalivación de la muerte y con entero placer".

Y ahora Joba querida, corramos a dormir, y tal vez soñemos que vivimos la vida, atrapando el vértigo de los pájaros campestres que mañana a mañana ululan planeando sobre la mies bruñida de sus voracidades.

Juguemos a morir algunas horas al calor de las cariñosas cobijas en tanto clareen las formas de otro amanecer plateado de sincronía. Hasta mañana Joba.

— Hasta mañana Toño.

Trabados por un afectuoso beso, marido y mujer, y ahítos de esperanza, se quedaron dormidos. Desde ese momento, la nueva etapa de sus vidas, arrogada de bárbara inmodestia, parecía estar sólo a un paso.

En tiempo record —apenas una semana— vendieron la triste residencia. Repartieron el dinero de la venta a los familiares más cercanos, saldaron la deuda a los leales guardaespaldas, remataron los vehículos de trabajo, también el coche de uso particular y en su reemplazo compraron una camioneta de poco valor. Finalmente hicieron entrega de las llaves a los nuevos dueños, y de madrugada, cuando el distrito de Barranco era cacheteado por el soplo de una porfiada garúa, encendieron el motor de la camioneta y tomaron la celada travesía del destierro. Corrían hacia el fresco fundo que Toño poseía y que estaba situado en el kilómetro 43 de la carretera central, sólo llevaban sus propios trajes.

Para Toño y Joba, vivir en la chacra era ya un "plato conocido". Antes de casarse habían disfrutado del agro y la caridad al contacto con el entorno natural. Solían incursionar tercamente como huéspedes en diversos poblados andinos con tal de experimentar "en carne propia" los hábitos rurales. Como buenos ecologistas levantaron sus puños en defensa de la agricultura ecológica y la biodiversidad de la flora y fauna nativa por doquiera que iban. En virtud de ello, vivir y trabajar en el campo sería el mayor galardón para una filosofía de vida muy bien compartida. Marido y mujer tenían mucho en común, por lo tanto, no les costaría aunar esfuerzos y desplegar cada quien su propia tesis en favor de una lozana y yuxtapuesta supervivencia al amparo de la naturaleza.

Entretanto que, los desposados, consentían pasar el resto de sus vidas en un rinconcito de la gleba limeña, dando la espalda al glamour de un planeta fatigado de opulencias. Domésticamente hablando, pretendían izar para siempre, la envidia de quienes se complacen sólo con las suntuosidades propias del alma, y se afincarían por fin, en un hábitat de ampulosa armonía.

Correrían unidos con el sostenimiento de la estancia, parcelándola a sembradíos múltiples. Trabajarían codo a codo, no como labriegos sino como patronos, dando ocupación a los aldeanos desempleados. Harían rendir ferazmente los extendidos terrenos de su propiedad, marcharían de la mano con la filantropía en favor de la propia comuna, antes que del provecho particular. Con ello estarían formulando de cualquier manera, sacar de la pobreza a los aldeanos apostados a ambos lados del río Rímac.

¿Pero de dónde conseguirían los fondos para satisfacer un proyecto plausible al sustento comunitario en aquel enclave andino-ribereño?

Prudentemente, antes de renunciar a sus antiguos negocios, Toño tomó recatos; navegó por múltiples "Websites" del inagotable Google y halló el artículo que buscaba: "Cuide su dinero" ¿Cómo hacer que éste trabaje para usted sistemáticamente y de forma seguida e inteligente?

Con la celeridad del caso, contrató las prestaciones de un planificador financiero, y fue a través de él que recogió las sugerencias y prevenciones para prescindir de una posible crisis económica que pudiera perturbar su disminuido patrimonio.

Tras haber barajado heterogéneas opciones financieras y estimando el auge de la globalización, Toño optó por los negocios en línea. Y como para vociferarlo a todo viento, la casuística impuso su norma de imparcialidad y cumplió providencialmente, matizando lo bueno y lo malo (Bajo tal sentido, se entiende que, todo evento, aunque fuese cruel y constante, no suele extenderse a todas las instancias). Toño estaba convencido que no en todo le iría mal; en algo tendría mejor suerte, y ese algo residía en los negocios.

Las aligeradas ganancias económicas ahora iban "a todo tren", sin embargo, el estilo de vida conservaría un mismo ritmo. Calentar el fogón de un hogar envuelto de silencio, y sordo al disonante acoso mundano, sería el desfile de regreso a la esencia de todo, cuyo gallardete, "vivir en paz", iría delante, abriendo la enarbolada senda de un final feliz.

Pero adaptarse a la vida campera, alternándola con el estereotipo reinante de hacer dinero, tomaría tiempo. No obstante, ante las diversas faenas a espacio cerrado, el pasatiempo reclamaría también su oportunidad.

Así pues, salir a la ciudad a distender el cuerpo se tornó una necesidad, pero había otra necesidad más trascendente que volvió a la mesa de conversación, el acato a las promesas que Toño hizo a su mujer: las tres obligaciones que no quedarían de lado jamás: costear el tratamiento clínico a su esterilidad, llevarla a conocer el conceptual mausoleo del amigo Mholán y regresar pronto a Tantarica para revivir la inolvidable y nostálgica "luna de miel".

— "Bueno es el culantro pero no tanto" —formuló Toño a su señora en voz alta—, depongamos de una vez la taciturna mundología de clausura para salir a extraer los incomparables aires de la ciudad e iniciar al fin tu urgente terapia.

— ¿Sabes adónde precisamente?

— Tengo la dirección del facultativo; está en el distrito residencial de La Molina Vieja, solamente tenemos que reservar la cita por teléfono.

En efecto, marido y mujer fueron convocados a una entrevista con uno de los más conocidos y acreditados ginecobstetras del país, cuyo despacho se hallaba en La Molina Vieja, relativamente cerca, en comparación con otros puntos del centro de Lima. El prestigioso médico, realizó sus propias evaluaciones y ratificó el historial ginecológico de Joba, determinando que se trataba de cierta esterilidad tardía, cuya procedencia de factores tubáricos, derivaba específicamente de una anomalía de las mucosas que atoraron el interior de las trompas de Falopio y cuya "endometriosis" únicamente podría ser tratada con técnicas de vanguardia. No obstante, no descartó la reproducción asistida por la inseminación artificial, o en últimos casos, por la fecundación in vitro.

(Dejemos por mientras la salud de Joba en manos del especialista y vayamos a ver qué asuntos tramaban los detectives Louis y Marlon)

Estos exclusivos y tenaces "cazadores de cacos", se comprometieron por cuenta propia, brindar a la justicia todos los antecedentes recogidos en sus investigaciones respecto al secuestro de Joba. Éstos confiaban que, en conjunto con la autoridad, se conseguiría atrapar a los bandidos y terminar con sus atrocidades.

Tal propósito de los detectives surgió de esas ganas de "sacarse la espina" al no haber conseguido el rescate de Joba de manera directa. A ello sumaron el honor a la ética profesional y el deseo por dar el golpe mortal a Pentaequis, ese golpe que los forajidos más peligrosos del país lo merecen, dado que, desde que iniciaron sus acciones criminales nunca hicieron antesala a la justicia.

Por otro lado, según los modernos dispositivos de espionaje GPS, manejados por Louis y Marlon, la trampa para los cómplices guardaespaldas, sería factor de sólo tenderla, y con ello, la captura de la banda de Lobo Azul sería más asequible.

Considerando el limitado tacto policial para atrapar a dichos sanguinarios, por quienes a la vez, se ofrecía una buena recompensa, Louis y Marlon se presentaron cierta mañana en la sede limeña del Ministerio Público, y fue ante ese organismo autónomo —defensor de los intereses de la sociedad peruana— que sentaron su demanda en contra de los secuestradores de Joba, ofreciéndose además como informantes y testigos del caso. Merecidamente, los funcionarios de ese ministerio humanista, dieron anuencia a las investigaciones y a la acción penal de oficio a pedido de la parte interesada. Fue entonces que, a través de tal disposición, la policía nacional e internacional prestó oídos a Louis y Marlon, quienes expusieron todo cuanto sabían del paradero de los guardaespaldas comprometidos en el secuestro.

Se evaluaron videos, grabaciones de voz, mensajes de texto y pistas del paradero de los ex guardaespaldas, cuyo arresto haría permisible la captura de los "peces gordos" de la horda asesina. Pese a todo, la operación de los detectives privados apelaría a la reserva para evitar que trascienda a la prensa y al público, no sin antes, aplicar una estrategia que ambos traían bajo el brazo ¿Cuál era ésa?

Arrestados los ex-guardaespaldas —a quienes se les venía rastreando con precisión— se les decomisaría sus teléfonos celulares, de los cuales se extraería suficiente información para profundizar las pesquisas, e inclusive, desde esos mismos teléfonos cabría la forma de hacer aproximación con la banda para rastrearla y localizarla definitivamente.

Se debió poner manos a la obra y lo primero sería, atrapar a los guardaespaldas cómplices.

En rigor del objetivo y siguiendo una premeditada argucia, un comando policial de élite de la Divinsec: "Unidad policial especializada en identificar, ubicar y capturar a los involucrados en delitos de secuestro y violación sexual", se alistó para tomar por asalto la ratonera temporal de los cómplices completamente reconocidos y descubiertos.

Estratégicamente, los agentes policiales eligieron las circunstancias más apropiadas para atacar. Eran las dos de la madrugada cuando los fugitivos guardaespaldas concertaron como punto de encuentro una conocida discoteca de San Isidro, donde festejarían el onomástico de uno de ellos.

Los coagentes Louis y Marlon que estaban al tanto de todo, se adelantaron y reservaron una mesa a la entrada del local, justo en un ángulo donde resultaba cómodo observar a cada ingresante. Y es que, con tanto público y poca luz, costaba distinguir a alguien y hasta era posible confundirle. Felizmente, con las diminutas videocámaras infrarrojas y los micrófonos de captación de voz teledirigidos, había seguridad para ubicar a los facinerosos. ¿Qué harían los agentes de la Divinsec? ¿Esperarían en la puerta a que ellos salgan? No, porque desde adentro recibieron la señal para que los oficiales irrumpieran en la discoteca.

Mientras un grupo de agentes reciamente armados protegía las afueras de la discoteca, otro tanto ingresó a ella apresuradamente. Adentro, el jefe de operaciones presentó sus credenciales al dueño y luego le ordenó que encendiera todas las luces. Los uniformados con sus metralletas en posición de asalto se desplazaron por todos lados, entonces la voz autorizada del jefe policial retumbó en las orejas de los jaraneros como un trueno:

"Señores, permanezcan en sus lugares sin moverse y que nadie por favor intente hacerlo o dispararemos. Estamos aquí para hacer una intervención. Exijo que den un paso adelante las siguientes personas: Franco, Sergio y Nehemías".

La atemorizante presencia de los hombres armados suscitó un fuerte impacto psicológico en la multitud, la que se mostró sobrecogida por la ofuscación y el pavor. Quizá por eso, los maleantes, tocados por la propia consciencia y sin preguntar el porqué, se entregaron. Les pusieron grilletes y fueron trasladados al calabozo de la unidad policial respectiva, donde les esperaba un severo interrogatorio. Allá se les confiscó sus celulares, los que pasaron a manos de Louis y Marlon para ser inspeccionados, pues sólo ellos manejaban los códigos para descifrar los archivos de cada equipo.

Los detectives particulares revisaron el contenido de los celulares; los contactos, las fotos, los mensajes, las direcciones, los videos, los perfiles y las distintas notas guardadas. Era la medida decisiva; pues los celulares servirían de señuelo para contactarse con Lobo Azul y su pandilla. De esa manera, antes que la noticia de los cautivos se hiciese pública, Louis y Marlon se valieron del teléfono de Nehemías y haciéndose pasar por éste, despacharon mensajes de textos a cada integrante de Pentaequis por si alguno respondiese, y no hubo eco, probaron llamando para ver si alguien respondía y tampoco; los celulares estaban fuera de servicio. Pero un mensaje consignado a Lobo Azul y que fue enviado tramposamente por Louis y Marlon, sí fue receptado por el buzón de mensajes, ¿Y qué decía el mensaje?

— Lobo Azul, tengo un dato estupendo y es mejor que el anterior. Estoy hablando de mucho dinero. Cuando puedas respóndeme para saber si es posible que nos juntemos en el lugar que consideres: tu colaborador del alma, Nehemías.

(Afortunadamente, horas después, hubo respuesta)

— Qué buena noticia Nehemías ¿Nos podríamos ver la próxima semana?

— ¿En dónde?

— En el departamento de uno de nuestros compañeros.

— Dame la dirección.

— Te la daré un día antes de vernos.

— Pero si quieres nos vemos en el departamento mío.

— No lo sé Nehemías, déjame pensarlo.

Los integrantes de Pentaequis habían cambiado de celular, pero a diferencia del resto, Lobo Azul mantenía el mismo chip y número de su viejo equipo, el cual lo activaba cada cierto tiempo para revisar si acaso tenía algún mensaje de quienes más quería; amigos y familia.

Desde que la banda se refugió por última vez, sus integrantes hacían vida de encierro sin darse mutuas referencias acerca del propio paradero; estaban aislados el uno del otro pero no incomunicados. Muy a lo lejos se enviaban mensajes de texto, sobre todo cuando sospechaban de algún peligro. Lobo Azul no esperaba aquel sorpresivo mensaje de Nehemías; confidente en el dolor y en la ambición por el dinero desde cuando éste formaba parte de la Policía de Investigaciones del Perú y que fue dado de baja por indisciplina. Fue por amor al dinero que Lobo Azul aceptó osadamente la seductora invitación, dándose un tiempo para responder y fijar el reencuentro:

— Hola Nehemías, acepto que hablemos, ya sea en tu escondite u otro lugar, menos en el mío.

— Bueno, veámonos en mi departamento.

— ¿Cuándo? ¿A qué hora? ¿Te parece el viernes por la noche?

— Mejor el domingo a las 11 de la noche. Ese día es más tranquilo y de menos actividad policial, asimismo con las calles sin tanta gente podríamos darnos cuenta si alguien nos persigue.

— No lo había pensado.

— Entonces nos vemos el domingo a esa hora en esta dirección: Los Mangos N° 00011 Dpto. 201 San Isidro. Ah, quería preguntarte ¿Vienes solo?

— Nunca salgo solo Nehemías. Por si acaso, llevaré a mis hombres con todas sus "armas"; ellos aguaitarán afuera.

Aquella tranquila noche de domingo, el codiciado golpe, a iniciativa de Louis y Marlon, se haría realidad. Otra vez, los militantes de las brigadas contra el crimen organizado de la Divinsec, salieron al fresco, equipados con su indumentaria de combate. Sabían cuáles serían sus movimientos en esta difícil operación.

El punto de encuentro entre Lobo Azul y su falso amigo Nehemías se produciría en las oficinas de un distinguido edificio, propiedad de una dependencia administrativa de la Policía de Investigaciones, la que estaba siendo restaurada para volver a ocuparse. Era el lugar ideal y que fue aprovechado como trampa para prender a Lobo Azul.

¿Qué pasó esa noche? ¿Se produjo o no, un efectivo "duelo armado" entre la policía y la banda? ¿Se logró capturar al delincuente más buscado del país?

El contingente policial, compuesto de treinta hombres armados, fijó puestos de ataque desde muy temprano por la tarde; algunos se apostaron dentro y fuera del edificio, los restantes patrullarían los alrededores del mismo. Un agente policial disfrazado de amable portero daría la bienvenida a Lobo Azul, quien por su parte, no hizo un reconocimiento previo al lugar de la cita, pues atrevidamente se encomendó a la buena fe del amigo y al armamento pesado de su fiel escolta: cuatro hombres, cuya bravura ante un desafío con la autoridad, regaría de sangre las arenas de un imprevisto Armagedón en defensa de su jefe.

ías después y llegada la hora, la banda se reunió en un circunspecto lugar limeño. Desde allí, en su propio coche y escoltados por sus camaradas, Lobo Azul se dirigió al domicilio indicado: Los Mangos N° 00011 Dpto. 201, San Isidro. Previamente, pactaron que Lobo Azul conversaría a solas con Nehemías por un tiempo no mayor a una hora. No obstante, si transcurridas dos horas, Lobo Azul no se reportaba, o en el peor de los casos, le sobrevendría algún percance, tres de ellos ingresarían al edificio por la fuerza para socorrerle. Entretanto, afuera y no muy lejos, un hombre haría de "campana" para alertar la posible llegada de la policía.

Eso creían ellos, sin sospechar lo que les esperaba. Lobo Azul estacionó su coche en un garaje a trescientos metros del lugar y caminó dócilmente provisto de una pistola automática oculta en su costado. Sin embargo, desde muy temprano, la policía circundaba las calles del distrito, dispuesta a iniciar una "operación rastrillo" para chequear vehículos y personas que merodearan la zona.

Tan pronto Lobo Azul entró al edificio, las acciones resultaron súbitas y favorables; la fuerza se contrajo ante la inteligencia y sucedió lo que la policía deseaba que sucediera ¿Qué exactamente?

Lobo Azul, ingresó cauteloso, y "por si las moscas", portaba documentos de identidad falsos; pensó que el portero se los pediría, pero éste no se los pidió, sino que cortésmente le atendió:

— Bienvenido ¿A quién busca usted?

— A Nehemías.

— Suba al segundo piso, a la izquierda.

— Gracias.

Lobo Azul subió al segundo piso, viró a la izquierda y mientras intentaba ubicar el Dpto. 201 se cortó la luz y no vio nada. Quiso devolverse, pero una voz en plena oscuridad sopló en sus orejas inmovilizándole:

Espera ahí. No te muevas, la luz vuelve enseguida.

Pese a que aún se sentía acompañado, Lobo Azul se vio pisoteado por un vacío considerable. Su desconfianza traspasó el miedo y en un arranque de furia empuñó su pistola dispuesto a desembuchar sus balas ante toda amenaza, pero ignoraba que, prácticamente sin ojos y en un callejón sin salida, había mascado ya la carnada de su propia realización.

Un conjunto de hombres provistos de fusiles con "miras infrarrojas" fluyó en la oscuridad aproximándose a él y apuntando sobre su cabeza, mas no dispararon; Lobo Azul valía más, vivo que muerto. Sin embargo éste, presagiando una zancadilla mortal, se animó a probar un disparo, pero sus manos fueron doblegadas por un rápido golpe. Los agentes policiales le cayeron encima anulando su reacción. De inmediato fue desarmado y cual pesado costal fue violentamente tirado hasta una improvisada mazmorra.

Abatido y bajo una dura custodia, el subordinado Lobo Azul permanecería todo el tiempo que los agentes necesitaban para atrapar a sus secuaces. Al cabo de tres horas y cuando la noche lanzaba su ronquido hacia el ceniciento aire San Isidrino, la guardia motorizada que patrullaba las cercanías en vehículos camuflados, vio a los tres sospechosos que por separado y desde distintos ángulos caminaban hacia el inmueble. En nombre de la discreción miraron de reojo hasta que éstos ingresaron, ¿Qué sucedió enseguida?

Mientras afuera, en las inmediaciones de la calle Los Mangos, se requisaba al milímetro, a todo vehículo con el propósito de aprehender al delincuente que hacía de campana. Dentro del edificio pasó lo que se presumía. Los parciales de Lobo Azul preguntaron al portero por Nehemías y éste sin demora repitió: suban al segundo piso a la izquierda, allí verán el Dpto. 201.

Ellos, con sus armas de fuego bajo sus chaquetas corrieron arriba, dispuestos a matar a quienes impidan el paso. Pero la trampa estaba tendida; las luces del pasadizo se apagaron y desde las puertas contiguas, los militares de la Divinsec salieron al camino para dar "el golpe de gracia" al escuadrón delictual más cruel que el país haya conocido. No obstante, pese al vanguardismo de las armas de los agentes policiales, éstos actuaron con suma prudencia y maestría; pues si la intervención pudiese hacerse sin derramar una gota de sangre ¿Por qué no?

Dosificaron la emisión de rayos laser de sus fusiles y descargaron la cantidad mínima de kilovatios sobre la cara de los facinerosos, paralizándoles de dolor. Luego, con el más alto placer, como no lo sintieron en sus vidas, los policías apresaron a los criminales.

Era pues "el palo al gato" más importante contra el crimen en la historia de la Divinsec. Sin embargo, faltaba reducir al asaltante que escapó de la batida, el cual propiciamente tenía las horas contadas. Mientras tanto, la autoridad no perdió tiempo y al día siguiente expuso a la prensa y al país entero, la fulminante captura de la siniestra banda, la que a toda prisa fue arrojada a una penitenciaría de máxima seguridad, a la espera de su correspondiente condena.

Por su parte, el solitario Pentaequis que huyó de la redada, enterado de los acontecimientos, no caería en manos de la ley sin antes vengarse de quien presumía ser el responsable de todo, Toño. Creía que éste había tramado la persecución en contra de sus compañeros, y en consecuencia, la venganza sería un hecho, y debiera ser planeada y ejecutada por él mismo, de acuerdo a los nefastos códigos del hampa ¿Y cuál era esa venganza? Como para no contarlo.

El desmantelado y huérfano delincuente, creyendo que Toño seguía residiendo en el mismo lugar, convocó a cuatro reservas, y juntos se encaminaron una noche hasta la residencia de Toño para reivindicar el ultraje a Lobo Azul y a Pentaequis, la idea sería desarrollar un decidido y encarnizado ataque.

A la remendada banda no le importaba caer abatida siempre que lograse satisfacer el desagravio; después de todo, la intrepidez en honor al jefe, sería un asunto de vida o muerte. Robaron un microbús y en él marcharon presurosamente hasta la ex mansión de Toño, resueltos a matar. No harían ruido de metralla mientras no surja un contraataque. Cercaron la casona y como evocando a los legendarios sitiadores de las guerras púnicas lanzaron contra ella, una y otra vez, enormes dardos de fuego hasta incendiarla por completo. Fue un alevoso crimen que afectó sanguinariamente a los inocentes inquilinos, y es que no todos se salvaron del incendio; el más pequeño de la familia fue devorado por las llamas.

No había explicación a tan horripilante holocausto. El llanto de los padres y hermanos fue desconsolador.

A modo de alivio, las fuerzas del orden que venían tras los pasos de los homicidas, cercaron su huida, y con la rabia de lo que acababan de presenciar, dispararon sobre el ominoso furgón un aguacero de municiones hasta incendiarlo. Fue una réplica sin piedad, ya que al mismo tiempo, a los malhechores que corrían del fuego, remataron a balazos: "Quien a hierro mata, a hierro muere".

La policía cumplió con su obligación, la justicia se estrechó las manos con la gloria, y Louis y Marlon (los agentes secretos al servicio de Toño) se bañaron de fama. Todos hermanados, sepultaron las maniobras de una horda despiadada que asesinaba únicamente para encender cigarros en los dulces bembos del poder.

Sin embargo ¿Cómo recibieron la noticia Toño y Joba allá en su reducto campestre? ¿Fue esta hazaña, un acápite al letargo de un matrimonio aterrado? ¿O sería el estreno de otra luctuosa aventura, acaso más sarcástica que un destino que reparte adversidades a quienes perdieron el aguante?

La convulsión que soportó el castigado corazón de Toño le hizo ver los sucesos desde otro ángulo. La caída y desaparición de Pentaequis no le generó regocijo sino por el contrario, algo de aprensión ¿Cómo aplaudir al villano tifón de fuego que engulló la tranquila residencia que hace poco había vendido? ¿Qué le diría a su propia consciencia y a la familia del nene que murió quemado? Ante lo sucedido nada compensaría; ni la paz que junto a su mujer había cimentado, ni el dinero conseguido, ni el altruismo que satisfacía su alma, puesto que, si una vida cuyo temporizador de regreso al polvo, se empina acorde con la angustia, no es lícitamente asible.

El buen ánimo de los esposos Joba y Toño se arrugó a la velocidad de la luz. Sus espíritus fueron lacerados por los efectos de la calcinada vivienda, pero ninguno lo hacía notar. Y aunque uno reconociera el dolor del otro, comentarlo, intensificaría aún más la pena, haciéndola insuperable.

En sus cabezas rehervía la indigesta sazón de no poder lamentar lo lamentable. Joba no quería confesar la pena que sentía, solamente rumiaba un concepto: los dos sufrimos por lo mismo, pero si ello lo confesamos, la opresión del sufrimiento se tornaría imperecedera. ¡Oh el abstruso dilema de no saber cuánto descalabra esa angustia que impulsa a compartirla, pero a la vez no conviene hacerla! Ante semejante disyuntiva, es mejor morir con ella, a sufrir una hipocondría sin fin.

Injustificadamente, en momentos que las llagas del secuestro iban subsanándose y la impaciencia contaba las horas por hamaquear al bebé que la embriogenia procreativa de Joba palpitaba en su vientre, asomó en lontananza otro nubarrón, directo a ensombrecer la apremiante suerte del sufrido matrimonio.

(Sucedió lo que era de esperarse)

El actual propietario de la residencia, inocentemente afectado por el incendio, entabló acciones penales en contra de Toño, a quien responsabilizó por la muerte de su pequeño hijo. Y fue a raíz de esa demanda que la autoridad, en su momento, ubica a Toño obligándole a comparecer ante la justicia.

Si bien Toño no tuvo participación vertical en los hechos, la fiscalía le incriminó de todas maneras, pues de acuerdo a la clasificación penal que concernía, fue encausado por "delito imprudente".

Aunque no hubo premeditación de parte de Toño al vender su residencia, convertida en potencial blanco de represalias venidas de los partidarios de Pentaequis tras su caída, el hecho de no advertir a los inquilinos acerca de los peligros a los cuales la residencia podría estar expuesta, más encima, el incendio con resultado de muerte, fueron motivos suficientes para que Toño fuera responsabilizado penalmente.

quellos aguijones neurálgicos que alguna vez traspasaron la psiquis de Toño a causa del secuestro de Joba, volvieron a cobrar actualidad. Sin embargo, recordó haber jurado, no consentirlos de ninguna forma, ¿Cómo dejar de pellizcar los últimos minutos de su vida, abrazado al extático confín de su soñada finca? ¿Cómo no compartir con Joba su entereza a seguir tomando el saturado aire de este insípido mundo?

No habrá marcha atrás aunque la muerte fisgara tras la persiana del desacato ¿Por qué afrontar un juicio con peligro de encarcelamiento, ahora que su mujer había superado todos los tratamientos para concebir el hijo que tanto soñaron? ¿A dónde irían las promesas de velar "in situ" el alma del fallecido Mholán y aspirar el aire de su conceptual hipogeo? ¿Por qué tendrían que perderse los boletos de retorno a las azules pircas del

Cerro Tantarica: plaza conmemorativa de un exclusivo reencuentro con la miel de la naturaleza?

Queriendo arrojar todo su nerviosismo a la basura, Toño contrató la asistencia de un equipo de abogados, expertos en Derecho Penal, con la intención de quedar exento de cargos.

Al término de numerosas audiencias judiciales, la buena argumentación de la defensa se impuso a la dura acusación de la fiscalía. Finalmente, se decretó que Toño devolviera el dinero que el demandante pagó por la mansión siniestrada, además de cierta indemnización por daños y perjuicios.

Indudablemente, el querellante no quedó satisfecho con el fallo judicial; dedujo que la irremediable pérdida de su hijo se veía aplastada por el despotismo cerrado del dinero, el que impedía que Toño vaya a la cárcel, lo cual quizá compensaría en algo el considerable daño físico-moral que aquél ocasionó con su imprudencia.

Ver extinguirse al idolatrado hijo en las abrasadoras mandíbulas de una mansión enajenada por el fuego, fue francamente el brutal experimento de un destino incongruente. ¡Qué desgracia! La familia perjudicada jamás presagió que buscar el sueño de la casa propia, significaría obtener muerte y desconsuelo en un abrir y cerrar de ojos.

Resistiéndose a tal acontecimiento, la enlutada familia juró venganza, y no contra los mañosos abogados, sino contra Toño, pues aunque éste reconociera su torpeza, pagó con dinero quedar libre de una sanción mayor. Quizá si hubiese considerado —por condescendencia— enfrentar un juicio equitativo, más allá de caer o no en la cárcel, habría refrigerado en algo, aquella sedienta venganza de los deudos.

El duelo a muerte por apañuscar el poder y la gloria, no reconoce hormas que no se labren a la medida de la presunción y la fuerza. Toño juró ante su propio pudor, que mientras viva, no ensuciaría las cristalinas vertientes de un paraíso nacido en las venas mismas de la pasión por su indestructible mujer.

Allá, en la hacienda del kilómetro 43 de la carretera central que está junto al pedregoso Rímac y envuelta por el viento que tararea entre perfumados eucaliptos, el futuro incierto de los esposos, vigilaría intensamente su máxima consigna: vivir en paz, o nada.

Con desconsuelo; en medio del silencio retraído de la noche, y cohesionados al dolor por el pequeñín que se quemó vivo en la residencia que vendieron; marido y mujer buceaban en las honduras estropeadas de sus propios ánimos:

— Joba mía, podríamos ir a vivir a otro lado e incluso a otro país, no obstante, te manifiesto que me encuentro apisonado por un dilema insostenible que claramente me cuesta aguantarlo.

— ¿Un dilema que te cuesta aguantarlo; cuál es ése?

— No poder digerir el desagradable bocado de mi negra consciencia. Me pregunto mil veces ¿Se puede hablar de seguir viviendo si la desolación está en la sangre?

— ¿A qué te refieres?

— A que mientras yo esté vivo, no podré sacar de mi mente, toda la culpación del daño que provoqué: una lástima que no tragaré fácilmente. Si nos vamos a vivir a otro lado, sería como ocultar nuestra indolencia, pero si nos quedamos acá, nos exponemos a ser atacados por los deudos del incendio y por los testaferros de Lobo Azul, quienes por no haber logrado su objetivo en un primer instante y al saber dónde estamos, arremeterán de nuevo. No lo dudes, eso puede acontecer ¿Qué sugieres? ¿Sabes cuánto es substraer mis ojos de esta chacra que labré con ardor y esperanza para dormir cerca a la tumba de Mholán? ¿Te digo algo más? Este rinconcito serrano es lo último que defendería con mi propia vida. Bajo este diamantino suelo es donde yo excavaría mi propia tumba antes de dejar este mundo.

— Toño de mi alma ¿Te estás engalanando para ir a los brazos de la muerte? Sinceramente a mí me pones en salmuera.

— Joba mía, voy a concebir a como dé lugar, la promesa que te hice ¿Te olvidaste?

— No lo he olvidado; sueño todavía que estoy metida en la dulcera de tu boca, cuyas esponjosas palabras las sigo sufriendo con esperanza ¿Pero qué pasaría si lo que prometiste no sucede? ¿Te vas a sentir mal por eso?

— Mujer de mis entrañas ¿Y qué van a decir los vecinos y el caserío entero por nuestra huida? ¿Y qué va a decir la presunción de mi fatal intransigencia? ¿Recuerdas el testamento que Mholán me dejó con su tía?

— Quiero recordar.

— Me suplicó concretamente: administrar su catacumba y rentabilizar la fortuna recibida en pro de los famélicos, implantando, por mi parte, consciencia altruista en mis hijos, para que éstos hagan lo mismo con los suyos. De ese modo, según su recomendación, la opulencia no deshonraría a quien la aprovecha. Entonces vuelvo a refrendar ¿Podré regocijarme de lo que ahora tengo faltando a su palabra? El alma de Mholán es un blasón que no decae sin antes frenar las borrascas de los años, esos años que yo manoseo incómodamente ¿Acaso lo dudas? Si él me transfirió todos sus bienes con el único afán de tener los hijos que él no tuvo ¿Por qué ultrajar su memoria?

— Mira Toño, te planteo escondernos entre las grietas de algún abismo una noche lejos del olfato hasta que pase el hedor. Pues como dices: "No hay mal que dure cien años ni huevón que lo soporte", escondámonos y el día que volvamos acá ya no habrán persecuciones.

— Lo he meditado Joba ¿Y dónde pones la discreción? Las cosas movidas por ella, aunque no parecen, son más dinámicas: "Quien apurado anda, apurado acaba".

— Eso es cierto Toño. Pero tampoco hagamos tiempo cuando no lo hay.

(Ambos tenían razón)

Toño pensó para sí, lo duro que había resultado limpiar un espacio donde instalar el nuevo y codiciado hogar, y ahora ¿Abandonarlo otra vez? ¿Haber macerado una gran idea con esfuerzo y perderla sin ello? ¿Cómo tirar al suelo el bendito sueño de explotar una finca de 100 hectáreas, apartadas del ruidoso mundo y a un paso del Centro Vacacional Huampaní? ¿En manos de quién quedaría la florida granja con sotos colmados de savia y una flora originaria digna de ser acariciada de por vida? ¿Y qué mal acontecería por desatender este ubérrimo enclave, flanqueado por elevados riscos andinos; tierra depositaria de la secreta tumba del compasivo Mholán, de la cual yo mismo me comprometí vigilar? —pensaba Toño—.

Por su parte Joba reflexionaba contrariamente. ¿Se expondría ella a quedarse en casa con tamaña amenaza y después de haber sentido en carne propia el dolor de un amargo secuestro? ¿Querría ella ser aplastada por la incertidumbre cuando el hijo que viene en camino le está golpeando el vientre?

Toño prefería quedarse a morir en su propia chacra, y Joba por ahora no. Se dio un enfrentamiento entre el arrojo de uno y la turbación del otro. No obstante, se debió tomar una decisión que se acomodara a los dos. Decisión que al fin y al cabo se daría de todos modos puesto que Toño suspiraba de ardor por su mujer.

Y así, cierta mañana al despertar, tras una semana dubitativa sobre si se quedaban o emigraban de aquel enamorado destierro, ambos revelaron haber soñado cosas fascinantes.

(El sueño de Toño)

Soñé estar de regreso, pisando los rugosos campos de Cholol Alto, aquel escogido pueblo que precede a las ruinas de Tantarica. Estaba sobreexcitado de saber que había vuelto a Cholol Alto para quedarme allí a rascar las comisuras agridulces de mi última vianda, antes de compartir la tierra fúnebre con los restos de Mholán.

Soñé asimismo que, una tarde, cuando el crepúsculo encendía su rojo matiz, me hallé en tus brazos tumbado sobre un fardo de paja junto al bohío de la familia Pichén. Mis ojos estiraban la cobija de un cárdeno cielo chapoteado de luceros, mientras mis pulmones robaban el fresco y delicioso aire de las alturas.

En mi mente chasqueaban mil proyectos ecológicos al auxilio de los campesinos de esa humilde quebrada. Había leído sobre la bioconstrucción de Mies van der Rohe, cuya oferta de una moderna arquitectura a favor de un hábitat saludable y armónico con la morfología del paisaje, encajaba con las necesidades de la zona y su requerida economía. De pronto, observé a los paisanos, viviendo bajo el ladrillo cocido de sus cómodas casas, merced a que el valle se retuerce sobre densos y ricos depósitos de arcilla.

Todos los hogares tenían su propio inodoro y nadie salía al campo para hacer sus necesidades fisiológicas e infectar el ambiente y exponerse a las picaduras de los mosquitos. Esas humildes mansiones en medio de una selecta breña, gozaban de climatización propia al sacar provecho de la pasiva captación solar, la cual a la vez, implantaba sistemas energéticos para diversos usos.

Se había optimizado el ahorro de agua natural y de lluvia para la siembra de hortalizas y verduras que de manera considerable tanta falta hacía en la dieta de aquellos moradores. Desapareció el temor a que tales siembras no creciesen por cuidado a que los animales que andan sueltos arrasaran con ellas. Por tal razón, las pendientes se cubrieron de bancales para levantar por dondequiera, tiernos viveros. Se construyeron granjas y galpones donde los animales y las hortalizas estaban a salvo. De ese modo, los nativos ya no tenían menester de bajar a la ciudad para comprar verduras, pues ellos mismos podían producirlas.

(Toño seguía narrando su sueño)

Lo medular de todo fue, que se rasgó de una sola vez los cerros para tender la codiciada y bienaventurada carretera Santa Catalina–Cholol Alto, cuya vía acarreó turistas de todas partes que llegaban fácilmente hasta las mismas faldas del Cerro Tantarica. El turismo fue el gran estímulo para una subsistencia remunerativa, tras lo cual murieron los males de un pueblo que vivió jorobado de tanto correr de la chacra a la olla.

Desde ya, las fanegas de trigo, maíz, fríjol, lenteja, arveja, olluco, etc., no lastimarían más los lomos de las acémilas, de tanto trajín, y los muleros no golpearían sus riñones sudando viajes a tropezones por las abruptas cañadas de Cholol Alto y Bajo. A futuro, todo sería más expedito. Las artesanías locales tendrían un alto valor. Por ambos flancos de la nueva carretera treparían los vendedores de comida típica. De los estantes al aire libre colgarían racimos de moras silvestres. Por los mesones de mimbre rodaría el exótico y acuoso Yacón: el extraño tubérculo-fruta, originario de aquella región. Y así por el estilo, todo sería vertiginoso.

En mi cabeza se había empotrado el delirio de haber vuelto a aquel admirable lugar. No obstante, mientras mis ojos recorrían el cielo nocturno, una estrella fugaz rayó mi pecho que latía agitado. Fue el paso de una estrella similar a la que vimos en nuestro primer viaje a Cholol Alto, cuya luz fue creciendo hasta que se me vino encima, y con tanta violencia que, quedé virtualmente ciego. Entonces comencé a gritar y desperté.

Joba, oyó con curiosidad el sueño de Toño, y preguntó:

— ¿Qué significado crees que guarda tu sueño? Te lo pregunto porque yo también tuve un insólito sueño.

— ¿Qué soñaste?

(El sueño de joba)

Soñé que de tanto delirar, había dado a luz a mi propio y mesiánico hijo, que ya crecido, corría los prados de muestra posesión. La paz resplandecía por entre los eucaliptos adyacentes, y el agrado de ser madre me ruborizaba la cara. Nosotros no teníamos nada de qué temer, pues llevábamos una vida sencilla como la de nuestros vecinos, sin mucho dinero, pero felices.

Una tarde salimos a almorzar junto al río: cuy con papas, arroz del valle Jequetepeque y la distinguida "chicha morada"; bocados que gimotearon de placer al cruzar nuestras tripas. La tarde fue tan larga que hasta zapateamos un huayno de "Los Reales de Cajamarca". Nos olvidamos del tiempo hasta que la noche nos arreó devolviéndonos al tibio hogar. Volvíamos satisfechos, cada quien asiendo de una mano a nuestro pequeño hijo. Estábamos a pocos metros de alcanzar la casa pero ésta explotó en pedazos lanzándonos por el aire. En un instante resultamos huyendo por el bosque sin rumbo. De repente, de todos lados nos salieron al ataque un rebaño de lobos de color añil. Retrocedimos de pavor, sin embargo, nuestra casa se había convertido en un ovillo incandescente que a toda prisa se carbonizaba. No supimos qué hacer ni a adónde correr. El espanto me partía el pecho y sólo deseaba que todo fuese un sueño, y eso precisamente fue, un horrible sueño.

Toño, que se había adormecido oyendo a Joba,
reaccionó en un segundo:

— Lo que sueñas Joba, suele empedrar el pasaje hacia a brutales hechos.

— ¿Por qué lo dices?

— No es coincidencia que tu sueño reabra la herida por la fobia que sentimos.

— ¿Te refieres al incendio de la ex residencia? ¿Al temor de no regresar a Cholol y Tantarica? ¿O a no concebir el bebé que viene?

— Me refiero a todo eso y a algo más; al ataque de los seguidores del sanguinario Lobo Azul y al mal presagio de la estrella fugaz que me cayó encima cegándome, ¿No crees que eso anuncie cosas desfavorables?

— Lo creo Toño, y temo sin rodeos, que nuestros sueños en simultáneo, nos estén avisando de una calamidad que aún no nos agarra.

— Ahora que ya lo crees, mujer de mi alma, interpretaré ambos sueños desde mi particular punto de vista.

— Cuéntame.

— Te lo diré, dado que no reconocer las campanadas de nuestros intrínsecos ensalmos, es peor que haber roto los tímpanos del presentimiento con nuestros propios dedos. Soy un supersticioso y eso no me lo quita nadie, ni siquiera el tósigo del más puro y crecido amor. Los sueños algo avisan y los míos se cumplen. Ahora bien, ¿Y qué nos dice aquel sueño en los campos de Cholol? Estoy seguro que una estrella fugaz parodia a la vida que no prevalece cuanto más rutila, y ese lucero dañino que me cosió el cráneo para no verlo ¿Significaría tal vez que dejaremos este mundo muy pronto?

En lo concerniente a tu sueño Joba querida, nos encontramos frente al pronóstico más claro que nos haya golpeado ¿Y Cuál? La amenaza de Lobo Azul; su venganza es una "bomba de tiempo" que debemos sospechar; él está preso pero no muerto; tan pronto sepa dónde estamos viviendo, enviará a sus perros, o mejor dicho, a sus lobos de color añil para atacarnos. Ya que, si no logró matarnos en un momento, lo hará en otro ¿Y sabes cómo? Tal como lo soñaste, no hay mucho que interpretar: su gente incendiará nuestra casa dondequiera que estemos, tal como lo hizo con la residencia de Barranco. Tu sueño también revela que, es probable que Lobo Azul ya sepa de nuestro paradero. Debemos correr por nuestras vidas.

— ¿Adónde?

— A cualquier lado, aunque fuese lejos del país.

— ¿Y qué será de nuestra generosa chacra, de los planes que hicimos, de los corpulentos caballos, de los pájaros del jardín y de nuestros perros que indudablemente llorarán nuestra ausencia?

— Joba, no es agradable renunciar al amor de todo lo conseguido, lo digo con tristeza, pero hay que hacerlo. Entretanto, debemos contratar los servicios de algún vecino que quiera cuidar nuestra casa y los animales, y únicamente rescatemos los enseres que contengan cierto valor sentimental, lo sobrante ¡Qué importa!; la vida de nuestro próximo hijo vale más. Por lo tanto, preparemos la huida.

— ¿Y cómo?

— Huiremos tan pronto se nos abra una vía de escape. Si nos quedamos pensando, podríamos después moquear de lamentos. Entonces ¿Nos apuramos?

— Creo que debemos escapar, musitó Joba, soportando cierta turbación en el vientre.

Para los esposos, embriagados de superstición, el asalto de sus particulares sueños era mucho más que un mero presentimiento. Así que, la disyuntiva debiera quedar resuelta ya, ¿En qué momento huir y cómo?

Tan pronto despertaron al día siguiente, cruzaron opiniones e interrogantes.

— Joba querida: si nuestra casa es incendiada después de huir, el encargado de su custodia creerá que lo hicimos intencionalmente, y al igual como creyeron las víctimas de la residencia de Barranco, nos incriminará diciendo ¿Por qué no le advertimos del riesgo al cual pudo quedar expuesto? Por otro lado, si nos quedamos en casa, hasta ver con nuestros propios ojos, cómo los sicarios de Lobo Azul la bañan de fuego, te pregunto, ¿Permaneceremos en el banco del conformismo? Al menos yo no; me enfrentaré a todos, a balazos, hasta matar a uno. Y si ello corresponde pagar un lugar tras los impasibles muros de la cárcel ¿Acaso crees que lo consentiré? ¿Crees que tendré las agallas suficientes para tragar el vapuleo legal que desde entonces me acosará? Y por último ¿Crees que me dejaré manosear por la chismosa crónica de un país entero? Eso jamás. Si retrasamos la huida es probable que nos estacionemos en el "ojo de la tormenta" y eso equivale al párrafo final de nuestra real novela. ¡Oh Joba! No voy a desunirme de ti mientras viva. Prefiero que huyamos juntos como dos ratas que cubren sus carnes para no reventar ante el hombre, a quedarnos a baldear el piso de nuestra manchada estrella con el agua de la decencia. O sino pues ¿Qué serán de las ofertas que hice a Mholán y a ti? Dame una idea Joba que no tengo más.

— Tengo una idea. Nos quedamos acá a lo que venga; huir sería igual a desvanecernos por las escrófulas del miedo y eso debilitaría nuestras fuerzas para lamer el alma de esta fecunda chacra, y lo peor, no llegaré a conocer la enigmática tumba de Mholán. Salvemos las básicas pertenencias y situémoslas en algún rincón y después, si la casa arde, que se achicharre con ella la rabia de nuestros enemigos y así no volverán a molestar jamás.

— Tu idea es muy buena, pero a la postre, si el incendio ocurre ¿Qué diremos a los vecinos, de los incendiarios? ¿O qué dirán ellos de nosotros? ¿Que lo merecíamos? ¿Que fue un ajuste de cuentas?

— Digan lo que digan Toño, es preferible quedar como agredidos y no como agresores. Tal vez de esa forma, Lobo Azul y su banda se sientan pagados y entonces podremos transitar en paz; eso sí, mientras la policía no intervenga ¿Y no piensas que aún falta la venganza de los deudos del niño que murió en la ex residencia?

— Ni lo digas mujer, aquello también será un hecho y no quiero imaginarlo. Pensemos por ahora cómo escapar del próximo incendio, lo demás, a un lado. Yo tengo un propósito; ya que el río está a la mano, compraré una motobomba de alta presión y cuando los incendiarios abandonen el lugar tras haber arrojado el fuego de su rabia, nosotros, agazapados y sin chistar, haremos de bomberos. Estoy seguro que sofocaremos el fuego "en un tiempo record" y la policía no lo sabrá.

— Eres genial Toño ¿Nosotros mismos de bomberos? No es mala idea, no se me había ocurrido. Manos a la obra.

En pocas horas, Toño y Joba hicieron lo que debían hacer; cargaron sus más valoradas pertenencias no muy lejos de la cabaña, hasta otra más pequeña que, entre tupidos carrizales se ocultaba completamente. Cerca de la noche, cuando ambos, metidos en el río, se disponían a probar la potencia de la recién adquirida motobomba, un sombrío convoy de camionetas invadió sin pregones el estrecho camino que roza cimbreante las coloradas faldas andinas, llegando hasta el frontis de la casa. Sin tardanza, los fieles de Lobo Azul vaciaron sus ballestas despidiendo pelotas empapadas de gasolina, y luego, con formidables lanzallamas abrieron fuego sobre la sentenciada vivienda, la que en un instante crepitaba entera, volcando greñudas llamaradas tras la espesura de un humo negro que los criminales distinguían a lo lejos mientras escapaban celebrando la vendetta. Sin embargo, lo que no pudieron distinguir después, debido a su alocada fuga, es que el fuego se extinguió al poco rato sin causar mayor daño.

A Toño no le lastimó haber aguantado semejante flagelo, ya que a manera de recreación carnavalesca, blandió una pesada manguera cuya enorme columna de agua golpeó sin perdón el pronosticado incendio hasta apagarlo, saldando hasta el momento, la rabiosa venganza de los partidarios de Lobo Azul.

Joba y Toño, más bien aplaudieron el hecho de estar vivos y de haber sofocado el fuego antes que la noticia del siniestro se propague a todo el vecindario y llegue a las autoridades.

A los curiosos y turbados vecinos que se acercaron para saber de lo ocurrido, se les dijo que el fuego sobrevino a causa de una avería eléctrica y el convoy que llegó a casa (el de los incendiarios) era de ciertos amigos que llegaron de visita justo cuando la casa comenzó a arder, y que después, de aterrados y cobardes, huyeron sin dar ayuda. Los vecinos tragaron tal mentira limitándose a suspirar aliviados que ambos estuvieran vivos y sin ninguna contusión.

Se debió entonces pasar la noche en la cabaña anexa y al otro día precisar los cimientos de la nueva vivienda en reemplazo de la que quedó chamuscada. Ésta se levantaría lejos del camino y muy escondida a los ojos de todos. Ciertamente, por la mañana, encargaron iniciar la obra a los albañiles locales. Sería una casita de perfil rústico para no despertar rivalidades ni envidia de los vecinos.

Entretanto, se concluya la construcción de la nueva casa, marido y mujer abandonarían su granja y el país para retomar por un tiempo el oficio de trotamundos; ahora que hacía falta amamantar los ánimos y suprimir el recuerdo del afligido y avinagrado ayer. No obstante, plañideros aún y con una mochila llena de penurias, ambos caminarían misericordiosamente muy juntitos y prendidos al férvido tributo por Mholán; el generoso amigo, que como pocos, se inmoló transfiriéndoles su patrimonio una vez que sintió colmada su frívola pero suculenta existencia; mejor dicho, una vez que él se aburrió de vivir .

Sin más especulaciones, Toño y Joba se mimetizaron tanto con la filosofía Mholaniana que llegaron a rozar el punto de la depravación por querer compartir un mismo pensamiento y un mismo horizonte ¿Y cuál? No aplazar su entrega a un permanente esparcimiento en tanto la agonía por subsistir se someta al honor de no hacerlo cabizbajamente. La vergüenza de querer vivir por vivir, sería igual a torturarse por querer arrebatarle a la vida un mísero pan; ante ello, la muerte.

Decididos a balancear las penas con el deleite en proporciones más o menos niveladas, se propusieron forjar una tarea pendiente ¿Cuál?, realizar excursiones de aventura y filantropía en zonas rurales y abruptas dentro y fuera del país hasta confinarse posteriormente en los verdes frisos de aquel añorado paraíso terrenal llamado Cholol Alto: folclórico lugar que posa feliz a los pies del majestuoso Tantarica y en donde aprendieron a mascar con total pachorra su impertérrita e insaciable "luna de miel".

La idea de regresar a aquel plácido territorio para respirar los postreros años de sus vidas, fue desde un principio, el objetivo más ambicioso para Toño y Joba; enamorados eternos que, en la vida, faltarían al honor de reverenciar la memoria del respetado Mholán.

En aquel resguardo norandino, en las faldas de las ruinas de Tantarica, criarían al hijo que aún duerme esperando ver el mundo en el vientre de su novicia madre. Lo habían jurado como padres; tan pronto el hijo nazca enrumbarían a Cholol Alto para ocultarse y morir allí, cancelando la estridencia de un planeta que no vale lo que cuesta.

Así pues, antes de establecerse en las cercanías de Tantarica y con la finalidad de otorgar dinero y alegría a los más necesitados, cuales promotores de una vida pastoral, se alistaron para su travesía humanista hacia otros destinos. El viaje inaugural había sido decidido por ambos, sería recorrer el paraje que Toño consideraba "de rechupete": el célebre y soleado "valle del Elqui" al Este de la ciudad de La Serena, capital de la IV región en Chile ¿Y por qué ese lugar? ¿Qué aportaría de bueno aquel valle chileno a la exaltada y tierna Joba?

De los múltiples "videos ruteros" que Mholán dejó a Toño, había uno que hacía referencia del tour que él realizó en febrero del 2005 al "valle del Elqui" en la IV región de Chile; un pequeño documental comentado por el mismo Mholán, cuya perspectiva visual exponía un paisaje parecido al "valle del Jequetepeque" en el norte del Perú, ese valle que Toño y Joba traspusieron felices en su trayecto a Cholol Alto y Tantarica durante su "luna de miel".

Toño había visto el video repetidamente y no dejaba su asombro por la semejanza entre el "valle del Elqui" y el "valle del Jequetepeque", los cuales, indiscutiblemente, reciben sus nombres por los ríos que los forman.

Similitudes: la estrecha y sinuosa cañada de ambos valles, suben al macizo andino, perfilándose contra la corriente de traslúcidos ríos, en cuyas márgenes se explayan verdosas y tapizadas frondas: arrozales en el río Jequetepeque y viñedos en el río Elqui. Los elevados oteros que los circundan, cafeteados y desnudos, se estrechan más y más, dejando a la vista uno que otro acantilado en donde cuelgan pintorescas aldehuelas, además de otras que, a orillas del camino, se estiran ofreciendo albergues y restaurantes bajo un tórrido sol que no se esconde para quienes lo buscan durante los 365 días del año.

Haciendo más analogías: los valles del Elqui y del Jequetepeque, lucen brillantes arroyos, invadidos de tranquilidad y misticismo. Son dos remansos esotéricos, enemigos de nubarrones, que dejan sus firmamentos nocturnos, expuestos al regodeo de quienes sedientos de profundidad, frotan sus ojos en la panza del cosmos. No por algo, en pleno "valle del Elqui" y en la cima del "Cerro Tololo" a 2.200 m.s.n.m. se alzan los colosales telescopios del observatorio astronómico más austral del mundo.

No obstante hay semejanzas mayores; en ambos valles hay embalses de agua, "Puclaro" en el Elqui y "Gallito Ciego" en el Jequetepeque. Sumamos a ello que, en sus cuencas, florecieron coincidentemente dos nobles villas con el mismo nombre: "Monte Grande".

Lo paradójico es que, Monte Grande, situado a la vera del Jequetepeque, expiró cruelmente aplastada por la represa del Gallito Ciego, en cambio Monte Grande del río Elqui, respira todavía orondo, mostrando a los turistas su insigne laurel; el de ser cuna y tumba de la poetisa chilena Gabriela Mistral.

Toño cavilaba: sería excitante que Joba descubra personalmente la concordancia geográfica y espiritual que reinan en los valles del Elqui y del Jequetepeque, y mejor todavía, si el video de Mholán no lo ve antes sino después.

Mientras Toño preparaba el aparatoso y favorable equipo para la aventura junto a Joba, le advirtió a ésta que, esa garganta geomorfológica chilena que los dos iban a recorrer, contenía una fuerza esotérica capaz de arrastrarles a la meditación y al hechizo. Se mostraba convencido que el magnetismo inspirador de aquella melancólica superficie, era inescrutable para el alma. Creía también que, a través de las fisuras mismas de su suelo, brotó la iluminación poética de Gabriela Mistral para fundar su obra que le valió el "Nobel de literatura".

Creyó finalmente que, esa doliente y silenciosa tierra, atrajo a Mholán para acudir a su encuentro y engullirla de modo subjetivo; legítimamente, tal como su elevada psiquis requería hacerlo.

Sin embargo, antes de emprender la marcha, por precaución, y sin que Joba lo supiera, Toño se comunicó con su abogado para pedirle que consultara a la Policía Internacional del Perú, si acaso había impedimento alguno para salir del país; la respuesta que se obtuvo fue lapidaria: "Hay orden de arraigo".

¿De dónde provenía todo esto? De los afectados por el incendio de la residencia de Barranco, quienes no quedaron de acuerdo con la resolución judicial, tras lo cual, el abogado querellante interpuso exhorto ante los tribunales respectivos, solicitando "orden de arraigo" en contra de Toño, impidiendo así su éxodo del país. Por suerte, no había orden de captura a nivel nacional ni arresto domiciliario. Pero eso sí, un nubarrón asomaba en la lejanía, derecho a conmover la salud espiritual del matrimonio, pues en cualquier momento sería llamado a comparecer en audiencia. ¡Fatal amenaza! Justo cuando el buen humor del boyante amorío comenzaba a echar por tierra la pesarosa incertidumbre.

Toño sintió correr por sus venas la resaca de un tornadizo y miserable vivir ¿Cómo revelarle a Joba que los planes cambiaron? ¿Por qué desaliñarla diciéndole que el viaje al valle del Elqui ya no iba por una orden judicial que le impedía salir del país? ¿Sería prudente revelarle a ella tal medida, considerándola receptiva a la impresión? ¿Consentiría ella, tomar otro rumbo, a cambio del anterior? ¿Cómo resanar esa desilusión y con qué excusa? Pensamientos y vacilaciones bailaban ante la encrucijada. No obstante, algún pretexto, más o menos indoloro, habría que proponer.

Después de mucho meditar, Toño encontró las opciones: O mentir de lleno, ideando algún pretexto hasta cuando estén de regreso, o decir la verdad y proponer otro destino turístico de igual o superior exotismo. ¿Pero adónde?

¡Lo tengo! expresó Toño; un prolongado periplo en yate por los tibios afluentes del río Amazonas y una que otra cena bailable en las noches de Iquitos; la urbe más mundana y entretenida de la selva amazónica. Conocerían la metrópoli a la que alegóricamente, Joba había mostrado deseos de morderla. Pero, la pregunta ahora era ¿Cómo persuadirla y bajo qué excusa? La respuesta fue, diciéndole la verdad con displicencia, o inventando un sueño, que desde luego, para su mujer sería menos cuestionable que cualquier confesión ¿Y en qué momento? Al despertar por la mañana.

— Joba querida, tenemos problemas.

— No me digas ¿De qué tipo?

— Simplemente, un mal presentimiento.

— ¿Es grave?

— Creo que no, y no es para aterrarse, tampoco para desconsiderarlo.

— Vamos, dímelo.

— Acabo de soñar que nuestro viaje al valle del Elqui terminó llevándome a la prisión.

— ¿Y qué soñaste?

— Soñé que teníamos inconvenientes para ingresar al territorio chileno. Mas pese a todo, después de mucha interpelación pudimos ingresar. Llegados al valle del Elqui, cierta noche, cansados de haber caminado como locos sobre el pedregoso litoral de su acrisolado río, nos acostamos en unas hamacas a la intemperie, y cuando tú dormías profundamente, fui tomado por una turba de encapuchados que me arrastraron como trapo lejos de ti. Y tan pronto pude darme cuenta, vi en sus caras a los familiares del nene que murió en la residencia de Barranco. Aquéllos me golpearon y me subieron a un desvencijado carruaje, llevándome hasta el despacho policial de un lejano lugar. Allá, los "Tombos" me tiraron a una fría y podrida cloaca, donde simplemente, de sólo enojarme, desperté ¿Será esto, el maligno reflejo de un hecho innegable?

— Toño, tu sueño significa algo funesto, lo creo a ciegas, ¿Por qué no habríamos de tomarlo en serio? Recuerda que casi siempre lo que soñamos con cierta sospecha, resulta premonitorio ¿Qué crees que nos va a suceder entonces?

— No lo sé querida. "Como si nos hubiese meado un perro", estamos de malas. Con esta "verraca suerte" nos podría pasar de todo. Tal vez tengamos problemas con migraciones, recuerda que en el juicio anterior, si bien fui exculpado, la familia no quedó conforme con el fallo del juez, y su amenaza sigue en pie. Sin embargo, lo natural es que, antes de comprar los pasajes para ir a Chile, averigüemos en qué situación estamos frente a la justicia.

— ¿Puedes averiguarlo tú, o quién?

— Eso lo debe hacer nuestro abogado.

— Entonces dile a él que lo haga.

— Sí mujer, llamaré de inmediato.

Instantes después, Toño telefoneó en secreto a su abogado para contarle acerca de su plan, le pidió que le devolviera el llamado por la tarde y le revelara lo que supuestamente averiguaría de la "orden de arraigo", cuidándose que Joba no sospechara que ambos sabían del tema, y especialmente, evitando "poner el dedo" en el maldito y lacerante proceso judicial que de nuevo mostraba sus garfios. Esto último sería mortal en la susceptibilidad de Joba quien hoy más que nunca se mostraba entusiasta por emigrar y conocer otro país. Por eso, para no provocarle decepción, era necesario que la triste verdad asomase de a poco. Sin embargo, mientras el telefonazo del abogado quedaba en curso, Toño decidió decirle a Joba lo que había hecho.

— Acabo de llamar al abogado y aceptó ir donde la Policía Internacional para averiguar si existe "orden de arraigo" para nosotros. Tan pronto lo haga nos llamará para decirnos qué pudo indagar.

— Bien hecho Toño, es mejor anticiparse al infortunio, a que éste nos agarre desprevenidos.

Cuando los esposos se disponían a tomar el té de la tarde, el celular de Toño comenzó a sonar y éste activó el altavoz, dejando que Joba pudiera también escuchar la conversación.

— Hola Toño, tengo malas noticias de parte de la Policía Internacional, por lo visto ustedes no pueden salir del país, debido a una orden de arraigo interpuesta por el abogado contendiente de la familia afectada por el incendio de la residencia de Barranco.

— Lo sospechaba.

— Pero no te indignes Toño, esto es el resultado de no haber hecho nada por levantar la "orden de arraigo" que por derecho prevalece mientras el procesado se queda dormido; lo levantaremos cueste lo que cueste. Sin embargo, para ambos no hay orden de captura ni arresto domiciliario alguno, por lo tanto, si lo desean, pueden desplazarse dentro del país.

— Aprovecharé hoy mismo para que, de la mano de mi mujer, saquemos partido de esta oportunidad; en un instante compraré las localidades para contemplar el mayor espectáculo natural que existe en nuestro país. Queremos distender los huesos y nuestros fruncidos corazones en algún meandro de la jungla amazónica. No obstante, quiero darte las gracias por este favor y encomendarte otro; que vayas escudriñando alguna triquiñuela legal para dejar sin efecto la maldita orden de arraigo para cuando volvamos.

— Qué bueno, amigos míos, si hay dinero y tiempo para ociosear aprovéchenlo. Entretanto estoy a sus órdenes.

El jurista se despidió, y Joba, sin ocultar su regocijo, echó un vistazo a los prados verdinegros de la tarde, para agregar:

— ¡Uf! es bueno saber que los sueños son capaces de regular nuestro itinerario ¿Te imaginas haber estado en el aeropuerto prestos a volar y que alguien nos jale las orejas diciéndonos ustedes no pueden hacerlo?

— ¡Eso sería como para llorar! Sin embargo, "persona precavida vale por dos". Fue bueno que preguntáramos antes de dar el patinazo. Cambiando de tema, hay un lugar en el mundo que podría suplir al valle del Elqui y se halla dentro de nuestro territorio; es otro retiro donde Mholán solía ir de tiempo en tiempo para impregnar de gorjeos su filosófica y desaguada humanidad.

— ¿Qué lugar?

— Iquitos, la abrasadora ciudad levantina de la selva amazónica.

— Me lo imaginaba Toño, es un bocado de miel de sólo imaginarlo.

— Yo me imagino aún más: un prolongado periplo en deslizador por los tropicales afluentes del río Amazonas, y cenas bailables bajo las llameantes noches de Iquitos; la metrópoli más mundana y divertida de la amazonia, urbe que teóricamente tú querías morderla ¿Recuerdas?

— No sigas hablando Toño y vayamos a Iquitos.

Los preparativos del vuelo para ir a Iquitos y sus comunidades vecinas, se hicieron a la velocidad del rayo. Luego, solamente una hora de viaje y la piel caería en un horno de 40 grados con agitaciones de pecho y respiración húmeda, dejando el buche, abierto a las exóticas cremoladas que se beben a cada rato bajo aquella dinámica estufa.

Arriba en el avión, Joba inspiró una fuerte dosis del escaso oxígeno que había y rezongó su más sincera nostalgia:

— ¿Sabes? Me quedé con las ganas de poder taconear día y noche, la geografía del venerado valle del Elqui.

— No te preocupes querida, es posible recorrer juntos el valle del Elqui sin movernos de nuestros asientos y lo podemos hacer en este mismo instante.

— Eres un chiflado ¿Y cómo?

— ¡Fácil! En este "pendrive" se guarda el extenso video del valle del Elqui; filmación que Mholán dejó en mis manos como el más grande incentivo para seguir su ejemplo de ecologista. Es un documental de una hora y media, filmado y narrado por él mismo. Es el legado, no solamente para quienes veneran la naturaleza y sus ecosistemas, sino también para quienes promueven la caridad por los indigentes cuando el dinero no deforma sus corazones.

— ¿Podemos ver el video?

— Por supuesto. Lo conecto al Laptop, reclinamos los asientos, y listo.

— No Toño. Si el video es de una hora y media, y el vuelo es de una hora, mejor lo vemos al llegar al hotel. Lo quiero ver de principio a fin y en un reproductor Blu-ray con resolución Full HD ¿Te digo algo más? Quiero ver el video, arrullada de embrujo y sobre un blando lecho, haciéndome la idea que estoy deambulando por el mismísimo valle del Elqui.

— ¡Gran idea Joba! Pero para ver el video en Blu-ray, habría que tenerlo en disco óptico. Así que, sería mejor verlo directamente en un televisor con imagen 3D.

(El arribo a Iquitos)

De noche, sobre el quemado cemento del Aeropuerto Internacional Francisco Secada de Iquitos, rebotaba el indestructible horno de la jungla. Toño y Joba, tomados de la mano, dejaban el avión atrás, llevando en sus tímpanos el silbido de las turbinas, y en sus mejillas el brillo de una transpiración en aumento. Pagarían con sangre un trozo de hielo a cambio de enfriar la estufa ambiental que ya comenzaba a secar el organismo. Faltaba el aire, y lo peor; fueron avisados que tenían que acostumbrarse a ello. Ni siquiera las estiradas paletas de los tenaces ventiladores que sin descanso abanicaban por todos lados, logró compensar el calor que sentían.

Una vez subidos al motocarro —taxi de la zona— y entre un río de otros parecidos, huyeron al mejor hotel del centro. Dejaron sus equipajes y salieron raudos hacia la fuente de soda más cercana. Tragaron jarros y jarros de bebidas refrescantes, elaboradas con frutas exóticas de la selva: Camu-Camu, Taperiba, Cocona, Aguaje, Charichuelo, etc.

De nuevo en la habitación del hotel y habiendo cenado ligeramente al borde de la cama, los esposos se tiraron para atrás sobre unas elásticas almohadas, al auxilio de un estimulante climatizador. Se animaron a presenciar el extenso y esperado video que el difunto Mholán le dejó a Toño. Ese documental sería un buen relajante para agarrar sueño, previo a un día cuajado de sorpresas en una región tan intrigante como lo es Iquitos y su selva inmediata.

Encendieron el Laptop, conectaron el pendrive e hicieron lo mismo con el cable HDMI al monitor plasma 3D de televisión autoestereoscópica, la que no necesita de gafas para ver en tres dimensiones. Y así, sin boletos de viaje, tomaron el vuelo imaginario para transportarse directamente a la garganta misma del escondido y sosegado valle del Elqui en territorio chileno.

(El video del valle del Elqui)

Hola, soy Mholán: me encuentro en el terminal de buses de "La Serena", capital de la IV región Coquimbo–Chile, a 474 kilómetros de distancia al norte de Santiago. He llegado de madrugada tras cinco horas de viaje en bus, y estoy aguardando a mi amigo Arturo, quien como un buen "serenense" me dará la bienvenida para después llevarme a conocer algunos puntos importantes de la zona antes de abordar un furgón de turismo que me conducirá por el semi desértico valle del Elqui. Bueno pues y hablando de Arturo, ya llegó él, tan cumplidor como pocos.

— Hola Arturo, yo llegué antes de lo previsto y tú muy puntual.

— ¿Puntual yo? Ni creas. Simplemente sabía que el bus a veces se adelanta y me apuré.

— Eso es cierto, el chofer no soltó el acelerador ni para rascarse.

— Pero llegaste bien, que es lo más importante. Primero iremos a desayunar al Puerto de Coquimbo y después volveremos a La Serena para "hacer tiempo" hasta las 9 de la mañana en que partirá tu furgón rumbo al valle.

— ¿Vamos a Coquimbo en taxi, Arturo?

— Como se te ocurre, mi coche está a la vuelta.

— ¡Ah! ¿Vamos en vehículo propio?

— Definitivamente, la comodidad por delante.

— Gracias.

— Gracias a ti Mholán. En estos momentos nos dirigimos al "Faro de La Serena" y luego viramos a la izquierda para circular por la gran "Avenida del Mar" que va a dar hasta Coquimbo.

— ¿Ir a conocer el faro? ¿Te refieres al famoso icono de La Serena?

— Sí, lo tenemos enfrente.

— ¿Tan rápido llegaste?

— Desde el centro de la ciudad hasta el faro hay apenas un kilómetro de distancia.

— ¡Oh! es alto y está bien fortificado ¿Cuánto mide?

— Fíjate que no es tan alto como parece, pues mide sólo 25 metros, pero se ve formidable, dado que no hay edificios colindantes de ese tamaño.

— ¿Sabes cuántos años tiene?

— Tiene más de 60 años. Para ser más exacto, fue construido entre los años 1950 y 1951.

— ¿Y todavía funciona?

— Que yo sepa, no. Lo conocí siempre apagado, pero se dice que en sus mejores años de vida, su luminiscencia alcanzaba las 20 millas náuticas.

— Ahora querido Mholán, mantén tu videocámara y trata de captar todo lo que quieras, que ingresamos ya a la costanera o "Avenida del Mar"; el circuito de playas más significativo de La Serena. En esta época, el mar, sus bañistas, sus placenteros hoteles y todo el ambiente veraniego, compensan el gusto de los turistas de todas partes.

— Veo la playa desierta.

— ¿Desierta? La ves así porque recién amanece y hay neblina, pero en la tarde esto se torna un hormiguero.

— ¿Tanto así?

— Por si no lo sabías, estamos en la costa chilena más apetecida por turistas nacionales y extranjeros durante la época estival, turistas que por lo general, atiborran sus orillas, bares y restaurantes, antes y después de volver del candente valle del Elqui.

— Esta avenida es larga; calculo que a lo menos tendrá cinco kilómetros.

— ¿Cinco kilómetros? Esta avenida tiene más de trece kilómetros y une La serena con Coquimbo.

— Eso parece, porque estamos recorriéndola 15 minutos y aún no termina. Diría que tiene un largo semejante al circuito de playas de "la costa verde" en Lima.

— ¿También es grande?

— Sí, esa costanera es la más grande del litoral limeño, abarca unos 15 kilómetros y entrelaza a seis distritos: San Miguel, Magdalena, Miraflores, San Isidro, Barranco y Chorrillos.

— Qué bueno saberlo. Está saliendo el sol y lo que ves al fondo es Coquimbo, allá desayunaremos.

— Mira Arturo al lado izquierdo y dime ¿Qué edificio es ése?

— ¿Cuál?

— Ese churrigueresco monumento que sobresale en uno de los cerros de Coquimbo, una especie de iglesia amarillenta que refleja los primeros rayos del sol.

— Innegablemente, Mholán; es una mezquita islámica, relativamente nueva, compuesta de un paraninfo con pilares y arcos de color ladrillo y una elevada torre que la escolta. Este morabito, así como también, la cruz del milenio y el faro de La Serena, son los monumentos arquitectónicos de más atracción turística de la bahía.

Mientras junto al muelle, gigantes barcos clareaban su silueta en medio de la bruma, y al mismo tiempo, en las costeras aguas, cosechadores de "huiros" (algas), chapoteaban las orillas, tomando el pulso a su antiguo oficio como cada mañana, Mholán y Arturo llegaron a un distinguido restaurante del Puerto para desayunar: caldillo de congrio, empanadas de queso, marraquetas y un espumoso café exprés; todo un suculento refrigerio de cara al pacífico y en un comedor que, pese a ser muy de mañana, estaba lleno de famélicos trasnochadores, quienes cabizbajos y sin mirar a nadie cuchareaban contra el hambre y la caña.

De allí salieron a recorrer las arterias de Coquimbo y de pasada filmaron debajo de las cuatro palmeras que adornan la plaza principal, la arquitectura de uno de los más representativos sectores de la ciudad: "El barrio Inglés". Y como Mholán estaba sobre la hora, puesto que el furgón de la agencia de turismo partía al valle a las 9 de la mañana, Arturo aceleró el auto de regreso a La Serena y en "un tris tras" arribó a la agencia, y con un fuerte abrazo y un "regresa pronto" se despidió de Mholán, quien a su vez abordó el colectivo turístico, dentro del cual esperaban otros diez paseantes más, dispuestos a no perder de vista ningún detalle de la atractiva y pintoresca cañada del Elqui, pero esta vez, guiados por otro cicerone, el cual en plena marcha encendió los parlantes del furgón y con un micrófono de cintillo, saludó a los excursionistas:

Buenos días señores, mi nombre es Romualdo, chofer y guía de la empresa de turismo "Zona travel". Nos encontramos en La Serena, la segunda ciudad más antigua de Chile, fundada el 4 de setiembre de 1544 por el capitán español Juan Bohón, bajo las órdenes de Pedro de Valdivia. Esta ciudad que en un comienzo fue un poblado de apenas una decena de colonos, fue una comarca de descanso y apertrechamiento de las tropas valdivianas procedentes del Virreinato del Perú durante la consolidación de la Capitanía General de Chile. Hoy en cambio está convertida en una moderna y populosa urbe que según el censo del 2002 cuenta ya con más de 160 mil habitantes.

Les hago saber que, no ingresaremos al centro de la ciudad sino que iremos directamente por el valle hasta el pueblo llamado "Pisco Elqui", cuyo nombre deriva del fragante licor que se produce a partir de los fecundos campos del valle que están regados de viñas. Durante el trayecto nos detendremos en algunos sitios de interés, de los que les iré comentando en su momento. Nuestro itinerario culminará cuando a partir de las seis de tarde volvamos acá a La Serena por el mismo camino. Quedo atento a las preguntas que ustedes quieran hacerme; les responderé con mucho gusto.

Entonces bien, nuestra primera parada será en el caserío Las Rojas, 23 kilómetros más adelante, donde existen plantaciones de papayas y algunos comercios que venden néctares, jugos y otros derivados de esta típica fruta de la región.

(Cultivo de papaya)

Soy Mholán otra vez. Hemos bajado por un momento en un fundo del camino, en la localidad de Las Rojas, para que nuestro guía Romualdo nos muestre una de las tantas plantaciones de papaya. Nos dice que en la actualidad, éstas se siembran al goteo, y a diferencia de la chirimoya —otra fruta tradicional de la zona—, su cosecha es de dos y hasta tres veces al año. La papaya no es tan grande ni acuosa como la de algunos países tropicales, pero aún así, una vez madura, tiene gran demanda en la dieta de la región.

La papaya de La Serena es única por su tamaño y característico sabor. A nivel industrial, es recolectada, calibrada y sometida a procesos de elaboración, hasta transformarla en bombones, licores, conservas, confites y exquisitos jugos que, una vez envasados, repletan los estantes de diversos autoservicios.

Las cuantiosas plantaciones que existen hoy en día, pertenecen a empresas particulares, aunque quedan también agricultores nativos que por laderas y cerros, preservan sus pequeños sembríos, cuyas cosechas satisfacen habitualmente la demanda local.

Después de una breve ilustración, Romualdo nos convida a degustar gratuitamente una copa de néctar en una de las salas de venta del fundo. Nos incita a comprar algunos productos, aprovechando que acá es obviamente más barato que en otros lugares, pues la venta es a precio de chacra.

Continuando la marcha, Romualdo nos hace saber que la próxima detención va a ser en el puente del embalse Puclaro, una hora más arriba. Yo descubro que estamos ascendiendo por una calzada más florida e impregnada de bungalows y campechanas aldeas inherentes a un valle satisfecho de agua diáfana todo el tiempo, y lo más evidente, el camino ahora es más curvado y repleto de anuncios de toda clase, como letreros turísticos de aproximación a restaurantes, carabineros, cabalgatas, piscinas, camping, teléfono, internet, heladerías, fruterías, venta de productos artesanales. Y para variar, ¡Cómo no!, la abundante e inoportuna propaganda de campaña política.

(Embalse Puclaro)

Hemos entrado por un breve desvío y nuestro furgón se ha estacionado en diagonal junto a una larga hilera de vehículos cuyos pasajeros también desean contemplar "en vivo" la represa Puclaro. Evidentemente, desde el malecón sobre el dique, puedo distinguir a mi derecha, un vasto estancamiento de agua; dicho de otro modo, una pasmosa laguna "azul pastel". Y a mi izquierda, destilando bajo el andén y paralelo a la carretera, el azulino y estrecho río Elqui que, brillando, rueda hacia el mar de La Serena. ¿Qué nos dice Romualdo acerca de esta colosal represa?

Comenzó a construirse en 1996 y fue concluida en 1999; tiene una superficie de embalse de 760 hectáreas y una longitud de 7 kilómetros. Su capacidad es de 200 millones de metros cúbicos. Provee de agua saludable a más de 2500 fincas agrícolas, mayormente sembradas de uvas y otros frutales como lúcumas, chirimoyas y papayas. La represa no obstante, se construyó a costa de estrangular en sus profundidades a tres antiguos asentamientos urbanos de ascendencia Diaguita: Gualliguaica, Punta Azul y La Polvada, cuyos orígenes se remontan a épocas preincaicas de más de 500 años de historia.

Recientemente, en honor a la nostalgia, los erradicados moradores de Gualliguaica relocalizaron su pueblo con el mismo nombre sobre una nueva geografía que no devolverá jamás el alma del antiguo pueblo.

Tal como las grandes represas del mundo, ésta fue aprovechada para levantar una central hidroeléctrica, la cual mueve dos turbinas de 2,8 megawatts, generando 30 millones de kilowatts por hora y dotando de energía limpia a más de 12 mil hogares de la IV región de Coquimbo. Puedo complementar que, este embalse, es también un criadero de peces como "carpas y truchas" aún no muy explotable. Algo más, cuando el agua está en su máximo nivel y los dinámicos vientos soplan sobre el estuario, éste es aprovechado para practicar deportes como windsurf y kitesurf.

Queridos excursionistas, ahora tienen solamente 40 minutos para poder fotografiar, refrigerarse y comprar artesanías en los diversos stands del lugar —Concluyó Romualdo—.

Y bien, después de tomarle varias fotos al embalse, me hallo en un entretenido pasaje de contiguas casetas con techitos de paja que por un acantilado ascienden al mirador. Me acerco al puesto donde venden guijarros, cuarzos y minerales del valle. Le pregunto al vendedor si la iconografía labrada en una de las piedras que él vende, representa a la cultura Diaguita; me responde que sí, y mostrándome la piedra, me explica: aquí están representados el sol y el guanaco, dos retratos típicos de la cordillera. Rápidamente añade; usualmente, para los Diaguitas, encontrar un petroglifo pintado con la figura de un guanaco, significaba que era zona de caza, y si estaba pintado con una U invertida a modo de iglú, significaba que era zona de refugio.

Decido comprarle una esfera de lapislázuli torneada artesanalmente, pero él me muestra una estela con el grabado de un rústico guerrero Diaguita y me persuade: ésta sí es autóctona. Yo me convenzo, pues noto que no se parece a una réplica sino a una original, y también la compro pese a su alto precio, y salgo presuroso pues ya los demás pasajeros esperan en la furgoneta que nos llevará rumbo a nuestro próximo destino, el pueblo de Vicuña, 10 kilómetros más adelante.

Así, nuestro furgón traspone emocionado el "Túnel Puclaro", y a la vista surge un panorama propio de la sierra, con pastos nativos que motean de esmeraldas las maduras colinas circundantes.

Buscamos un espacio para estacionarnos y hacer un flash a la cima del "Cerro Tololo", donde anclados, fulguran al fuerte sol, los telescopios del observatorio más austral del mundo, pero no hay manera, pues en medio de una caravana de vehículos, la consigna es no detenerse. Proseguimos la marcha, Romualdo, nuestro guía, nos aclara que las visitas al observatorio son de noche, previa reserva de acceso y pagando hasta 20 mil pesos chilenos, lo que finalmente posterga la esperanza de subir a lo alto y llenar la cabeza de estrellas, justo encima del místico valle.

Un poco más adelante, una gigantografía anuncia a los transeúntes: "Ruta patrimonial Gabriela Mistral". Averiguo ¿Por qué tal designación?... indiscutiblemente porque en la cuenca de este espiritual desfiladero, allende los arcillosos montes de Vicuña, bosteza el semidormido pueblecito de Monte Grande, terruño oriundo de la gran poetisa y Nobel de literatura 1945, Gabriela Mistral.

(Municipalidad de Vicuña)

Nos acercamos a la municipalidad de Vicuña, cruzando una blanqueada pasarela de una sola vía, cuyos faroles coloniales a ambos lados, semejan a rudos guardianes insinuando que estamos a las puertas de una antigua vecindad, acaso la más importante del valle.

Estamos hablando de la célebre y muy visitada comuna de Vicuña, donde se sabe, se inscribió en los registros civiles el nacimiento de Gabriela Mistral, aunque ella no naciera allí, sino en Monte Grande, un poco más arriba.

Como sucede en todos los veranos, un boato de carros de todo tamaño, batalla por ingresar y salir de las comprimidas arterias de Vicuña rumbo a los confines del valle. Al ingresar a la plaza de armas, se distingue en una de sus esquinas, una solemne torre de color grana, y sobre nuestras cabezas, una pancarta de tela que da la bienvenida a "la feria de artesanos de Vicuña".

Acá haremos un descanso obligado para soltar las extremidades y de paso ver qué hay de nuevo en la plaza de armas. Es mediodía al fuerte sol, y el estómago me conduce hasta Romualdo para preguntarle si vamos a almorzar en algún restaurante de Vicuña. Nos dice que no, que todavía nos queda una hora de viaje hasta la aldea de Paihuano donde nos aguarda la elegante hostería que nos dará de almorzar sin costo alguno, ya que ello está incluido en el paquete turístico.

Con este sedativo, invito a un compañero de viaje a tomar un refresco y luego con él fisgaremos el trabajo de los artesanos de Vicuña, instalados en derredor de la plaza mayor, la que como otras de la serranía, se perfila llena de una veterana arboleda. En su centro mismo, se levanta un enrejado circular de hierro, y dentro de éste, acostada "boca arriba" y ante los ojos de los turistas, mira al cielo, la efigie de la mestiza y prestigiosa hija de la ciudad de Vicuña: Gabriela Mistral.

Después de haber agotado mi curiosidad frente al parsimonioso trabajo de "los artesanos de Vicuña" y habiendo adquirido uno que otro souvenir, dejamos ese distinguido pueblo para revivir nuestra delicada travesía, subiendo ahora a lo más alto del valle.

Atrás quedó la ciudad de Vicuña y nos topamos ahora con el "verde terciopelo" de un paisaje que se va encogiendo en cada espiral del camino. Montones de casas ceñidas de vegetación, se ven de lejos, aplastadas mientras ascendemos. A lo largo de la vía, los kioscos de provisiones parecen interminables. Nos encontramos a la altura del desvío que va a pueblitos como Rivadavia, Chapilca, Guanta, Balala, Juntas del Toro, y de allí, a la frontera con Argentina. Es cuando, la pendiente agita el motor de nuestro furgón y éste busca un receso y se detiene al borde de una rambla, donde aprovechamos para ver panorámicamente el sinuoso valle impregnado de viñas, las mismas que abastecen a tantas fábricas destiladoras de pisco que proliferan en la zona; por algo, a este misterioso valle se le conoce también como "La ruta del pisco".

(Almuerzo en Paihuano)

Arribamos a Paihuano; pueblecito frutícola de viviendas cargadas de flores. Junto a la carretera, un espacioso restaurante nos abre el portón mostrándonos una mesa larga donde cabemos todos. ¿Y cuál es el menú? Cada quien escoge lo que la carta sugiere. Mi menú es pavo asado, arroz, media marraqueta y un refrigerado jugo de sandía. ¡Oh mesa divina! Sobre ella nace el gran pretexto para conocernos unos a otros e intercambiar opiniones.

Algunos se muestran interesados en platicar y hacer amistad conmigo, me llenan de preguntas, ¿La razón? No soy chileno y esto pica la curiosidad para saber de dónde vengo y por qué llegué precisamente acá. Me dio muchísimo gusto haber simpatizado con todos ellos, pues a partir de este instante, el viaje será más divertido.

Nos alistamos para continuar la marcha; algunos que fueron al baño del restaurante provocan cierto retraso. Salgo afuera y advierto que en las laderas inmediatas florecen pomposos jardines, los cuales matizan mi corazón de júbilo para confesar a mis compañeros de viaje que, es esto, lo que justifica mi presencia en el valle del Elqui. Anuncio que prefiero el turismo campero, al turismo citadino, sobre todo que, me conmueve manosear cualquier rincón del mundo que conserva depósitos de ternura y soledad, capaces de cauterizar mi alma hasta insensibilizarla frente al inevitable asalto de la muerte.

Dejamos atrás Paihuano, y a paso de procesión, ascendemos la carretera atestada de carros y curvas.

20 minutos después nos sorprende un inconfundible pueblecito de calles desiguales pero bien empedradas. A medida que avanzamos, rebotan en los ojos, diversos epígrafes informativos que revelan a puro grito que estamos ya recorriendo Monte Grande, el lugar más trascendente desde que salimos de La Serena. El guía Romualdo nos informa que acá permaneceremos más tiempo que en otros lugares visitados, porque en este distrito subsisten el pesebre y el hipogeo de Gabriela Mistral, la poetisa cosmopolita, de la cual, su vieja casa y sus restos mortales, atraen a turistas de todo el mundo.

(Monte Grande)

Monte Grande es una soleada comuna de unos tres mil habitantes que ha sabido congelar la forma andina de sus viviendas: paredes de adobe y techos de calamina. La silueta de la bella "iglesia–museo" que se distingue de lejos, no ha dejado de hacer ostensible su semblante escarlata desde cuando se construyó a finales del siglo XIX. Tampoco lo ha hecho su elevada torrecilla que sigue cargando con el tiempo su pesado campanario. Parte de la iglesia es hoy un museo que proporciona al visitante una suculenta exposición pictórica–fotográfica de las populares y viejas costumbres montegrandinas.

Alcanzo a ver dos o tres largas calles y no veo más. Con razón, este apacible entorno aldeano bosteza de piedad revelando un secreto: si el mundo espiritual de los montegrandinos es tan penetrante, es a causa de su natural sordina, ¿Y es así? Ciertamente; de no ser por el ruido de los vehículos que pugnan por estacionarse en sus calles, todo sería silencio. Me pregunto ¿Cuánta quietud habría en Monte Grande el año 1889 cuando nació Gabriela Mistral?

Guiados por Romualdo nos acercamos al lugar de mayor atracción turística de Monte Grande: "La casa de Gabriela Mistral". Él nos indica que la poetisa no nació aquí precisamente, pero vivió su niñez hasta los nueve años. Igualmente que, en aquel tiempo, la sala de su casa fue la escuela de primaria donde enseñaba su media hermana Emelina.

Es momento de ingresar y yo veré con mis propios ojos, cuánto hay que conocer.

La prestigiosa vivienda, transformada hoy en un museo de connotación internacional, se esconde bajo la vereda izquierda de la principal vía que sube hacia los andes. Es de un solo piso y está abrigada por un noble huerto; se accede siguiendo el pasamano de un angosto terraplén.

En la puerta, el horario y el precio de entrada están indicados no sólo en idioma español sino también en inglés:

"ATTENTION SCHEDULE: TUESDAY TO SUNDAY, 10 - 18 HRS. VALUE OF THE ENTRANCE: 300 PESOS"

En la pared, un cartel de advertencia me sorprende justo cuando llevo encendida entre mis manos mi videocámara: "El museo agradece a usted que sea un turista culto, que sabe que en un museo no se pueden tomar fotografías porque ello deteriora el material en exposición".

La cajera, una señora con cara de suegra, descubre que estoy con mi videocámara en mano y alza su voz: "Oiga, está prohibido grabar o fotografiar". Lo sé señora, discúlpeme, voy a apagarla —respondí e ingresé—.

Han transcurrido 15 minutos desde que apagué mi videocámara y hoy vuelvo a encenderla, la oculto en una revista, y sin despertar sospechas, presiono "play". No está demás lamentar que no pude grabar la salita de clase que está a la entrada, donde hay carpetas color castaño, una pizarra portátil, epístolas, recordatorios, manuscritos, fotos familiares, un estuche de vidrio con la bandera chilena que cubrió el ataúd de Gabriela Mistral, y curiosos que se turnan para mirar.

Me atrevo a grabar subrepticiamente lo que puedo, enfocando el visor por los distintos ángulos del huerto de esta famosa casa. Veo sobresalir de entre la yerba, un tinajón de terracota, y en el pasadizo que da a las habitaciones, una vasija de piedra: reliquia de lejanos años en que el agua se potabilizaba por la filtración que caía debajo de aquélla. Observo asimismo, sonrosados claveles, granadas pintonas, y la sombra de una gruesa palmera que bate sus extremidades, refrigerando a los turistas ante el bravo sol del valle.

Por encima de la paz que siento al estar dentro de esta humilde casa, la curiosidad por inmortalizar la alcoba de la mujer más célebre de Monte Grande y de Chile, no me deja en paz. Me aproximo a la venerada habitación donde otros mirones como yo, observan hacia dentro en total silencio, como si se tratase del santo sepulcro.

Puedo ver en una esquina del habitáculo, un viejo catre de fierro, de una sola plaza y con respaldo alto, forrado con un limpio y blanco cubrecama, donde se dice, durmió alguna vez Gabriela Mistral. Veo además, un lavatorio de porcelana, algunas sillas, un viejo baúl de madera y sobre éste, el negro cabezal de una máquina de coser de la época, en buen estado de conservación, el cual ya quisieran los coleccionistas de anticuarios y aficionados al cachureo.

Veo en la otra esquina del mismo dormitorio, dos camastros similares, con leyendas que mencionan que pertenecieron a las hermanas mayores de "Lucila de María del Perpetuo Socorro Godoy Alcayaga", legítimo nombre de Gabriela Mistral. En suma, es un reducido espacio para tres camas, vacantes y mudas, que ilustran cómo la biliosa marcha del tiempo es capaz de arrojar a los ojos su alérgico hedor a difunto. El dormitorio tiene un aspecto de cámara mortuoria. Por eso, mejor salgo de aquí, necesito aire.

(El sepulcro de Gabriela Mistral)

Dejamos el introvertido pueblo de Monte Grande y nos dirigimos al mausoleo de Gabriela Mistral, un poco más arriba a la salida. Pero antes, Romualdo, el guía, hace un desvío en el camino y nos lleva a otro lugar, nos dice que es parte del tour visitar la planta de molienda:"Los artesanos del Cochiguaz" y su máximo distintivo, el "burro Ruperto" que saltó a la fama al promocionar en televisión al pisco "artesanos sour". Del breve recorrido que incluye circular por la sala de ventas de la planta y comprar artesanías en una tienda contigua, se destaca el interés de muchos por sacarse fotos junto al insigne burro, que encerrado a la sombra de un precario techo, ignora a lo que está expuesto. Compramos todo lo que podemos y sin más demora salimos.

Pasada las tres de la tarde arribamos al penúltimo destino de nuestra agenda: el mausoleo de Gabriela Mistral. El cerro que lo cobija está a un costado de la carretera principal. Subimos, "a pura pata" los anchos escalones con muros hechos de cemento y guijarros del río. ¡Oh! Esto es lo que me hacía falta; aplastar la flojera y sudar a chorros en contra de los achaques y el turismo sedentario; aquel turismo de crucero, de salón, de casinos y de ciudades atiborradas de una fétida hilaridad.

Simplemente, me considero un infante inmarcesible que le place marchar sin postas sobre la tierra que huele a guano y herbajes en flor. Le confieso a uno de mis acompañantes, que me gustaría morir caminando. A veces me creo un chasqui; un profano explorador de un mundo que se remonta hacia el infinito.

Seguimos trepando a paso lento las graderías de la cuesta y llegamos a la última vuelta que da a la tumba de Gabriela Mistral. Nos topamos con una pared blanca a media altura, que muestra al visitante, distintas placas recordatorias en homenaje a la interfecta. No deseo reparar detalles y subo directo a ver el mausoleo. Ahora lo tengo frente a mis ojos; se trata de un exorbitante monolito que entre un peripuesto jardín, exhala un sahumerio de sana amistad con el panorámico valle.

La tumba de la poetisa está custodiada por otra más pequeña, la de su querido sobrino Juan Miguel Godoy (Yin-Yin), que murió en 1943 cuando apenas tenía 18 años de edad y a quien ella consideró su hijo.

La piedra-lápida está impresa de negro con la siguiente leyenda:

"Lo que el alma hace por su cuerpo es lo que el artista hace por su pueblo".

Gabriela Mistral, Premio Nobel 1945.
7 de abril 1889 –10 de enero 1957.

Los restos mortales de la poetisa fueron inhumados inicialmente en el cementerio general de Santiago, pero tres años más tarde, en 1960, el gobierno chileno hace cumplir la cláusula IX de su testamento: "Es mi voluntad que mi cuerpo sea enterrado en mi amado pueblo de Monte Grande". Ante semejante honor, Juan Sommerville, un distinguido vecino, concede parte de su propiedad para levantar allí el panteón definitivo de la más grande y ecuménica mujer chilena de todos los tiempos.

Y allí mismo quedó. Y acá la dejamos, recostada en la ladera del cerro, oteando la comarca que alimentó su fatigosa pubertad al canturreo de los pájaros sobre el vehemente céfiro elquino. Adiós a la poetisa.

(Último paradero: el pueblo Pisco Elqui)

Avanzando por la elevada carretera en contra del curso del río, no muy lejos de Monte Grande, se nos abre a la vista la hermosura de un villorrio, quizá el más colorido y delicioso que he visto en toda la gira. Es un caserío con olor a leños y a corral, que parece rebuznar de alegría; hay movimiento de comercio y vehículos que entran y salen por sus desniveladas calles.

Por entre los inmuebles de adobe en versión actual, fluyen turistas nacionales y extranjeros, habitualmente, formando grupos con sus respectivos guías, y dentro de todos, nuestro grupo, compuesto de once personas con Romualdo a la cabeza.

Dado el poco tiempo que disponemos, Romualdo decide llevarnos a conocer sólo las instalaciones de la "Compañía Pisquera de Chile S.A.", la más importante del país, asentada en "Pisco Elqui", y la que maneja el 50% del mercado chileno del pisco a través de una decena de marcas tocantes a la misma compañía.

Ordenadamente y en silencio, descendemos a una opaca galería, donde se exhiben antiguas máquinas y utensilios usados por los pioneros de esta tradicional industria. Puesto que las salas carecen de iluminación, pongo el "NightShot Plus Infrared" de mi videocámara en "ON" y discretamente comienzo a grabar lo que la oscuridad se propone encubrir.

Dentro de la antigua factoría realizamos un breve repaso por la historia y salimos a recorrer la moderna planta. Hoy es cuando la visita guiada adquiere otra naturaleza y Romualdo pasa a ser un concurrente más, pues el mentor de la compañía pisquera, pone orden a los curiosos turistas que se arremolinan en torno a él, quien con conocimiento de causa, explica en voz alta:

"Nuestra planta tiene una capacidad de producción de 3 millones de kilos de uva, lo que nos da algo así como 2 millones de litros de vino, y de ello nos viene a quedar entre 800 mil y 1 millón de litros de alcohol al año, obviamente que, como el pisco lleva agua para bajar de grado, la producción es un poquito más.

Esta planta está en pleno periodo de remodelación; se está construyendo una nueva destilería. Al final del recorrido les voy a mostrar un video con imágenes "en 3D" de cómo va a quedar la destilería a partir de marzo, siendo inaugurada en setiembre de este año, entonces tendremos producto nuevo y casa nueva también.

Las uvas que utilizamos para el pisco, principalmente son de la variedad moscatel de Alejandría o moscatel rosado. Pero para el pisco en general se utilizan hasta catorce variedades de uva, como moscatel de Austria, Pedro Jiménez, moscatel negro, torontel, moscatel de Frontignan, etc.

Estamos en la sala de los alambiques. Cada uno tiene una capacidad de 1400 litros de vino; se calientan con un sistema de calderas de cobre, son las que están en la sala de al lado. Se hace con leña y produce vapor de alcohol, y ese vapor de alcohol corre por esta tubería e ingresa al alambique por una cañería de cobre que tiene forma de espiral y se denomina "serpentín"; es por aquí donde pasa el vapor de alcohol que luego sale como aguardiente, el cual se transporta por diversas tuberías hasta las barricas de roble americano donde finalmente se guarda en reposo.

Por último, amables turistas, para finalizar nuestro recorrido, descendamos a la bodega de la destilería. Nos encontramos con una espaciosa cueva frigorífica, cuya temperatura fluctúa entre 14 y 22 grados, la misma que refrigera a cientos de barriles de roble americano, los que correctamente apilados, conforman estas enormes paredes de barriles en cuyo centro se explaya nuestra moderna filmoteca.

Les invito a tomar asiento para poder apreciar en pantalla gigante una corta exposición de la historia de nuestra empresa y los aparejos industriales empleados antiguamente por los artesanos de la época. Además, lo que les prometí: un video con imágenes "en 3D" de cómo va a lucir la nueva planta pisquera en marzo, antes de su inauguración en setiembre de este mismo año".

Con nuestro guía Romualdo al frente, dejamos las instalaciones de la Compañía Pisquera para luego salir a rondar la plazuela de "Pisco Elqui" con su atrayente y afilada iglesia, a la que hay que tomarle la última foto antes de partir de retorno, de lo contrario sería como no haber conocido esta acuarelada aldea, cuna del pisco chileno y platea de los avistamientos más glosados de ovnis.

Trepamos a nuestra sufrida camioneta de regreso a La Serena, justo cuando el cielo intenta sonrojarse ante la noche. Dejamos atrás las enjutas montañas de una quebrada, a cuyas faldas, el verde tapete de vides, nos grita, vuelvan pronto amigos que el sol es bueno.

Confieso que haber ensuciado mis zapatos por este dormido valle fue un encanto que prevalecerá sobre mi piel toda la vida. Y mientras voy a Santiago para tomar mi vuelo de regreso a Lima, desataré la imaginación de placer por haber llegado hasta acá. Para quienes hayan compartido conmigo este extático viaje, va un abrazo, y nos vemos en otro lugar, quizá allá arriba, en la cresta del Cerro Tantarica; naturaleza de mi respiración, dulce rancho en donde podré morir porque sí. (Fin del video).

Tan pronto despertaron del cataléptico sueño a raíz de la extenuante e imaginaria travesía al valle del Elqui según el video de Mholán, los inseparables esposos se toparon a flor de sábanas con el resplandor de una mañana enardecida por el fuerte calor de la selva; obviamente estaban metidos en la barriga de la movida ciudad de Iquitos, cuyo crisol encendido de su ambiente, cuecen las entrañas al más arisco de los mortales, sacándole de la cama para ver afuera la fotosíntesis de un dispendioso paraíso.

El primer punto de la agenda sería navegar el río Nanay por cerca de una hora hasta una típica y rústica Maloca administrada por los indígenas "Boras"; una minúscula sociedad tribal que con orgullo exhibe al turista su íntimo hábitat y sus costumbres a cambio de dinero.

Toño y Joba fueron acompañados por Juvenal, un conocido guía del hotel, salieron rumbo al caserío de Nanay, cuyas riberas remojadas sin clemencia por el achocolatado río del mismo nombre, ceden un espacio al "atracadero de Bellavista", en donde, yuxtapuestos, aguardan embarcaciones livianas dispuestas a bordear lugares vecinos a cambio de una tarifa que fácilmente sucumbe al regateo.

Tan pronto el mototaxi llegó a la "Punta Nanay" (A sólo 15 minutos del centro de la ciudad) dejó a sus tres pasajeros al acecho de los fleteros de lanchas, quienes como pirañas implacables se arremolinaron a ofrecer sus servicios.

— Buenos días señores ¿A dónde quieren ir?

— ¿Adónde vamos Juvenal?

— A la comunidad Bora y luego al serpentario.

(Propuesta de unos fleteros)

— El circuito consiste en visitar diversas comunidades étnicas y campestres: los Boras, Manacamiri, Padre Cocha y el serpentario; 4 sitios por 40 soles, ida y vuelta.

(Otra propuesta)

— Por el mismo precio les llevamos a todos esos sitios, pero no en lancha sino en bote deslizador; sin apuro y retornamos cuando ustedes lo quieran.

(Y otra)

— Nosotros en cambio, tomamos el mismo circuito por 50 soles, pero en yate. O sea por 10 soles más, viajamos con total comodidad ¿Qué les parece?

— ¿Y si es solamente para ir a los Boras y al serpentario?

— El precio es igual.

— De todos modos tomaremos el viaje en yate y si nos sobra tiempo iremos a más lugares.

Una vez que los tres pasajeros subieron al yate, Toño se aprestó a pagar los 50 soles convenidos, pero el cobrador en confabulación con el piloto le indicó: el precio es de 50 soles por cada uno, lo que significa que, como son tres, debes pagar 150 soles.

A Toño no le causó contrariedad el sobrepago que exigían los vivarachos, pero a Juvenal sí, quien se dio cuenta cómo operaban sus conciudadanos, y molesto repuso al cobrador:

— No es mi dinero, pero les diré: ustedes son unas ratas.

— ¿Y por qué reclamas tú, si viajas de gorra?

— Soy el guía y reclamo por tu falta de claridad.

— Si no estás al tanto de los precios no te metas.

— Sé cuánto cuesta el servicio y no es la primera vez que traigo turistas —dijo Juvenal—, el pago es por viaje y por grupo familiar, no por persona. Pero bueno, cuando de asaltar se trata... Mejor enciende el motor y vámonos.

— ¡Menos mal que comprendes!

— ¿Comprendo? ¡Estás más huevón! Sólo comprendo ¡Que nos cagaste! —replicó Juvenal, enojado—.

El estremecedor y rumoroso deslizamiento del yate, surcando el afluente río Nanay, rociaba a las mejillas, la brisa de una jungla pintada en el pellejo del agua. Los viajeros desataron su alegría corriendo al encuentro del orondo Amazonas y las barranqueras donde moran aquellos naturales, amén de sus hábitos indígenas.

¡Oh mañana! que remojaba la garganta a gustillo de "cocona y aguaje" mientras el viento revolvía los pelos de los navegantes. A Joba le dio por agarrar su potente cámara fotográfica para comer con la vista los mejores ángulos del policromado panorama, sin embargo, al momento de enfocar el lente, saltó de miedo ¿La razón? En el visor interno de la cámara apareció el retrato de Mholán. Se aproximó a Toño impresionada, ¿Para qué agriar el paseo? Intentó otra vez fotografiar, pensando que aquello sería una ilusión óptica, producto de la noche anterior que vio el largometraje de Mholán, pero nuevamente el visor interno de la cámara mostró el semblante de Mholán, esta vez sonriente. No quería impresionarse más y cedió la cámara a Toño fingiendo sentir ardor en los ojos; le rogó por favor que él sacara las fotos. Lo curioso es que Toño comenzó a tomar fotos y no vio nada extraño.

Joba trató de enjabonar su mente imaginando las riberas del río y sus verdes murallones de árboles que corrían en sentido contrario, hasta que de pronto, el yate disminuyó su velocidad y curvó hacia la izquierda; se toparon de frente con un enorme letrero con letras negras y rojas: "Bienvenidos a la Maloca Bora".

Tocaron suelo, anclando a los pies de la sociedad indígena Bora, la que escondida sobre un barranco de arcilla, obligó a escalar largos troncos atravesados, para luego, en "fila India" y con el guía Juvenal por delante, acceder por una angosta trocha hasta la selva misma. Adentro, en la plazoleta del asentamiento indígena, el patriarca, de unos 40 años de edad, cuyo traje típico es un semidesnudo, recibe a los visitantes y les invita a cobijarse bajo una choza sin paredes, donde entonces les habla:

Pertenecemos a la comunidad nativa Bora y nuestro lenguaje también es Bora; primero hablaré en Bora y después lo traduciré al castellano.

(El patriarca dejó de hablar en su lengua nativa)

Les estaba diciendo que esta casa redonda que ustedes ven, nosotros la llamamos Maloca y es nuestro centro de exhibición de artesanías y el lugar donde recibimos a los turistas. Las casitas que ustedes ven alrededor son para el descanso y para realizar los trabajos de artesanía; allí guardamos los diversos productos que están listos para la venta.

En un momento más, para ustedes, haremos cinco danzas, todas representan a los animales de esta zona, y terminaremos con "la danza de la anaconda" en torno a ese palo atravesado que ven allí y que en cierto modo lo representa. Cuando hagamos la danza de la anaconda les invitaremos a que participen; y como ustedes tienen videocámara, pueden entregarla a su guía para que grabe mientras ustedes danzan con nosotros. Y luego, concluiremos vuestra visita con la venta de artesanías.

Para comprar nuestros trabajos, pueden escoger de lo que se exhibe u ofrezcan nuestros vendedores a un precio cómodo. Debo indicarles que por la visita a nuestra Maloca, más el entretenimiento que hacemos, cobramos 20 soles por cada persona; dinero que es a beneficio de la comunidad. Si no hay otra pregunta, pasamos a hacer las cinco danzas para ustedes.

(Y comenzó el espectáculo)

Desde los palafitos techados con paja de palma que cercan el patio central de la Maloca, emergieron los danzantes, aproximadamente 8 hombres, 12 mujeres y también algunos niños; todos con el torso desnudo y vestidos uniformemente con una faldita "beige lechosa" con motivos geométricos. Esas típicas polleras de los Boras —indicaba Juvenal, el guía—, generalmente están hechas de la corteza de una planta llamada Ojé.

En la superficie de una área despejada al sol, los aborígenes se emplazaron exponiendo sus descarnados y cobrizos cuerpos, y sin más demora, escenificaron sus folclóricas danzas, que se parecían más a una ronda infantil, en donde los varones, tomados por el hombro, se contoneaban de un sitio a otro, lanzando al viento, la consonancia de un manojo de melodiosas sonajas que, atadas a sus bastones, rebotaban del suelo sin freno. Las mujeres por su parte, indiferentes a toda obscenidad, danzaban, agitando osadamente sus negros pezones, mientras se entrecruzaban con los varones a través de solidarios saltos, sin dejar de corear monótonos cánticos en su propio y extraño dialecto.

Tal vez con ello honraban al poder de sus bárbaras bestias, excitadas por el impulso del aromático herbaje que exhala su cosmogónico orbe ¿Pero quién entendía lo que cantaban? Vaya uno a saberlo. Quizá decían:

"Corre anaconda que la gente te quiere, es decir, te quiere destripar. O mejor, corre hermana que nadie como nosotros te va a glorificar".

Jamás supimos qué cantaban y por qué bailaban con el alma bajo la resolana del mediodía; lo cierto es que lo hacían con tanta excitación que las ganas de moverse junto a ellos no esperaban y así fue. Pues al final, para cerrar su actuación, los hombres danzarines sacaron a bailar a Joba y las mujeres hicieron lo mismo con Toño. Era pues la danza de despedida. Juvenal no se perdería esta estampa y con la videocámara atrapó toda la gracia de los invitados, quienes zapatearon un huayno en vez de agarrar el ritmo.

En pleno bosque, un dejo a "inmaculada alegría" se dejó entrever en los rostros de la pareja, pues desde que volvieron de Tantarica, no habían gozado de un solaz semejante. Joba se sentía incluso más complacida al agitar su vientre para compartir su alegría con el hijo que llevaba en gestación. Luego, según lo acordado, pasaron a mirar y escoger las artesanías que pudiesen llevar en recuerdo de su visita a esta cándida sociedad indígena.

¿Y qué hay para comprar? Objetos tan originales como diversos que, colgados a las vigas de la Maloca, quedan al alcance para manosearlos. Hay pequeñas calaveras de "Choro Mono" (variedad de primate que según el patriarca es parte del menú de su pueblo). Estas calaveras descarnadas y pasteurizadas llegan a convertirse en dijes, y que combinados con un rosario de semillas secas, los nativos, sin mucha moderación, exhiben en sus cuellos. Hay pieles de serpientes, curtidas enrolladas y listas para ser desbastadas, repujadas, cosidas, y acabar convertidas en billeteras, correas, monederos, sandalias, etc. Hay igualmente bolsas de malla, tejidas en fibra vegetal llamada "Chambira", chalecos elaborados con la corteza del "Ojé blanco", cuya fibra textil, los nativos denominan "Yanchama". También hay máscaras de madera oscura, cerbatanas con saetas que se disparan a puro soplo, cintillos de cabeza hechos con plumas de guacamayo, collares de estacas, o mejor dicho, de huesos filudos del "Capibara": gran roedor comestible de la selva amazónica. Hamacas, pantallas, armadillos disecados, alforjas y tantas otras artesanías, de las que Toño y Joba optaron por comprar algunas pulseras y algunos bolsos de Chambira y una temible cerbatana.

Y llegó la triste hora de marchar de aquel exótico paraje, dejando a los humildes mercaderes con las manitos estiradas por vender más de lo que pudiesen y sacar el máximo provecho a los turistas, los que ahora se despiden con inconmensurable gratitud. El patriarca y algunos niños deciden acompañarles hasta la trocha que une la Maloca con el atracadero. ¡Qué ganas de quedarse con ellos a compartir la tarde junto al fogón de la cocina sobre la barraca que sigue desprendiendo aquella azulada y oliente humareda del almuerzo! Pero no había más tiempo, faltaba aún conocer el serpentario para completar la jornada.

Mientras el yate surcaba las tibias y castañas aguas del río Nanay rumbo al serpentario, Juvenal el guía, hizo un paréntesis para reseñar a los conmovidos cónyuges lo que ellos seguramente deseaban escuchar acerca de los Boras ¿Quiénes son? ¿Cuál es su historia? ¿Dónde se esconde la capital de su mundo geográfico?

"El pueblo Bora es una de las cincuenta etnias indígenas de la selva peruana que agónicamente respira conservando en lo alto su cultura, su lengua, y a la vez, socio-políticamente, su propia autonomía y autarquía, vigentes a través de cabildos periódicos, en los cuales se eligen a sus autoridades; tradición que arranca desde hace más de 20.000 años cuando el hombre primitivo recaló y creó sociedad por los rincones de esta greñuda jungla.

Los Boras, al igual que otras masas aborígenes de la selva norperuana y colombiana del sur, han venido con el tiempo, perdiendo soberanía geomorfológica a raíz de la lenta intrusión y usufructo de negreros foráneos de toda clase.

Actualmente su población total no es mayor a 1500 almas. Los Boras comparten su geografía y cultura con los Huitotos, los Ocainas, los Andoques y otros grupos indígenas, cuyos asientos poblacionales se extienden por los ríos Caquetá e Igara-Paraná en Colombia, y los ríos Ampiyacu y Putumayo en Perú. Subsisten gracias a la pesca, la caza, el cultivo y recolección de frutos, y más recientemente por la comercialización de mercancías artesanales y el típico recurso de exponer al visitante sus actividades artísticas y folclóricas como las que acabamos de presenciar. Es todo lo que puedo agregar acerca de la cultura Bora" —Finalizó argumentando muy bien el esmerado y atento Juvenal—.

e regreso a Iquitos y a pocos minutos de navegación por la margen derecha del río Nanay, el yate varó a orillas del conocido serpentario. El lugar resultó ser en sí un zoológico donde muchos animales de la región, muerden sus horas en cautiverio. Allí, un nativo de mediana edad, sudoroso y con sus botas de caucho, recibe a los turistas educadamente, y con la alegría de haber cobrado algunos "soles" por el ingreso, muestra pacientemente cada animal habido. Por su lado, Joba, con la espontaneidad de quien se impresiona de ver algo por primera vez, sacó su cámara fotográfica para capturar lo que francamente, como ecologista, no le agradaba contemplar: animales encerrados dentro de mallas metálicas. Pero qué más podía hacer Joba sino atrapar el momento y el recuerdo de haber pasado por este lugar, citado a menudo como "el serpentario". Sin embargo, cuando se disponía a enfocar su cámara, sus ojos nuevamente se enloquecieron con la imagen de Mholán pegada al visor interno; la misma facha de aquella vez que espectralmente apareció en el Cerro Tantarica. Pero ella, sin hacer notar su estupor, cedió la cámara a Juvenal para que él sacara las fotos que ella le iría señalando.

Un alegre y policromado guacamayo meciéndose en un leño a la entrada del serpentario fue la primera toma, luego siguen: una antediluviana y rugosa tortuga acuática designada como "Matamata" y que según nos refiere el guía, es única en su especie y su hábitat atañe a estos sectores de la selva sudamericana. Junto a una charca, un desarrollado lagarto que por prudencia a su ferocidad lleva sus fauces fuertemente amarradas. Un tierno oso perezoso que se ciñe con sus luengos garfios al tronco de un árbol a baja altura. En las frágiles barandas de un altillo techado de palma, retozan como niños de jardín, diversos monos "Maquisapa" o monos arañas, balanceándose de una banda a otra mientras mastican graciosamente frutas y hojas; los chillidos de estos saltarines monos componen un coro de cornetines que, a decir verdad, se adhieren dolorosamente a los oídos, fastidiando la propia curiosidad de verlos.

Después del cara a cara con algunos animales del serpentario, algunos de ellos, más o menos familiares, y otros, vistos por primera vez, llega lo más trascendente del recorrido: sacarse la foto protocolar con una boa gigante (reina del lugar) que el custodio sacó de su encierro para que Toño lo pusiera en sus hombros. Y cuando éste le preguntó si el gigante reptil tenía un sobrenombre, aquél indicó, gastándose una broma, su nombre es Ana y su apellido Conda; obviamente estaba refiriéndose a la célebre "anaconda", la constrictora y respetada sierpe de los pantanos y bosques tropicales sudamericanos.

Con doble ayuda: la del guardián y la de Juvenal, Toño colocó alrededor de su cuello la pesada boa, cuyos

60 kilos de enfriados y activos músculos le provocaron cierta incomodidad, tanto que, en dos minutos, y tras la foto, rechazó semejante carga, clamando de inmediato que la sacaran de encima. ¡Uf! dijo Toño, disimulando una leve tirria, este animal es más pesado que un saco de papas.

Pasada las tres de la tarde, las tripas de los paseantes silbaban de hambre, y a esa hora, sólo pretendían volver a la ciudad ¿Pero qué comeremos en una urbe que se distingue por conferir a los turistas de todo el mundo, una gastronomía privilegiada y exótica? —Preguntaba Toño— quien con "la boca hecha agua" opinó: vamos a Iquitos, la mesa está esperándonos. Y en un instante, el yate ancló en el embarcadero "Bellavista-Nanay". Se lavaron la cara en el mismo río y partieron en dirección al centro de la ciudad. La imaginación de los consortes rompió sus límites, pues con el hambre querían comer todo lo que veían a su paso, por eso, al cruzar por una cocinería al aire libre, Joba expresó sin saber, huelo a cebiche de paiche. ¡Vaya señora! —repuso Juvenal—, usted y el perro poseen un mismo olfato; disculpe la comparación pero el cebiche que allí venden es justamente "cebiche de paiche", aquel inconfundible y delicioso pescado de nuestra amazonia.

Lo sé Juvenal y sé también que el paiche es el pez de agua dulce más grande de la tierra, y ustedes tienen el privilegio de degustarlo todos los días del año y cuantas veces quieran —sentenció Joba ufanándose un poquito de sabionda—.

Y antes que el intestino grueso devore al delgado, Toño musitó a Juvenal: llévanos a comer al restaurante que consideres placentero e interesante. Juvenal tomó su celular, llamó, y en un segundo dijo: la mesa está reservada ¿Quieres saber el lugar? la terraza de un insigne restaurante en el linajudo "Malecón Tarapacá" junto a solariegos y regios palacios de hacendados y magnates de una época colmada de esplendor. Y así, al matar ya el hambre frente a la hipnótica convulsión del intimidante río Amazonas ¿Se querría pedir más?

El encanto de digerir cada plato, acompañado de la mejor vista de Iquitos, con lanchas preñadas de turistas cruzando delante de un atestado bastidor de árboles; el mismo que conforma un eterno macizo arbolado a la ribera del río, es una orgía para ensalivar con violencia el distinguido y exquisito menú: ensalada de chonta; "patarashca" (pescado frito en hojas de plátano); pango de paiche (sancochado de paiche con plátano maduro); sudado de gamitana (pescado de gamitana al vapor con plátano verde y arroz); y en último lugar, para asentar el almuerzo, frígidos sorbos de "aguajina y masato".

Los mozos atendieron a los comensales como a los embajadores del cielo, y lo que comieron fue el mejor tobogán para ir derecho al reino de Morfeo. Y así fue, tras el exagerado banquete llegaron al hotel a dormir y reparar fuerzas para exprimir la noche con una "cena danzant" en el corazón de Iquitos, la metrópoli que no tiene sueño y que dispensa a los nocherniegos toda la satisfacción que puedan acaparar.

En el hotel, Toño se despojó de su ropa quedando únicamente en "slip" y se lanzó a la cama a dormir sin preocupaciones de ningún tipo, mientras que Joba se fue a duchar para dormir más a gusto. Sin embargo, sucedió algo fantástico que estremeció el corazón de Joba. Mientras ella se duchaba distraída, se percató que Toño estaba detrás de ella y completamente desnudo; entonces dio un sobresalto, dado que el intruso se había metido a la ducha sin hacer el menor ruido al cruzar la puerta.

Pero el sobresalto se fue y con un suspiro de alivio Joba pronunció: muchacho lindo, no me avisaste que querías bañarte conmigo. Pero Toño no abrió la boca y con paso firme y delante de sus propios ojos, atravesó la pared de cemento, desvaneciéndose misteriosamente. ¡Huy que miedo! Exclamó Joba, y corrió envolviéndose con la toalla hacia el dormitorio para comprobar si fue el mismo Toño quien se apareció en la ducha.

¡Oh asombro de asombros! Toño estaba tirado en la cama acariciando un profundo sueño. Fue entonces que Joba se halló trastornada frente a un imprevisto y pobre escenario. No obstante, sugestionada y cavilando por lo que acababa de presenciar, se acostó junto a su esposo, hasta que el sueño dobló su cabeza. Las horas de la tarde se fueron y la noche extendió sobre Iquitos su negra sotana.

Al otro día, Toño se despertó revolviendo la cama y también el sueño de Joba, quien aún entorpecida, reaccionó ¿Qué te pasó? ¿Qué soñaste?

— ¡Oh hija mía!, tuve una pesadilla de esas que no es bueno ocultarla.

— Vamos cuéntame ¿Qué soñaste?

— Te lo diré aunque se nos vengan encima días llenos de basura: "Soñé que volvía al hogar una mañana que tú te hallabas, como de costumbre, sola y resignada a la espera. No obstante, cuando me acercaba a la puerta, inquietado por verte, ésta se abrió y apareció toda la humanidad de mi madre, vestida de un "negro luto"; la vi más viva que nunca (mi madre murió cuando yo era un adolescente). Salía ella de casa, transportando en su mano un balde, como si quisiese echar agua al suelo para asentar el polvo, como lo hacía en el polvoriento pasaje donde entonces vivíamos.

Fue un agrado ver a mi tiernísima madre saliendo a mi encuentro, acarreando su pesado balde, y cuando ella se acercaba a mí, yo apuraba mis pasos hacia ella para abrazarla y colmarla de besos. Empero ella, sin reparos, lanzó contra mí el balde, mojándome entero y luego dio media vuelta y regresó a casa. Observé de inmediato que no fue agua lo que me había echado, sino sangre viva ¿Por qué habría hecho conmigo tal perversidad? Me sentí desconcertado, pero, pese a ello, corrí tras ella, quien bajo el dintel de la puerta dio un giro para verla, y ¡Horror!, su rostro era el de la muerte misma: la mítica y blanca calavera bajo su clásica toga negra. Entonces retrocedí impresionado y nervioso, ¡Y para qué te cuento! desperté gritando", ¿Qué opinas de esta pesadilla?

— Oníricamente hablando, hay un tremendo mensaje en ella. Sin embargo, hay que añadir lo que me sucedió más temprano: cada vez que me disponía a tomar una foto, en el visor interno de la cámara aparecía la cara de Mholán, y sucedió en tres ocasiones; ésa fue la razón por la cual cedí la cámara a Juvenal. Por último, para cuadrar la caja del espanto, hoy en la tarde cuando tú te acostaste a dormir, fui a ducharme y cuando estaba en pleno baño te vi a mi lado enteramente desnudo, como pretendiendo ducharte conmigo. Lo más insólito es que ni siquiera me hablaste sino que huiste de mi presencia, atravesando la pared de concreto sin hacer el menor ruido y eso me asustó sinceramente, luego corrí a la cama para referirte lo que había visto, pero estabas tan dormido que únicamente me abracé a ti y sin recapacitar me quedé también dormida. Opté por no contártelo para no despertar malos presagios. Me pregunto ¿Estaremos nuevamente siendo notificados de algún revés?

— Con lo que acabas de confesar, es probable que un alud de "sal" nos caiga encima, aunque es posible que esta vez defendamos la fe y aplastemos los ataques en contra de nuestra tranquilidad. Así pues, por ese hijo en gestación y por esa sed de resanar nuestro tumefacto espíritu, sabremos dar la cara ¿Qué más desgracias de las ya soportadas sufriremos? ¿Qué más tendremos que hacer sino desatorar a muerte, las rémoras que niegan el oxígeno a nuestra efímera existencia?

— Joba, no te había oído jamás, lanzar un improperio en contra del ácido destino de nuestra existencia, ésta que, su aliento nos sofoca. Te doy la razón, debemos hacer justicia encendiendo todo el furor que nos queda, en favor de extender un poco más nuestra insignificante prosperidad. Me alegra que hayas tomado en serio la filosofía Mholanista, al considerar que toda existencia mutilada por la compasión es asquerosa, irracional e inasible.

— ¡Qué cegatona es la vida Toño! A veces nos asfixia cuando ella misma intenta revivirnos. Favorablemente, el feroz destino se extingue si la fortuna desordena su demencia. Someter la amargura con dinero será nuestra mayor satisfacción, sobre todo, cuanto más brutal sea.

¡Arriba el ánimo! Salgamos a bailar; demos tiempo al tiempo y si la desgracia "pasa lista", tenemos correa para poder exclamar ¡Aquí estamos! Es preferible que ella nos sorprenda en una gala y no en una letrina.

Era medianoche cuando los enamorados tomaron precauciones; se untaron la piel con una solución repelente para los zancudos, tan profusos en la zona, luego se perfumaron hasta los dientes, y ataviados con ropa ligera, salieron a divertirse sin más compañía que la propia aventura, iban a lamer la primera noche de esparcimiento en una localidad tersamente seductora.

Ambos rejuraban que sus intrínsecos y espirituales oráculos no eran triviales, pues sus mentes estaban ya adiestradas para percibir premoniciones trascendentes. A pesar de ello, dejaron que la incertidumbre haga sus preguntas ¿Cuánta adversidad atacaría por la espalda? ¿En qué momento y de qué forma? Por ahora, pensar en todo eso no tenía sentido, puesto que el asunto era sólo parrandear.

Llegaron a la resplandecida y romántica plaza de armas de la ciudad, y luego, a una fuente de soda del perímetro donde atienden jovencitas en minifalda, se animaron a beber algo para atenuar los 38 grados de temperatura antes de ir a bailar. El listín que puso la bella sirvienta sobre la mesa, invitaba a escoger tragos realmente originales, que muy bien podían refrescar el cuerpo como también calentarlo, y esto sencillamente porque la lista se parecía más a una receta curandera que cantinera; tenía un atractivo encabezamiento que decía: "Cada trago combate la trombosis, la jaqueca, la migraña, mantiene el cerebro despejado, es un buen afrodisíaco y promueve una vida sexualmente más activa".

¿Cuál trago prefieres? masculló Joba a su marido. A ver, déjame ver, respondió Toño, leyendo sin recato y en voz alta lo que la lista ofrecía: "el exterminador", "el súper erectus", "el infiel", "el insaciable", "el mañoso", "el tornado", "el sultán", "extracto de guaraná". Yo prefiero "el súper erectus" ¿Y tú? opinó Toño. Yo simplemente un extracto de guaraná ¿Para qué lo demás? ¿Hace falta? —replicó Joba satíricamente—.

Con la propina sobre la mesa, Toño aprovechó la ocasión para preguntar a la mesera ¿Sabes si hay una discoteca por acá cerca? Sí, conozco una y está a cien metros de la plaza de armas; en la calle Fitzcarrald, —respondió ella— mientras diplomáticamente ocultaba en su sostén el billete que Toño le había dado.

— ¿A menos de una cuadra? ¡Vamos!

La discoteca era un gallinero tan empachado de luces intermitentes como de bailarines; un lugar para infectarse de sana alegría junto a la gente del pueblo, y de paso, articular el oxidado esqueleto. Así que, ya en plena baraúnda y entre bocadillos, sonrisas y besos, la acaramelada pareja solicitó al DJ, una balada para bailarla con "alma, corazón y vida". Ambos lo deseaban anginosamente, pues hasta el momento no habían podido ensayar un baile tan apegadito, ni siquiera en la época de novios. La suave balada: "lo más grande que existe en el amor" del grupo peruano "We All Together" fue la "convidada de piedra" para una celebración que, hoy más que nunca, prorrumpía desde las estrellas. Y así, abrazaditos y circundados por un mar de cabezas en movimiento, el baile lento rayó de puro amor aquella noche estuosa.

No obstante, en las cercanías de Chosica, para ser más preciso, en el kilómetro 43 de la carretera central, en la casa hacienda que la pareja había dejado al cuidado de Jacinto —un amigo vecino—, acontecía un inusitado accidente de brutal contraste que cinceló a sangre la tranquila y apagada atmósfera campestre. Sí, justamente, mientras Toño y Joba bailaban al compás de la tierna canción de "We All Together", —honrando en cierto modo, la aniquilación de su sufrimiento—, allá en su propia casa, danzaba la muerte. ¿Y qué sucedía?

Los inseparables de Lobo Azul, heridos por la dura bofetada de ver encarcelados a su jefe y compañía, y más aún, creyendo que el responsable de todo, estaría gozando de una espléndida vida, volvieron al rancho que anteriormente incendiaron sin éxito; esta vez para embestir con mayor precisión. Irrecusablemente fueron los mismos tipos de la vez anterior pues ya conocían el sector y sabían cómo llegar sin dejarse notar. Optaron por hacerlo de medianoche, pues las ventajas estaban dadas: la gente del campo duerme tan temprano como las aves; a esa hora ya están anestesiados de sueño; las casas del lugar se hallan desperdigadas unas de otras; y la ausencia de testigos es casi un hecho.

Aparcaron el todoterreno al costado de la carretera central, dejando allí al chofer, el cual estaría atento, dando vueltas por el lugar hasta el fin de la operación. Se apearon del vehículo tres hombres, y con total apatía cruzaron a pie un viejo puente ubicado más arriba del punto hacia donde iban, y en seguida, descendieron por la orilla del río, agazapados como fieras dispuestas a atacar.

Extrajeron de entre su vestuario a prueba de balas, pistolas automáticas con silenciadores; montaron sobre sus ojos, gafas especiales con infrarrojo para una óptima visión nocturna; y desde la frondosidad de los eucaliptos que rodean la casa, irrumpieron sin dar tiempo a nada. Un golpe seco de bala, descerrajó la chapa de la puerta, y luego, como bichos que corren en todas direcciones, buscaron a los dueños, habitación por habitación, pero para su mala suerte, aquéllos no estaban por ningún lado. Sólo hallaron a un humilde e inofensivo hombre, roncando profundamente. Fue a éste que, de un rudo puntapié, le arrebataron el sueño para preguntarle quién era y dónde se hallaba Toño. Sumisamente éste declaró: me llamo Jacinto, soy el guardián de la casa, el señor Toño viajó con su esposa y no sé a qué parte. Yo creo que vuelven en dos o tres semanas más.

No había tiempo que perder, sacaron a empellones al pobre hombre para recorrer con él las piezas de la finca por sí las moscas, y al no ver nada, le destrozaron el cráneo de tres balazos sin darle oportunidad a pedir clemencia. Uno de los verdugos protestó escupiendo al cadáver: fuiste parte de nuestra venganza por ser el sirviente de ese "huevón" (refiriéndose a Toño), del cual juro, no vivirá en paz el resto de su vida. Con la propia sangre del muerto, rubricaron sobre el piso el apelativo Pentaequis, y finalmente, tomando la senda por donde vinieron, escaparon hasta abordar el vehículo que les llevó a la ciudad. Sin embargo, dejaron encendida una particular sirena de alarma: el evidente estruendo de las balas que despertó a un vecino, el cual llamó a la policía avisando de lo que había oído en la casa colindante; la policía acudió de inmediato al lugar de los hechos, certificando finalmente el crimen.

Mientras tanto, en la discoteca de Iquitos se produjo un infrecuente hecho que coincidía extrañamente con el instante mismo en que el guardián fue baleado en la casa de Toño. Del "cielo raso" de la discoteca, del cual colgaba un manojo de focos incandescentes, tres de ellos estallaron sin explicación alguna, creando pavor en el gentío. Toño recordó el incendio de la discoteca Argentina "República de Cromañón" en diciembre del 2004 donde murieron 194 personas, y sintió pánico de sólo imaginar que eso mismo pudiese suceder allí. Por eso, sin vacilaciones tomó la mano de su mujer para decirle: ¡Escapemos! No podemos quedarnos acá, el baile fue suficiente, regresemos al hotel. Huyeron del lugar sin importarles lo que allí sucediera; de ese modo, las ganas de continuar bailando quedaron pospuestas.

Ya en el hotel y de madrugada, la telepatía acerca de una pronta desgracia cuajó el alma de los esposos, con tanta gravedad que, solamente esperaban el fatal momento. El celular de Toño repiqueteó por primera vez desde cuando arribaron a Iquitos, y de inmediato, al mirar la pantalla se topó con la sorpresa.

— Es Jacinto, el guardián de la casa (murmuró). Pero la pregunta fue ¿A esta hora? Quedamos que me llamara de día y no de noche ¿Estará en peligro?

— Debo contestar.

— No contestes, dijo Joba mientras el teléfono sonaba constantemente, estoy segura que es una mala noticia, y si nos enteramos no podremos dormir, y la verdad, "el sueño me mata".

— De todos modos, esa llamada tan pertinaz, ya me jodió la noche —respondió Toño— ¿Habrá muerto la tía de Mholán? ¿Estará enfermo Jacinto? Al menos si él me está llamando es porque está vivo. Mejor tratemos de dormir, indicó Toño y apagó el teléfono.

ás tarde, cuando despertaron frente a la abrasadora sofocación del ambiente y habiendo recuperado algo de fuerzas, Toño se levantó de la cama, se fue a duchar y volvió donde Joba, quien aún permanecía acostada, para decirle: observa mi celular, que tan pronto lo encienda, timbrará.

— No lo enciendas, desayunemos antes, pues con la barriga llena aguantaremos mejor la mala noticia. Y no hay que ser adivinos para saber que el celular sonará apenas lo enciendas ¿Qué más podremos esperar si ya somos videntes de nuestras desgracias?

— Mujer, te doy toda la razón, nuestras cuitas llegaron siempre anunciándose. Y claro, cuando la desgracia nos llame por la espalda, de sólo verla, nos quitará las ganas de desayunar.

Dado que eran las 11 de la mañana y no quedaban ánimos para salir del hotel, desayunaron allí nomás, junto a la cama, y mientras iban llenando el estómago, ambos sentían un vacío nervioso parecido al que siente un estudiante al rendir un examen. Hasta que por fin, la intranquilidad negó hacer sobremesa; Toño encendió su celular a la espera de la supuesta llamada de Jacinto, la que como se presumía, llegó sin falta.

— ¿Me permites Joba? Voy a contestar la llamada, dijo Toño apartándose de ella, y lo hizo intencionalmente para que no escuchara nada que pudiese perjudicar su entusiasmo en víspera de alumbrar al primer y quizá único hijo que tanto reclamaba su instinto de madre y tras haber perdido alguna vez toda esperanza.

— ¡Hola Jacinto!

— ¡Hola Toño! No soy Jacinto sino el Mayor de la comisaría de Chosica.

— ¿Qué pasó con Jacinto? ¿Qué hizo él para que su teléfono cambie de manos?

— Jacinto falleció esta madrugada de tres disparos; supuestamente atacado por seguidores de la banda Pentaequis; lo colegimos, ya que el piso estaba rayado con el nombre de esa banda. Te llamé con insistencia pues el crimen sucedió en tu casa, y tú, como empleador del hombre asesinado, asumes toda la responsabilidad para afrontar a la justicia hasta que se aclaren las causas de su muerte, lo cual significa que deberás presentarte ante ella, cuanto antes, si fuera posible hoy mismo.

— Quisiera creer que me estás haciendo una broma pesada.

— ¿Cómo se te ocurre pensar tal cosa? Estoy hablando en serio. Así que mejor, compra tu pasaje hoy mismo y toma el primer vuelo que consigas y ven a dar la cara como hombre, porque si no lo haces, te traeremos por la fuerza. Según nuestros dispositivos de rastreo con sensores GPS, sabemos que estás en Iquitos. Piensa que la policía te podría ubicar sin problemas. Es preferible que vengas por las buenas y no por las malas; ayúdanos a esclarecer el crimen y no te irá mal. Te aviso que, en unas horas más, podrían llegar al lugar del crimen los peritos de la División de Investigación de Homicidios de Lima ¿Vienes o vamos por ti?

— Me cuesta creer lo de Jacinto, pero lo supongo. Sin embargo, dame alguna prueba y me habré persuadido indeclinablemente.

— ¿Quieres escuchar el saludo del muerto? Eso no es posible, en cambio sí puedes verle la cara. Corta este llamado y espera.

Toño recibió un mensaje en su celular, el que al abrirlo, mostró la foto de Jacinto con el cuerpo y rostro ensangrentados. No quedaban dudas, era el cadáver de su fiel y querido conserje quien inocentemente pagó con su vida su necesidad de trabajo ¿Por qué tenía que acabar como un chivo expiatorio de propósitos ajenos?

— No quiero más pruebas —repuso Toño—, voy para allá cuanto antes.

— ¿Qué significa cuanto antes? ¿Hoy o mañana?

— Mañana; no creo que consiga pasaje para hoy.

— Piensa que, si no vienes mañana, la policía de Iquitos te apresará y te traerá a Lima engrilletado como a un mero delincuente ¿Esperas eso?

— Claro que no. Voy para allá, si no salgo hoy por la noche, saldré mañana a primera hora —respondió Toño, contrariado hasta el tuétano—.

— Entonces te esperamos.

Asemejado al hirviente "shambar" de un nocivo zafarrancho, apareció un abrumador y revulsivo fardo lleno de impresiones, pensamientos, dudas y emotivas pataletas que estrangulaban el cerebro de Toño como jamás lo había sentido. Eran los retorcijones mentales más perniciosos que hoy aplastaban su vida y la de su mujer, lastimándoles sin conmiseración. Toño lo sintió con tanta fuerza que, antes de confesarle a Joba la triste noticia, se vio forzado a sentarse para reflexionar:

Si voy a la cárcel ¿Cuánto significará no ver nacer a mi hijo? ¿Llegará Joba a conocer la tumba de Mholán? ¿Podré ofrendarle a Mholán las flores que le prometí y nunca pude darle? ¿Olvidaré al compañero que tanto auxilio me dio? ¿Seré capaz de decirle a Joba lo que realmente sucedió? ¿O sería mejor ocultarle la verdad y no herirla evitando provocarle un aborto? ¿Y si mando al carajo a la justicia y me convierto en un perseguido que prefiere el sobresalto, a vivir serpenteando como una ameba? ¿Y si le propongo a Joba huir y ocultarnos en aquel "Spa" natural del mundo llamado "Cholol Alto" al pie del Tantarica, chacchando la mies de su gleba hasta los últimos días? ¿Y si hago justicia con mis propias manos, matando a los asesinos de la "chucha de su madre", aunque después vaya directo a los brazos de Mholán? Perdón, no sería malo ir a los brazos de un amigo, por el contrario, sería la mayor fruición de mi orgullo, antes de vivir de rodillas. No sé, pero alguna explicación le daré a Joba.

Después del brusco telefonazo, Toño fue hasta el dormitorio para manifestarle a Joba lo que suponía que debiera escuchar, y la encontró en la cama con el "laptop" en sus rodillas, ¿Cómo empezar? Se armó de valor y sin poder disimular su profundo abatimiento le habló:

— Querida, hay malas noticias: me llamó el abogado para decirme que debo ir a Lima, pues el tribunal fijó la fecha (pasado mañana) para acudir a audiencia antes del veredicto; me refiero al juicio de la incendiada residencia de Barranco. Según dice el abogado, es muy probable que proceda la acusación en contra mía y yo quede privado de libertad por algún tiempo, lo cual es inaceptable. Sin embargo, si con ir a la cárcel pudiese cortar de cuajo el deterioro de tu salud y la de nuestro futuro hijo, acataré fielmente lo que la justicia decrete. Contéstame ¿Prefieres que regresemos a Lima a beber de un solo "guaracazo" el efervescente y corrompido cáliz de nuestra calamidad, interrumpiendo al mismo tiempo, nuestro placentero itinerario? ¿O tal vez tú me propones algo diferente?

— No tengo nada mejor que proponer. Haré lo que tú consideres. Si dices que volvamos a Lima, hagámoslo. Aunque pienso que, en el peor de los casos, si cabría una condena para ti, sería la de una "pena remitida", lo que significa que firmarías en los tribunales una vez al mes hasta el cumplimiento de la misma ¿Me preguntas por qué creo eso?

— ¿Por qué?

— Según mi presentimiento, me arriesgo a pronosticar que, si bien hay razones para la admisibilidad a plenario, la sentencia podría no ser recurrible, y frente a ello, el abogado interpondrá recurso y se abriría una esperanza para evitar que vayas a la cárcel. Aunque obviamente, si caes en ella, no sé qué va a ser de mí; si no muero por el hecho de no tenerte cerca, me tendrás espiritualmente a cada segundo. No obstante, pensemos más bien que, el alma de Mholán va a interceder por nosotros hasta cuando cese el infortunio.

— Joba mía ¿Y si las cosas no salen como tú crees? ¿Querrás verme acorralado como animal de zoológico una vez por semana?

— Eso jamás lo aceptaré Toño, pero si no hay otra salida, velaré por ti en las condiciones que estés, toda mi vida. Quédate tranquilo, que desde el punto de vista de la propia consciencia, no tienes culpación alguna. Mejor consolémonos al saber que la adversidad que aún nos persigue, no ha podido matarnos. Y ahora, en caso que fueses a parar a la "chirona", que no creo; permaneceré velando y acrecentando nuestro amor con más amor y con esas crujientes "cachangas" que mis propias manos aprendieron a amasar como lo hacía Doña Irene, la esposa de Don Melesio, aquella vez que subimos a la ciudadela de Cholol Alto para celebrar nuestra "luna de miel" ¿Lo recuerdas? —concluyó Joba algo aliviada creyendo que el desdichado presentimiento no sería tan malo—.

Toño enmudeció atacado por un abstruso martirio interior; una pesadumbre contrastante que escalofriaba su sangre por haber ocultado la verdad a su mujer, la que ciegamente creía todo lo que su marido le decía. El corazón de Toño reventaba de una extraña y detestable sensación, juzgada análogamente, como ver a mamá regalándote una sonrisa, momentos antes de saber que serás fusilado.

¡Oh, qué conflicto más insoportable oprimía el alma de Toño!, quien por más que trataba de tapar sus oídos a la ensordecedora voz de su consciencia, ésta inquiría: ¿Para qué negarle a la mujer adorada, una verdad que al compartirla, lastimaría mucho menos?

En honor a la honestidad y en salvaguardia de su amor "a prueba de todo", Toño se animó a desclavar de sí, ese aguijón destripador de la mentira, confesándole todo:

— Querida, lo que te dije acerca del llamado telefónico no sucedió tal cual. Te mentí, y todo porque no quería causarte más quebranto del que por mi culpa te he causado.

— ¿Por qué haces eso? Cuenta las cosas tal como son, pues como se dice vulgarmente: "La verdad duele, pero la incertidumbre mata". Prefiero a que la verdad —por más punzante que fuese—, la compartas conmigo, a que la sufras solo.

— Anoche, los seguidores de Lobo Azul reaparecieron en nuestra casa de campo, decididos a matarnos, pero al no encontrarnos, mataron al pobre Jacinto de tres disparos. No sabes cuánto me duele eso. Si buscas en las noticias de la Web es probable que se mencione ya del asesinato.

Joba quedó boquiabierta ante la nefasta noticia e inmediatamente impulsada por el deseo de corroborar el fatal desenlace, buscó referencias en la Web y ahí estaba, en primera plana, la detestable fotografía cuyo titular decía:

"Los forajidos de Pentaequis atacan nuevamente: asesinan a un humilde trabajador en una granja de Chosica".

Mientras Joba leía a media voz la triste noticia, Toño, sentado al borde de la cama y con la cerviz inclinada, no pudo soportar la pena; fue su peor crisis desde el secuestro de Joba y se puso a farfullar entre sollozos:

— ¡Que toda la imputación legal y moral recaiga sobre mí! Por supuesto que sí, se lo merezco. No debí hacer lo que hice, no debí creer que todo había pasado ¿Por qué no sospeché que esos malditos volverían al acecho? Hubiese preferido abandonar la casa sin la custodia de nadie y encargar los animales en otro lugar a que alguien los cuide. ¡Que me trague la tierra por el exceso de confianza! ¡Tropecé con la misma piedra y por eso, no merezco perdón de nadie! Por último ¡Que me lleve la pelona!

El espíritu de Toño estaba siendo comido por un hondo pesar, tanto que no encontraba la forma de contener su llanto.

— Cálmate cariño, cálmate. Ni tú ni nadie habría querido que esto ocurriera, —le dijo Joba a su marido, tocándole la barbilla e intentado reanimarle—.

— Lo siento por Jacinto y quiero llorar por él, lo demás me tiene sin cuidado, y no me importa ya agusanarme en la más horripilante y mugrienta prisión.

— Ven Toño, salgamos al jardín que debo decirte algo.

Joba abrazó a Toño arrastrándole hasta la sombra de una palmera en el jardín del hotel; allí compartieron consuelos, esperanzas y las últimas lágrimas derramadas a la memoria de Jacinto. No obstante, Toño fue movido favorablemente por un golpe de profunda reflexión y reaccionó decidido a no permitir más lamentaciones, sobre todo, en las circunstancias que ambos se hallaban; de lo contrario ¿Cuándo saldarían la promesa de haber concluido un paseo lleno de descanso y regocijo? La verdad es que, dejar correr emociones martirizantes sería como negarle a Joba, el derecho a disfrutar de su boyante embarazo. Por tanto, Toño decidió no volver a ventilar problemas, ni menos, dar pie a espontaneidades angustiantes, sino por el contrario, ocultarlas en cuanto asomen.

— ¿Joba, dijiste que me ibas a decir algo?

— Sí querido, quería decirte que he llegado a amarte tanto, que soy capaz de obedecer lo que tú quieras que obedezca.

— Son puras palabras.

— No lo son.

— Bueno, entonces alistémonos para huir de la justicia y desaparecer de Lima, vivos o muertos.

— ¿Supongo que lo dices en serio?

— Sí. Mejor dicho, no sé. Salgamos a conocer lo último que podamos de Iquitos, antes de volver a Lima o antes de escondernos tras los linderos del confinamiento.

— ¿Por qué dices escondernos?

— Porque volver a Lima es como ir directo a la "boca del lobo", y eso equivaldría a separarnos forzosamente. Es preferible que intentemos guarecernos lejos de Lima cuanto antes.

— ¿Y dónde?

— En el predestinado y solitario universo de Cholol Alto, allá donde debería nacer el hijo que tanto ansiamos, y donde crecería feliz, al arrullo de tordos y cotorras que cruzan las faldas del rutilante Cerro Tantarica.

— ¡Qué bellas sensaciones son ésas Toño! Pero incluso, si tomásemos la disposición de desaparecer de Lima ¿Olvidaríamos la romería a la tumba de Mholán?

— Perdón, linda, se me había olvidado que ir a la tumba de Mholán es un voto sacrosanto. Lo haremos cueste lo que cueste y antes de cualquier otra decisión referida a nuestro destino inmediato. Por ahora olvidemos las penas yendo al famoso "Barrio de Belén", el lugar que dijiste que querías conocer cuando llegáramos a Iquitos: el atractivo y señero conglomerado de viviendas que flotan sobre las oleosas aguas del "río Itaya"; principal afluente del más impetuoso río de nuestro planeta, el "río Amazonas". Llegaremos hasta allá con facilidad. Tomaremos un "mototaxi" hasta el mercado central de la ciudad e ingresaremos por una de sus esquinas y luego descenderemos las largas escalinatas que dan al fondo del barrio.

(El Barrio de Belén)

Sin más prórroga, al mediodía, y sin hambre a causa de la pena, resultaron remontando la calurosa tarde de Iquitos, asidos de la mano y metiéndose en las vísceras mismas del seductor y populoso suburbio como no hay dos en el mundo. Dejaron atrás el "sector alto", donde sus rudas viviendas son las más privilegiadas terrazas del arrabal, y desde donde, panorámicamente, da gusto acariciar la jadeante y satisfecha vida comercial de un puerto lleno de estibadores y mercaderes ambulantes de toda clase.

En seguida se hallaron apisonando el barro del "sector bajo", sintiendo el mismo hálito que sienten los niños cuando salen de paseo. Recorrían "Vesubio", la principal arteria del Barrio de Belén que va hasta el borde del río. Entretanto, frente a los ojos, desfilaba una maraña de estacas que sostienen las viviendas hechas de tablones, y que además, soportan el turbio y denso oleaje del río Itaya cuando crece.

El celular de Toño sonó en medio de la bacanal bulla del comercio callejero. Toño no quiso contestar; sospechaba de dónde provenía el llamado y prefirió seguir viendo lo que venía viendo: triciclos techados y llenos de cosas, cargueros humanos con enormes cabezas de plátanos a la espalda, mesones a ambos lados de la calle con bandejas de pescados frescos, baldes plásticos con horchatas de distintos sabores, cocinas ambulantes ofertando Juanes, choclos asados y otras comidas de la zona; venta de tortugas, loros, monos, lagartos; bellas muchachas mirando desde sus balcones; motociclistas imprudentes, cerros de basura fermentados a la intemperie, y ni qué decir de las felices moscas pululando sobre los numerosos refectorios del lugar.

La miseria del suburbio ante los ojos era elocuente, no obstante, el pulso vital de sus vecinos, convirtieron al Barrio de Belén, en uno de los almacenes exóticos al aire libre más expresivos y dinámicos del mundo. Así es como es este acalorado rincón en su "sector bajo", y así se mueve su nativa y abierta economía, y en ello radica igualmente su humilde trascendencia para el turismo internacional.

El teléfono de Mholán volvió a timbrar y Toño no contestó nuevamente ¿Para qué descomponer la tarde tan pronto? Quedaba todavía mucha curiosidad que saturar. Los amantes continuaban caminando hacia el pequeño Puerto entre una procesión de vendedores ambulantes. A ratos les parecía estar en Calcuta u otro lugar densamente poblado, y sin embargo, estaban en territorio peruano. Pensar que ambos, en poco más de treinta años de vida, no imaginaron que en su propio país, existiese un destino turístico semejante.

Toño y Joba se aproximaron por fin a la orilla del río Itaya, donde los remeros ofrecen sus favores para hacer una corta navegación en bote por las irregulares calles del barrio flotante, cuyas viviendas de madera, subidas sobre gruesas vigas, se esparcen aleatoriamente según la ubicación que adoptan año tras año cuando crece y merma el río.

No perdiendo de vista a las rudimentarias viviendas desparramadas sobre las aguas del Itaya, los esposos se animaron a fletar un pequeño bote, a cuyo piloto le preguntaron cuánto cuesta y en qué consiste el paseo.

Me llamo Silfo —respondió el joven remero— Por cinco soles les llevo a conocer las sinuosidades del barrio; el paseo es de una hora aproximadamente. Bueno, subamos en la barca de Silfo, la veo firme y cómoda —repuso Toño— y partieron al instante. El celular de Toño volvió a sonar, y esta vez, mientras la canoa se mecía jubilosa sobre el río, Toño contestó el teléfono con cierta molestia:

— ¿Y ahora qué pasa?

— "Hueveras", soy el Mayor de la comisaría de Chosica ¿Por qué contestas así? Te estoy llamando para saber si ya compraste los pasajes para venir a Lima ¿No temes que podamos atraparte ahora mismo?

— Ya compré los pasajes y voy con mi señora, mañana por la mañana.

— O.K. Dame el nombre de la línea aérea, el número de vuelo y la hora en que sales, que iremos a esperarte.

— ¿Por qué tanta desconfianza?

— En nombre de la justicia no es posible fiarse de nadie, y particularmente, en tu caso, por la gravedad de los hechos, no puedo darte más tiempo. Así que dame el nombre de la línea aérea, el número de vuelo y la hora de salida para corroborarlo.

— Viajamos a Lima mañana a las 8 horas. No tengo a la mano los otros datos que me pides, pero te los daré apenas llegue al hotel, pues en estos instantes estoy en plena calle.

— Te voy a creer Toño; si no me llamas en una hora, te volveré a llamar.

Toño mintió al Mayor Comisario que llamaría ¿Por qué razón? Pues no quería volver a Lima para ponerse a Derecho; sabía que esta vez los tribunales pedirían su cabeza, y más encima, tendría que soportar el zarandeo de enfrentar a la prensa, eso no lo toleraría. Temprano, cuando trabó una seria plática con su mujer en el jardín del hotel, ya había cuestionado el porqué de no acatar la requisitoria legal. Se le metió en el cráneo, la peligrosa decisión de evadir a la justicia, arriesgando incluso ser capturado por la fuerza. Consideró que, el riesgo de ir a prisión, sería menor como fugitivo, que como acusado. Por eso, sintiéndose afectado "hasta el cuello", a causa de llevar una supervivencia colmada de inseguridad, esta vez, aunque se muriese de hambre, renunciaría a mascar los mendrugos que la vida, servilmente, pusiese en su boca. No quedaban ya razones para brindar con la mujer que más adoraba el olfateo nauseabundo de un destino que asomaba sanguinario.

Sin embargo, por el hecho de haberle mentido al Mayor Comisario, diciéndole que volaría a Lima, cuando en verdad sus planes eran otros, no le quedaba otra opción que moverse contra el reloj. En una hora más, el Oficial volvería a llamar ¿Y entonces qué le diría?... La fascinante excursión a bordo de una dócil y sensual canoa por las calles del suburbio flotante, comenzaba a ofuscarse ante la inquietud de lo que sobrevendría.

Sin tiempo que perder, los abstraídos navegantes aprovecharon el momento para refrescar la vista con las instantáneas del extraño paisaje, mas aquel regocijo sufría la misma incomodidad de quien baila su canción predilecta con los zapatos apretados. De hecho, aquella biosfera pueblerina que por siglos se inclinó a vivir sobre el río, no fue disfrutada como debiera disfrutarse. De todas maneras, los ojos no podían despegarse de este asentamiento sobre las aceitosas aguas de uno de los tantos afluentes del río Amazonas: el barrio de Iquitos, donde sus orgullosos vecinos viven sin la preocupación por la escasez de agua y desagüe.

Las típicas viviendas grises del anegado sector, cual enormes barcazas que tremolan al fatigado escarceo del río, parecen haber sido diseñadas bajo un mismo molde, están hechas de tablones y techos de paja a dos aguas, y erigidas sobre una plataforma de gruesos y porosos listones que suelen levarse prestamente cada vez que el río crece.

Toño y Joba relamían la espontánea acuarela de aquel paisaje aldeano, rotulado por muchos, como la "Venecia pobre" o "Venecia peruana", y cuyo "modus vivendi" se expone ante miles de fisgones de todo el mundo, quienes sin permiso la fotografían de todos los ángulos. Toño no perdería la ocasión e igualmente sacó las fotos que quiso. En cambio Joba no quería ni ver la cámara ya que había quedado con el miedo de toparse con el rostro de Mholán.

Se disparó una gran cantidad de "clics" a todo aquello digno de fotografiarse: a chiquillos lanzándose al agua desde las ventanas de sus casas, a mujeres lavando ropa con los senos al aire, a algunos hombres emborrachándose a la sombra de improvisados bares, y a otros que, ajenos a todo, se recogían al sueño sobre cómodas esteras mientras sus fieles perros hacían lo mismo a los pies de ellos.

Puntualmente, a la hora exacta, el teléfono de Toño volvió a timbrar desgarrando la armonía de la tarde ¡Cómo pasan las horas! Exclamó Joba, quien también estaba al tanto de la llamada.

¿Y respondió el teléfono Toño? No, simplemente se hizo el loco y no contestó más.

— ¿A dónde estamos yendo? —Preguntó Toño a Silfo, el conductor del bote que remaba a brazo firme—.

— Vamos a conocer una pequeña reserva de plantas acuáticas, de las que resaltan el Loto y la muy atractiva "Victoria Regia", esa misma que ustedes ven allá como un plato enorme, o como un petate redondo flotante. Este arbusto acuático está compuesto orgánicamente por una natural trabazón de algas alimentadas por los nutrientes que existen en el agua. Podríamos decir que son hidropónicas y oriundas de las "cochas"; nosotros denominamos "cocha" a una pequeña laguna.

Cuando Silfo estaba en lo mejor de su disertación, el desquiciado celular de Toño volvió a sonar, a sonar y a sonar, y Toño gruñía ¡Qué manera de joder!... Ante ello, Silfo replicó:

— Apáguelo y se evita problemas.

— Sí, debo apagarlo, pero mejor que lo apague los minerales del Itaya —fue la respuesta de Toño quien estaba resuelto a no contestar la llamada—. Por tanto, de inmediato y sin poder ocultar su enojo, hizo algo que Silfo, el humilde remero, no olvidaría jamás.

— Mira Silfo, cuando un celular lastima tu pecho, dile chau, y lanzó el celular lejos mientras timbraba en el aire dando vueltas como mariposa hasta caer al río.

— ¿Por qué hizo tal disparate señor? podría habérmelo regalado —alegó ingenuamente Silfo—.

— No hijo, cuando una cosa no te sirve, carece de valor.

— Pero el celular que arrojó al agua a mí me habría servido, pues no tengo uno.

— Lo que quería decirte es que cuando una cosa te da problemas, deséchalo y eso te dará más beneficios. Más bien querido Silfo, te pido que aceleres el regreso, pues necesito estar en el hotel cuanto antes; el recorrido que hiciste fue agradable y suficiente.

Silfo, que por su parte, deseaba igualmente, dejar de quemar calorías, dio media vuelta a su silenciosa canoa y en un instante alcanzó la costa. Una vez en la orilla, antes de la despedida, Toño le expresó a Silfo: quiero conversar contigo a solas mientras Joba nos espera a un lado.

¿De qué hablaron?

— Tengo entendido que existe un acceso navegable Iquitos-Pucallpa y que es fascinante y único; sé también que existen navíos que cubren esa ruta ¿Tú sabes de dónde zarpan esas naves y cómo consigo pasajes para ir a Pucallpa?

— Es cierto. Hay embarcaciones que zarpan a Pucallpa desde el astillero de Iquitos en horario vespertino de lunes a viernes. El valor del pasaje va de acuerdo a la comodidad al momento de dormir. Si quieres dormir en camarote, debes pagar un aproximado de 200 soles, y si es en hamaca 100 soles; la hamaca la puedes comprar en el mismo barco a 20 soles, o incluso menos. El pasaje incluye desayuno, almuerzo y cena. El viaje tarda de 4 a 5 días, haciendo escalas, obviamente.

— ¿Veo que sabes mucho del tema?

— He navegado aquella ruta muchas veces, haciendo negocios entre Iquitos y Pucallpa.

— Y dime ¿También existen lanchas rápidas?

— Desde luego que sí, pero son particulares y hay que solicitarlas con anticipación y eso podría retrasar el viaje en varios días.

— Entonces ¿Crees que hoy mismo pueda conseguir dos pasajes?

— Puedes averiguar en una de las tantas agencias de transporte fluvial de la "calle Próspero". Por lo general, siempre hay pasajes, y por lo demás, los barcos parten desde las 5 de la tarde y no a la hora exacta; lo hacen una vez que completan su máxima capacidad de pasajeros. Lo que significa que, si ustedes encuentran pasajes, no viajarán muy cómodos, sin embargo, eso es parte de la aventura ¿O no? A cambio, podrán disfrutar de un espectáculo natural que únicamente pocos lo viven ¡Ustedes no se imaginan!

— No me cuentes más y acompáñame a comprar los pasajes, debo viajar con mi esposa a Pucallpa lo antes posible. Está demás decir que pagaré tus servicios ¿Y quieres saber cuánto puedo darte?, lo que tú estimes conveniente. Mientras tanto quiero saber ¿Conoces un "hueco" donde vendan celulares de segunda mano?

— Conozco un lugar y te diré dónde, pues, con la mano en el pecho, quiero colaborar contigo.

— Gracias hombre ¡Te pasaste! Mereces un beso, pero no te lo doy porque mi mujer puede creer que "cambié de bando".

Justamente, Silfo necesitaba dinero, y la ocasión le vino como anillo al dedo. Abandonó su canoa a la vera del Itaya y partió con los esposos al centro de la ciudad. Y dado que eran las 4 de la tarde, aún quedaba tiempo para las actividades más imprescindibles. Y así, primero compraron los pasajes Iquitos–Pucallpa vía fluvial, que por suerte lo consiguieron con camarotes incluidos. Inmediatamente después, compraron tres celulares y algunas tarjetas prepago. Toño tomó un celular para sí, y los otros dos los regaló a Joba y a su asistente Silfo, éste quedó literalmente feliz como niño con juguete nuevo. Por último, al filo de la tarde, sacaron las maletas del hotel para dirigirse en mototaxi al muelle.

Todo se hizo tan rápido que, incluso antes de la salida del buque, se dieron tiempo para refrescar el estómago bebiendo agua de coco con hielo en un kiosco que mira al Amazonas. Luego, siendo las 7 de la noche, llegó la hora de la triste despedida que afectó a todos y con más fuerza a Silfo, el joven acompañante que en sólo horas se había encariñado con los complacientes y generosos foráneos que le salvaron su semana de trabajo dándole una buena propina.

(Los amantes tomaron la senda del destierro, buscando ocultarse para siempre de la justicia)

Dentro de un pesado y viejo buque de acero que parece un edificio de varios pisos, la desconsolada pareja que no disfrutó "a concho" su corta estancia en Iquitos, volvía a Lima para fundirse a la urbe que los vio nacer y la que con un poco de suerte les prestaría un rincón para ocultarse y pasar desapercibidos. Allá, con los propios medios económicos y al encuentro de las vicisitudes, planearían el asalto a la majestuosa tumba de Mholán y el éxodo final a la venerable madriguera de

Cholo Alto, lugar que siempre desearon para coexistir el preámbulo de sus propias muertes.

El encantado lugar llamado Cholol Alto; remoto e inasequible paraje de la serranía norperuana donde una vez compartieron su "luna de miel" y desde donde treparon a las ruinas del Cerro Tantarica, es un punto geográfico que muy pocos conocen y que ni siquiera figura en los mapas físicos del Perú. Al menos Toño lo supo cuando su amigo el aventurero y difunto Mholán le dio referencias.

El crucero arrastraba torpemente su propio cuerpo por los meandros de la hidrovía amazónica, pujando sus más de 1000 HP, y devorando a 8 nudos marinos una porción de los cerca de mil kilómetros que separan a Iquitos de Pucallpa. Mientras tanto, en la oscuridad de la noche y en sus respectivos camarotes, uno encima del otro, los esposos se rascaban la piel a causa de las picaduras de los zancudos, hasta que se quedaron dormidos.

El amanecer ruidoso del mofletudo galeón, tan saturado de bultos como de pasajeros, despertó a los esposos para correr la cortina y saludar con sorpresa a un horizonte ensangrentado que, en actitud religiosa, esperaba a que el sol asomara su espantosa cabeza de rubí desde el fondo del río.

— ¡Qué preciosidad! —murmuró Toño—, esto justiprecia el insoportable golpeteo de la lluvia, los mosquitos, la deficiente comida, el temor a un naufragio, etc. Y tal como lo había manifestado Silfo, nuestro servicial amigo que dejamos en el Puerto de Iquitos: la incomodidad es parte de la aventura.

— Es indiscutible, la aventura no mide consecuencias; su razón de ser es que es sorpresiva —sentenció Joba—. Y luego, con el romanticismo en la punta de la lengua y mirando a los ojos de Toño, evocó la estrofa de una canción de "Los Pasteles Verdes", cuya letra caía a pelo: "Vale la pena llorar si es por culpa tuya".

— Veo Joba que tus aprensiones cedieron al estoicismo; hasta pienso que te volviste tan dura que no eres tú. No sé adónde irás a parar por mi culpa.

— La pregunta es ¿Adónde iremos?

— Perdón, ¡Adónde iremos! ¿Me lo dices porque estás decidida a compartir mi suplicio?

— Definitivamente. Sólo que, ya que escabullimos de la ley, debes indicarme ¿Qué es lo que viene? Quiero decir ¿Qué vamos a hacer?

— Mira Joba, ese tema lo hablaremos en Pucallpa. No te confíes, hay ojos y oídos en las paredes. Mejor salgamos a la cubierta a filmar la mundología propia del trayecto de un paisaje colmado de esmeraldas, que tal vez no volvamos a ver nunca más. Salgamos de este sudoroso habitáculo que por la forma de sus ventanas parece una jaula.

Afuera, en medio de un entrevero de hamacas y embalajes cubiertos de plásticos y telas impermeables, los enamorados echaron sus pupilas enfáticamente sobre la naturaleza colindante, logrando percibir cómo los pulgares de la mañana rasgaban el cielo abriendo sus claraboyas para iluminar el alma con sensaciones desconocidas.

No obstante, Toño se hundía en sus desesperados temores, platicando consigo mismo mientras miraba a su alrededor la exuberante jungla amazónica: pronto estaremos en Pucallpa, una ciudad que no conozco y aunque me orientaré por la Web, no creo poder evitar algunos peligros, como por ejemplo, llegar de noche e ir al hotel donde la policía pudiese estar esperándome; debo informarme de un lugar donde dormir sin tanta observación que comprometa mi privacidad. A partir de Pucallpa, las cosas deberían salir bien, de lo contrario no podríamos entrar a Lima. Es significativo visitar a la familia y asimismo orientar los recursos para rescatar a nuestros pobres animales que quedaron abandonados en el rancho, antes de poder dar el salto hacia nuestra última guarida.

Con la facilidad que Toño tenía para hacer amigos, se animó a actuar. De la mano de su señora y entre el tumulto de viajeros que se posan en las barandas del barco, preguntó a un muchacho de su misma edad que, en solitario, tomaba fotos como loco.

— Hola, mi nombre es Toño. Antes de todo, discúlpame que me haya acercado a ti, pero quiero preguntarte si conoces Pucallpa.

— Mi nombre es Rino; conozco la ciudad de Pucallpa al revés y al derecho, pese a que no soy de allá.

— ¿No eres de Pucallpa? ¿Acaso eres de Lima?

— Así es. Soy del distrito de La Molina Vieja.

— Mira tú —musitó Joba, invadida por su orgullo— ¿Eres de La Molina Vieja? Conozco bien tu zona, allí queda el consultorio de mi ginecólogo.

— Pero paisanos ¡Qué gusto! ¿Ustedes viven cerca de donde yo vivo?

— Somos del Cercado de Lima pero ahora vivimos en un fundo agrícola de Chosica.

— ¿A qué se debe que están por acá?

— Venimos de conocer Iquitos y algunas zonas vecinas, y hoy estamos de regreso con una buena impresión: "Fue maravilloso". Lo malo es que perdí mi DNI y sin ese documento me será difícil conseguir en Pucallpa un hotel o una pensión familiar donde pasar la noche.

— Pucallpa no es Lima. Allá hay alojamientos para todos los bolsillos y sin más papeles que el propio dinero. Si ustedes quieren les llevo a mi barrio, un sitio lleno de cabañas, a 15 kilómetros de la ciudad, cuyo dueño es mi amigo; intercederé por ustedes para que les alquile una cabaña. O por último yo mismo les daré la mía en tanto puedan adaptarse y alistar su regreso a Lima.

— ¿Resides en Pucallpa?

— Yo resido regularmente en Lima, sólo que en Pucallpa trabajo de vez en cuando y tengo muchos amigos y muchas cosas que hacer; esta vez me quedaré allá por lo menos tres días antes de volver a Lima.

— Nosotros en cambio, retornaremos a Lima tan pronto podamos, puesto que mi señora ha de someterse a un chequeo médico de urgencia. En todo caso, te doy las gracias por el hospedaje que nos ofreces, sin embargo, no queremos incomodarte. Y si por algún motivo nos es imposible conseguir un albergue propio, pagaré lo que me cobres por compartir tu cabaña; el dinero es lo de menos —apuntó Toño—.

— ¡Qué va hombre! No hablemos de dinero, olvídalo; ustedes ya pueden contar con un bungalow en donde pasar la noche.

Así, con el grato ofrecimiento y la simpatía ganada a Rino, los oportunos esposos, surcaban la chapoteada "cocoa del río" que abría la senda rumbo a Pucallpa. Fueron 90 horas oyendo el ronroneo de la pesada embarcación. Auroras y celajes, aguaceros, detenciones en una docena de pueblos ribereños, encuentros con aves silvestres, peque-peques, balsas, lanchas, cruceros, yates, vendedores de artesanías, agentes aduaneros, dolores de barriga, el negro humo de la chimenea del barco y tantas otras cosas.

Al atardecer y bajo un cielo teñido de arreboles, formidables grúas y troncos apilados a la orilla del río Ucayali, revelaban el final del viaje y el arribo al Puerto de Pucallpa: la segunda metrópoli de la selva peruana detrás de Iquitos. Ciudad que, por vía fluvial, sirve de puente entre Iquitos y el resto del país. Es la ruta para quienes temen viajar en avión o no pueden hacerlo por razones de dinero. Es también el corredor alternativo para traficantes de droga y amantes de la naturaleza.

Guiados por Rino, el ocasional compañero de viaje, los fugitivos llegaron al centro de Pucallpa; urbe que con más de 200 mil habitantes dejó de ser la exuberante chacra de colonos en época de la fiebre del caucho hace más de 150 años. En pleno centro, entre un mar de motocarros que parecen cucarachas correteando por todas partes, transitaban felices los amigos, camino a sus cabañas.

A 10 kilómetros del corazón de Pucallpa, sobresale un lindo albergue de frescos bungalows, esperando a sus huéspedes sobre firmes pilotes al borde del lago de Yarinacocha. Tras negociaciones con la administración, Toño y su mujer, con mucha suerte y sin mucho trámite, consiguieron una cabaña independiente y contigua a la de Rino.

Esa misma noche, antes de dormir, Joba comenzó a tragar saliva de puro nerviosismo. Tomó consciencia que la salud del hijo que alimentaba en su vientre estaba en riesgo y rogó a su marido definir el futuro de ambos sin más aplazamientos.

— ¿Cuál es la decisión que debemos tomar?

— Lo he pensado mucho; tengo en mis manos una idea que la vine modelando durante el viaje.

— ¿Qué vas a hacer?... Perdón ¿Qué vamos a hacer?

— Llamaré a mis amigos los detectives particulares Louis y Marlon ¿Te acuerdas de ellos? Les pediré que consigan en alquiler un departamento en el centro de la ciudad; estaremos allí los días que precisemos hasta equiparnos de las cosas básicas de salud y supervivencia; mientras tanto, cerraré los negocios pendientes y tomaremos el dinero necesario para poder subsistir los últimos días del destierro.

— ¿Habrá un lugar seguro para nuestro destierro?

— Obviamente, el territorio de nuestros sueños: "Cholol Alto"; el banal e imperceptible caserío que pocos ubican; la recóndita zona que las autoridades no sospecharían ideal para cobijarse. Creerán que estoy en Lima o en la China pero no allá. Si no hay una profunda cacería nos habrán perdido el rastro. Entonces habremos invadido aquella inexpugnable plaza para no dejarla jamás. En Cholol Alto, en las estribaciones del Cerro Tantarica, nos rehundiremos con los afables comuneros, sembrando y comiendo los frutos del campo. Allá igualmente, con la ayuda de alguna matrona, darás a luz al hijo que tanto esperamos, y será al natural, como lo hacen las bravas mujeres desde siempre. O si lo prefieres, pagaremos los servicios obstétricos que merezcas.

— ¿Tú crees Toño, que la policía querrá perder tiempo y recursos en buscarte? ¿No estarás exagerando al creer que te volviste un asesino? Sinceramente, no creo que tu desacato sea para tanto.

— Yo tampoco lo creo, pero trataré por todos los medios de no tolerar más disgustos de los que hemos tolerado.

— ¿Entonces viviremos en Cholol Alto? Es un placer oír tal noticia. Pero recuerda, antes de aquello, cumplamos con asistir al mausoleo de Mholán para agradecerle su esplendidez y protección con nosotros.

— ¡Queridísima! Tenlo por hecho que partiremos a la tumba de Mholán tan pronto hayamos conseguido el apartamento y el dinero necesario para dejar Lima para siempre. A propósito, debo llamar al Estudio de Louis y Marlon.

(Toño llamó al Estudio de Louis y Marlon y la respuesta fue inmediata)

— Habla Louis.

— Hola estimado Louis, soy Toño tu viejo cliente ¿Tanto tiempo verdad? Ya extrañaba saber de ti y de tu colega Marlon.

— Qué bueno que llamaste Toño, nosotros nos hallamos bien de salud y trabajando unidos como siempre, pero algo preocupados por ti y por tu caso. Hace unos días me enteré por los diarios limeños de la triste noticia.

— ¿Cuál noticia?

— ¿Por qué te haces el sueco Toño? Tú sabes que estoy hablando del asesinato de tu conserje en la casa del kilómetro 43 de la carretera central, y por el cual estás directamente involucrado. Se ha dicho por la prensa que estás en Iquitos y que tu captura sería cuestión de horas, pero veo que no ha pasado nada aún ¿Dónde te escondes? ¿Estás en Lima o sigues en la selva?

— Estoy en la selva y justamente te estoy llamando para ver una salida a mi problema. Por un lado, admito que mi responsabilidad está en juego, y por otro, que tengo cierto recelo de enfrentar a la justicia del país, la cual podría apresarme por derives inmerecidos.

— ¿Dónde estás Toño?

— Eso no viene al caso Louis; no te lo diré por razones obvias. Te llamé básicamente para solicitarte un favor, o si quieres llamarlo, un servicio remunerado.

— ¿Qué servicio?

— Quiero que busques una habitación amoblada en alguna zona residencial de Lima, con baño y puerta independiente. Consíguela en arriendo por un mes o más, aunque solamente la ocupemos una semana ¿Me entiendes? ¿Puedes hacer eso?

— ¡Huy! Vas a meternos en problemas. Déjame que lo converse con Marlon y después de evaluar si acaso esto no trae consecuencias te daré una respuesta; te vuelvo a llamar.

— Mira Louis, no pierdas tiempo tratando de hacerme creer que lo vas a conversar para volver a llamarme. Estoy notando en ti cierta desconfianza ¿Por qué no eres sincero y me dices, no quiero ayudarte?

— Voy a ser sincero contigo; no puedo hacer semejante cosa. Por la decencia y reputación de nuestra Firma, no hacemos servicios de ningún otro tipo que no sean sólo de investigación. Por quedar bien contigo, podríamos acabar como encubridores y venirnos abajo. De modo que, éticamente hablando, mi respuesta es no puedo.

— ¿Tu decisión quizá no es una falta de sentimiento? hace un rato decías estar preocupado por mí y por mi caso, y hoy me haces un desaire sin lástima ¿A quién lo haces? ¿Al que te dio trabajo y te pagó lo que pediste, logrando fortuna como para no trabajar más? Volví a ti creyendo en la amistad, pero no la hallé; no importa, tú y tu compadre no son insustituibles.

— Tú lo has dicho Toño, no somos insustituibles; puedes contar con quien quieras.

— ¡Vete a la mierda!

Toño se enfureció como jamás lo había especulado, sufrió en un segundo la desilusión más inesperada de su vida, mientras Joba a su lado, advertía ya, con cierta impotencia, lo mal que lo estaba pasando su marido.

— ¿No te quiso ayudar?

— Ese "hijo de su madre" se olvidó de mí, pero no por eso me voy a cortar las venas, la vida te enseña a golpes y a golpes me defenderé. Debo llamar a mi abogado; espero de él alguna sugerencia.

El corazón de Toño iba compendiando la humana y terrorífica diplomacia acerca de lo que un "amigo" es capaz de hacer cuando no lo es. ¿Llamaría al abogado para solicitarle el mismo favor? Naturalmente que no; anhelaba consultarle únicamente sobre el plazo de su sentencia en el juicio de los afectados por el incendio de la residencia de Barranco, y si tal vez, la fecha señalada se había postergado. Por otra parte, considerando a su abogado como su inmejorable confidente, le solicitaría indagar con la autoridad respectiva si pendía contra él una orden de captura a raíz del reciente homicidio de su empleado en la quinta de la carretera central.

Toño tomó su celular para llamar al abogado, y Joba que estaba atenta a lo que pudiera hacer, le advirtió: no le pidas que nos consiga un departamento por favor, eso podemos hacerlo nosotros mismos; si quieres yo puedo solicitar el favor de una amiga, de un familiar, o ya veremos qué más hacemos, pero no busques auxilio de nadie.

— Eso no lo volveré a hacer Joba; estoy llamando al abogado por otra cosa.

(El abogado contestó)

— ¿Buenos días, con quién hablo?

— Buenos días amigo, estás hablando con Toño tu cliente predilecto.

— ¡Hola Toño! A buena hora que llamaste, digo a buena hora porque necesitaba hablar contigo urgentemente. Quiero saber si es posible que nos juntáramos hoy o mañana en mi oficina para coordinar la asistencia ante tribunales en víspera de la próxima resolución judicial.

— Curiosamente te estaba llamando por el mismo tema; quiero saber si la apremiante fecha de la sentencia no ha variado, ya que en estos momentos estoy fuera de Lima, a unas 36 horas de viaje en bus.

— Todavía estás a tiempo para tomar un bus y llegar antes de la fecha de la sentencia, la cual no ha variado, es el martes próximo, tú lo sabes.

— Lo tengo presente, viajaré a Lima en estos días, pero te llamaré cuando esté listo ¿Puedes darme un adelanto de lo que sabes respecto del fallo?

— Lo trascendido es que, esta vez, el juez acogerá la pretensión del demandante, y aunque sabemos que no quedarás absuelto, tu condena será una "pena remitida" de no más de 540 días, debiendo firmar en tribunales mensualmente hasta el cumplimiento de la misma. La resolución, en cierto modo, resultaría misericordiosa, gracias al denuedo de mi obligación. Sin embargo, por el homicidio del kilómetro 43 de la carretera central, la realidad sería otra; posiblemente quedes bajo arresto hasta el esclarecimiento de los hechos. Quizá preguntes ¿Qué pito toco yo entonces como defensor tuyo? Ya me conoces; puedo batallar tu causa penal como nadie lo haría, apelando a favor de un "fallo no firme", e incluso por una "sentencia desestimatoria", arguyendo con toda la contundencia que requiere un caso especial como el tuyo.

— Y si al final de todo, hay una condena de cárcel ¿De cuántos años estamos hablando?

— Exceptuando la indemnización que debes pagar, la pena no sería mayor a cinco años ¿Es mucho? Y a eso podríamos agregar algunos beneficios.

— Mientras tanto, sólo averíguame si tengo orden de captura por el caso de Jacinto.

— Me anticipé a ello y lo averigüé ayer precisamente; existe ya una orden de captura. Te sugiero más bien que vengas, conversemos, vayamos a audiencia y afrontes los posibles cargos, sin olvidar que yo haré la más dura defensa, por ese gran cariño que te tengo.

— Gracias por lo que acabas de decir. Estamos hablando en breve.

Toño cerró la conversación con su abogado y luego se quedó riendo sarcásticamente.

— ¿De qué te ríes? —Preguntó Joba—.

— De lo que dijo ese "huevón"; que me va a defender por ese gran cariño que me tiene. Se volvió sentimental el picapleitos.

— Bien dicen que "con dinero baila el mono", y un abogado con dinero hace lo mismo. En resumen ¿Qué has decidido hacer entonces? ¿Te presentarás ante los tribunales de justicia?

— ¿Crees que doblaré mi cabeza ante el juez instructor, dejando que me mande al canasto? No estoy loco.

— ¿Tienes idea adónde nos alojaremos en Lima? ¿Y si vamos por mientras a la casa de mis padres?

— Olvídate Joba ¿Estás pensado en las bolas del toro? Si vamos a refugiarnos en la casa de un familiar, es como ir directo al patíbulo. Tengo un plan, pero te lo diré más tarde.

— ¿Tú tienes un plan? ¡Y yo tengo un hambre!

— Alístate que iremos a almorzar al restaurante flotante que ves al otro lado del lago. Me apetece un pescado asado al carbón, con yucas y una cecina de tacacho ¿Y a ti?

— Desconozco el menú gastronómico de la selva, pero por todo lo que hasta hoy he probado, puedo decirte: comamos de todo lo que se nos ofrezca, y de postre, un "helado de aguaje". Debemos almacenar calorías para quemarlas, ya sea trajinando por el jardín Etno-Botánico "Chullachaqui", practicando esquí acuático, o remando y pescando en el lago ¿Te atreves?

— Por supuesto Joba que me atrevo; haré cualquier cosa. La tarde es buena y con ella aflojaré tensiones y dejaré sentada la inventiva de cómo desaparecer de nuestros cazadores.

— Caminemos.

¡Uf! tarde aquella, que humedecida por el fuerte olor a barro pucallpino, subía al cielo, fusionada con toda la incertidumbre y el coraje del momento. Sin embargo, con el correr de las horas y sobrealimentando el sueño por la natividad del primogénito, y entre almuerzo y caminata, Toño se había planteado roer mentalmente el acero de las dificultades y definir el itinerario al gran escape Lima–Cholol Alto. Y apenas su cabeza plasmó con fría intrepidez cuáles serían los pasos previos a su edénica confinación, le habló a Joba enérgicamente:

— Mañana muy temprano, mientras sigas acostada, me levantaré para ir al Banco a sacar el máximo de dinero que se pueda, luego despacharé por correo expreso, mi tarjeta de débito con la clave incluida a tu madre para que, cuando lo quiera, disponga del cajero automático; mientras tanto activaremos tu tarjeta adicional para poder usarla.

— ¿Por qué semejante disposición? ¿Piensas que nos atraparán antes de llegar a Lima?

— Es una medida preventiva frente a lo más difícil que se nos viene: entrar y salir de Lima. A eso hay que sumar que nuestra libertad está solemnemente comprometida, por lo tanto, caer en la oscura fosa de la desgracia, sin delegar bienes a quienes más lo necesitan, va en contra de los principios de Mholán. Sería mejor que dejemos a un lado el pesimismo y pensemos que pronto estaremos atravesando la ciudad capital a salvo de todo y para siempre.

— Tus razones son enormes y las consiento por el amor que te tengo. ¿Cómo y a qué hora partimos?

— Es factible que sea mañana por la noche y después de haber cumplido con lo que te dije que haré. Pero no iremos de un solo tirón, será por partes. Saldremos de Pucallpa en vehículos que cubran rutas vecinas, yendo de pueblo en pueblo, la huida será lenta pero segura. No tomaremos buses interprovinciales que casi siempre son intervenidos por la policía. Tampoco arriesguemos nada sin antes consultar al sagrado oráculo de Mholán; su espíritu nos ha guiado en los más duros trances, revelándonos a su debido momento acerca de qué actitud tomar. Nunca olvides que el alma de Mholán camina con nosotros.

— ¿Hablas del oráculo de Mholán? ¿Dónde está ese oráculo que no lo veo?

— ¡Qué inocencia la tuya Joba! Ese oráculo no es uno tangible sino uno substancialmente onírico, me estoy refiriendo a la escueta y acostumbrada revelación de Mholán a través de nuestros sueños.

— Que sobrevenga aquel oráculo entonces y que en nombre de Morfeo, el sueño nos atrape para ver qué nos dice.

En consecuencia, esa misma noche, de regreso a la cabaña, agotado por la caminata y antes de dormir, Toño se acercó hasta el retrato de Mholán, la estampa del epónimo y providencial amigo que sobre el velador posaba como un beato. Le prendió una velita misionera y con emoción contrita le rindió culto, exorándole:

"Querido Mholán dime qué hago. No quiero ir al abismo sin haber pisado el refulgente mármol de tu sacra sepultura. Estoy a "un pelo" de cumplir la promesa que te hice. Voy a ti, llevando a Joba para que bendigas su fecundo vientre del cual germinará el hijo que con mucho amor me pediste y que extenderá la misión que tú iniciaste: dedicar el máximo esfuerzo a defender el ecosistema de este pútrido mundo, y regalar socorro a los indigentes con total atrevimiento, como tú lo hacías en vida".

Al abrir los ojos a la luz del nuevo día, Joba, limpiándose las legañas, le preguntó a Toño:

— ¿Soñaste algo?

— No.

— Pero yo sí.

— Cuéntame Joba.

— En un breve pasaje de mi sueño, afloró una escena de tanta lucidez que parecía real: mientras estábamos acostados —boca arriba— esperando dormir, se abrió un agujero entre la hojarasca del techo, por donde se coló una intensa luz violácea, para bosquejar en el aire una frase holográfica en grandes caracteres que podía verse en 360º. Ese misterioso enunciado de tres palabras decía: conversa con Rino. Ágilmente tú corriste hacia afuera para ver qué sucedía, pero no hallaste nada. Entonces volviste a la cama tartamudeando ¿Será un fantasma? Sin otra cosa, fue un sueño vívido y lacónico que ya podríamos estar hablando de un mensaje del difunto Mholán.

— Eso mismo fue; un mensaje cifrado de Mholán que, ante la dura prueba que estamos viviendo, nos sugiere que conversemos con Rino, pues él, algo bueno tendría que ofrecernos. En verdad, hablando con la mano en el pecho, aún no he vuelto a saber nada de Rino desde cuando nos recomendó alojarnos en este hermoso bungalow. Por eso, hoy mismo, tan pronto regrese del Banco iré a conversar con él.

Minutos después, zigzagueando las arterias de una convulsiva y sudorosa localidad altamente comercial, Toño marchaba dando cuerda a sus pies para apurar las gestiones de su agenda, la que no debiera prolongarse más allá de las dos de la tarde, o sino el presentimiento llamaría por la espalda para hacerle recordar que Joba se quedó sola en la cabaña y que cualquier amenaza podría acecharla.

Felizmente, los trámites finalizaron de acuerdo a lo previsto. Toño sacó del Banco el dinero requerido, luego remitió por correo certificado su tarjeta de débito a su querida suegra y después volvió presuroso al Eco-Lodge en busca de Rino. Llamó a la puerta de su mesón y éste salió al encuentro.

— Hola Rino.

— Qué gusto de verte Toño.

— El gusto es mío. Vengo derechamente a invitarte para almorzar donde prefieras. Pues para ser honesto, recién hoy se dio la ocasión de hacerme un tiempo para venir a verte y entablar una grata conversación que sirva para conocernos un poquito más. De todos modos, sea cual fuese tu respuesta, debo agradecerte por el espléndido apoyo que nos diste. Y para no quitarte más tiempo, sólo quiero saber ¿Aceptas que salgamos a almorzar?

— ¡Caramba muchacho! ¿Por qué tanto preámbulo? La invitación es mía, ya era hora de vernos, yo igualmente pensé invitarte a salir a cualquier sitio turístico de esta ciudad, la que conozco muy bien, pero me adelantaste, dime a qué hora salimos y me alisto.

— A ver ¿En una hora, está bien?

— Está bien, así me das tiempo para un chapuzón de jacuzzi, y cuando pases por mí, estaré listo para llevarte a un lugar muy especial que sé que te va a gustar.

— Te cuento que iré con Joba, mi señora.

— Mejor todavía; para mí será un honor compartir un instante con ambos.

El tiempo dispuso las cosas, acondicionándolas a lo planificado. Y cuando Toño y Joba se acercaron a la cabaña de Rino, éste ya estaba afuera esperándoles al volante de una lujosa camioneta negra; él les invitó a abordarla para luego emprender la marcha unos 10 kilómetros lejos de la ciudad, hacia el "resort" que Rino había elegido para almorzar. Allí transpiraba el verde oasis de su predilección y uno de los más conspicuos restaurantes de la provincia. Sin darse cuenta, los tres amigos, con los codos sobre la mesa y entre un espeso bosque, resultaron mirándose las caras en total sosiego, esperando ansiosos el minuto de ensalivar los platos y el mantel de un exquisito banquete. Inalterablemente, debajo de un ensortijado ramaje opuesto al cínico sol del trópico y ocultos de la plebe pucallpina, mascaron el apetito, enervando la propia presunción al puro estilo de los magnates. Rino había llegado a la cita con ganas de vaciar todo el costal de su fatuidad, y sin prefacios, mencionó ser uno de los más importantes empresarios del país y dueño de un aserradero de Pucallpa, cuyos variados productos los distribuía a nivel nacional. En pocas palabras consiguió presumir ser un millonario.

Según lo dejaba entrever Rino, su imponderable situación económica dentro de la sociedad peruana le habría dado cierta inmunidad ante las autoridades limeñas. Y de ello se aprovechó Toño para sondear la contingencia de si acaso Rino pudiese serle útil en su estratégica fuga hacia la ciudad de Lima. Tanto que, considerando estar frente a un distinguido personaje, Toño arguyó:

— Apreciado amigo, nosotros partimos a Lima mañana, ¿En qué vehículo nos recomiendas viajar sin problemas?

— ¿Problemas de qué tipo?

— Los asaltos, los controles de la policía y el empacho de tener que presentar el DNI ante cualquier motivo, y tú sabes Rino que ese documento lo extravié en Iquitos; en definitiva, no lo tengo.

— Ciertamente Toño, tus escrúpulos son irrefutables; además de los "rateros" que como roedores revolotean detrás de los turistas, acá, cualquier "mequetrefe" te pide el DNI hasta para ir al baño. Por otra parte, en todos los pueblos de la selva, a raíz del narcotráfico, lo que menos hay es seguridad. Francamente, no te recomiendo viajar en ningún ómnibus donde no corras el riesgo de sufrir lo inesperado. Más bien, a ustedes queridos amigos, les propongo algo alterno y que tal vez les convenga más; que no viajen mañana sino pasado mañana y vayamos juntos en mi camioneta, puesto que yo también debo ir a Lima. Si ustedes lo quieren me esperan y así viajamos todos sin problemas ¿O están apurados?

— ¿Apurados? En parte sí, pero no tanto. Esperar un día más no es nada con tal de llegar a salvo ¡Qué suerte la nuestra, viajar juntos! Me imagino que conoceremos algunos seductores pueblecitos del camino ¡No quiero imaginar! Supongo Rino que tú conoces perfectamente la ruta.

— Conozco la ruta al dedillo, pues son más de 10 años rodando peregrinamente el mismo camino y siempre solo. De Pucallpa a Lima son cerca de 20 horas de viaje en bus interprovincial, cruzando ciudades como Tingo María, Huánuco, Cerro de Pasco, La Oroya y Lima; un largo y tremebundo recorrido de 860 kilómetros que únicamente los intrépidos aventureros lo hacen por su propia cuenta. Particularmente, en mi caso, a pesar de la enorme distancia, hasta ahora no he tenido desgracias que lamentar, felizmente.

— ¿Y viajas solo?

— Así como lo oyes, completamente solo. Con ello evito la preocupación de tener que asistir al acompañante ante cualquier necesidad o molestia que le sobrevenga, y eso podría perturbar mi regalado viaje y las ganas de hacer mis negocios privados con total libertad. Aunque más de las veces, cuando el tiempo apura, prefiero viajar a Lima por vía aérea y en sólo una hora.

— ¿Me das a entender entonces que esta vez estarías haciendo una excepción de viajar con nosotros?

— Para mí, este viaje Pucallpa–Lima, va a ser el primero que iré acompañado desde cuando tengo memoria. Ahora creo que, disfrutaré la ocasión de un agradable desplazamiento, haciendo un alto en cada rincón que valga la pena mirar, como por ejemplo: la cueva de las lechuzas, la cueva de las pavas, las cataratas de Santa Carmen, el velo de las ninfas, el boquerón del Padre Abad, etc. Sitios de esparcimiento como muchos de la extensa ruta, los que realmente son fascinantes y que tal vez ustedes no soñaron conocer —culminó diciendo Rino—.

— Querido Rino, viajaremos contigo, colgados de algún modo, al marsupio de tu gentileza. Y lo haremos con tanto gusto que sacudiremos el trasero como perros cuando ven a su dueño. Por ese motivo ¡Salud Rino! Asentemos el almuerzo royendo el cristal de este lechoso "masato", y si nos emborrachamos ¡Qué bien vendría! Pero, ¿Qué pasaría si "chupamos" hasta no poder levantarnos?

— No te alarmes Toño, si no permanecemos en pie, la noche batirá sus negras alas, llevándonos a descender sobre las elásticas colchonetas de nuestras cabañas; lo intuyo cuando mis sentidos traspasan el cristal de este cáliz que ya comenzó a eyacular su espeso furor, como sacándole la lengua a la malcriada muerte, y aquello espolea a seguir catando este exquisito y traicionero masato. Y ahora que traigan más masato, pues voy a beber hasta por "las puras huevas"; después de esta vida, lo que venga, ¿A quién chucha le importa? ¡Salud!

— ¡Salud Toño! ¡Y salud Joba! Por ese bebé que sueña con ver la luz del mundo y morder las ubres de tu altiva y maternal ternura.

— Gracias por tus palabras —susurró Joba—, celebremos esta particular comida y el hecho de acompañar este agradable momento, inhalando con fuerza, la lodosa exhalación del río Ucayali. Igualmente, aplaudo por la felicidad que hoy la sentimos como genuina, aunque sepamos que tal percepción prevalece solamente hasta cuando la muerte nos sopla al oído para decirnos en voz baja, que no lo es.

Toño agregó:

— Te agradezco Rino, el habernos traído a este llamativo lugar, y si me permites, quiero hacerte una confidencia.

— Adelante Toño.

— En lo que a mí corresponde, dejo la cortesía a un lado para declarar que soy un hombre de negocios, dicho con cierta inmodestia, soy un inversor en el mercado de capitales y diversos negocios "online". Discúlpame Rino, pero quiero que sepas que tengo los medios suficientes para costear todos los gastos que surjan desde este instante hasta cuando nos pongas en Lima.

— ¿Estás diciendo que eres un negociante cibernético? ¿Hablas de negocios? ¿De qué tipo? ¿Administras una página porno? ¿Has creado un programa que te pagan por cada clic? ¿O por descargas masivas?

— ¡Qué bueno sería! Si fuese así como piensas, tendría mi propia aeronave y los labios cerrados como un Moai. Pero nada de eso mi estimado Rino; lo mío no es tan sofisticado, apenas tengo un olfato de perro para las transacciones en el mercado público de valores, las que son inversiones a corto plazo, pues casi siempre acierto a seleccionar títulos con fuertes expectativas de revalorización, lo que al fin y al cabo me refrescan los bolsillos incesablemente. Quizá por eso puedo sentir el masato más enardecido que se haya inyectado a mis venas, y con lo cual es posible ver la vida inflamada de bendición, así como este cielo y su rosado atardecer.

— Hombre ¿No estarás exagerando? Por ahí se dice que el masato y la ayahuasca son, en cierta forma, bebidas espirituosas y alucinógenas que te llevan al paraíso, y a veces, usualmente, te hacen hablar "puras huevadas". Pero dejemos las bromas a un lado y digamos que tú y yo somos hombres de negocios, esos que, cuanto más grandes son, se convierten en rapaces del poder, aun en contra de sí mismos. Solía decir mi padre: "Aquel que disfruta las cosas sin que le cueste, rompe el umbral del peor episodio de la vida: "Ocupar la platea de los inhumanos".

— Indubitablemente; cuando el glamour derrama su perfume, eclipsa hasta su propia autenticidad, y cuando excede su sensualismo, se torna violento. En resumen; el glamour, el poder y el dinero son una misma cosa ¿No has advertido que, cuando el poder saca del corazón su real sentimiento, acaba siendo tan fétido como el olor del dinero? ¿Y acaso no abrigan los testículos del poder, la génesis de su brutal repercusión?

— Finalmente, el ser adinerado no te da derecho a la infalibilidad de nada. Y es más todavía, el dinero no te excluye del temor a sus secuelas, las que, tanto para el millonario, como para el menesteroso, son terriblemente idénticas.

Viendo que los alegres bebedores Toño y Rino, con cada trago de "masato" se autoglorificaban hablando como los dioses, y antes que ambos, impulsados por esa exaltación de poder, leviten como iluminados, dejando a Joba en el olvido, ella reclamó ¿Por qué mejor no volvemos a casa y allí ustedes siguen tirando al suelo todo su dinero? Tal vez así consigan comprarme un benévolo sueño. Pues francamente, sólo quiero dormir.

— ¡Salve señora! objetó Rino, "calabaza, calabaza, cada uno a su casa". Vamos andando, ya habrá tiempo para más cenáculos y para continuar ovacionando esta linda amistad, seguramente será en Lima y en un "huequito" miraflorino.

En el instante que el mozo se acercaba a la mesa de los comensales para mostrar la boleta de consumo, el celular de Toño empezó discretamente a rehilar desde el bolsillo del pantalón. No hubo ganas de contestar, sin embargo, el epiléptico aparato vibraba una y otra vez sacudiéndose. Toño vio el número y reconoció que era el de su abogado.

Me esperas dos minutos y te pago la cuenta —le dijo al mozo—, para luego contestar el celular de mala gana.

— Hola.

— Hola Toño, pareciera que no quieres volver a Lima ¿O ya estás en Lima y no quieres llamar? ¿Qué pasó?

— ¿Qué pasó de qué? Todavía no viajo a Lima.

— Tú sabes Toño que deberías estar aquí; la fecha de la audiencia está encima.

— ¿Por qué tanto apuro? Mis cálculos están dentro de lo previsto; lo que no me gusta es que me llames con cierta desconfianza.

— ¿Desconfianza? ¿No sabes que tu caso es delicado y exige tiempo para coordinar?

— ¿Tiempo para coordinar qué cosa? Si después de lo que pasó en el kilómetro 43 de la carretera central, me refiero al asesinato de Jacinto ¿Acaso crees que no me siento conmovido y también culpable? ¿Piensas que por ello, judicialmente, estoy exento de imputación? No me palabrees que no estoy para amedrentamientos de ninguna clase.

— Prefiero no volver a llamarte y quédate con la idea que simplemente llamé para ofrecerte mis servicios y salvarte de la cárcel.

— Dime mejor que estás necesitado de dinero y no pretendas atemorizarme que no lo vas a conseguir. Pídemelo directamente: necesito dinero, y así no me enojaré más de lo que estoy.

— Yo no trabajo gratis y claro que lo hago por dinero. Pero lo mío no es una necesidad sino un deber. Estaba convencido que, si una vez te defendí con éxito, ahora también podría hacerlo.

— Tampoco esperaba nada gratis, ni de ti, ni de nadie. Y quiero ser directo contigo, no necesito tus servicios; existen tantos abogados como ratas en la cloaca del doble estándar. Ningún abogado blande sus armas en defensa de nadie, sino es antes, en defensa del bolsillo. Así que, permíteme desplazarme sin presiones, yo sabré qué hago sin ti y cómo me zafo del paredón.

— ¿Vas a huir cobardemente? ¿Te vas a esconder otra vez como te escondiste en los cerros del kilómetro 43 de la carretera central en Chosica?

— ¿Y a ti qué mierda te importa?

— Me importa mucho y puedo actuar en contra tuya, convirtiéndome en un insobornable fiscal ¿Lo sabías?... En relación al caso de Jacinto: el hecho que tú no hayas previsto las posibles consecuencias de su muerte, con el agravante de no ser la primera vez que cometes esa falta, es para el Derecho penal un cuasi delito por el cual podrías ser considerado un peligro para la sociedad y quedar así confinado en un presidio, incluso de máxima seguridad. Recuerda que sobre ti pende una orden de captura, y yo haría lo imposible para que te atrapen y de esa forma, nos veamos la cara sin que lo quieras.

— ¡Hijo de la gran perra! No quiero ver tu asquerosa cara; después de todo, resultaste ser un muerto de hambre, convenido y maricón.

Toño quedó realmente encolerizado, no obstante reaccionó cambiando de expresión al ver al mozo, de pie y junto a la mesa esperando el pago de la cuenta.

— Discúlpame ¿Aceptas Red Compra?

— Sí, cómo no.

Confirmado el pago, Toño le extendió al mozo un billete de cien soles, diciéndole: es tu propina. La alegría que mostró el mozo fue tanta que hasta besó el billete. Toño, no satisfecho con ello, colocó sobre la mesa su propio celular sin el chip y añadió: este celular te lo obsequio, no lo necesito, usaré el de mi mujer. Si no lo quieres lo botas a la basura; gracias por atendernos y cuídate.

— Cuídense ustedes igualmente y vuelvan pronto.

Rino observó que Toño disimulaba estar pasando serios problemas, quizá tan serios como los suyos. No obstante, con cierta preocupación recapacitó: si Toño se enterase en qué estoy metido. Luego respiró hondo, y mientras juntos dejaban atrás el restaurante para abordar la camioneta, él trató de olvidarse de todo, indicando:

— Habrá que dormir, descansemos el tiempo que se quiera, y mañana Toño, a la hora que te despiertes, vas a mi cabaña para conversar a solas los detalles del viaje, ¿Puedes darte el tiempo?

— Desde luego que sí, iré a verte, pero será por la tarde.

— Te espero.

Al día siguiente, después del reparador descanso y entrada la tarde, la conversación de los amigos en la cabaña de Rino, la que, dicho sea de paso, estaba adyacente a la de Toño, sería determinante, momentos previos al largo viaje de retorno a Lima. Ahora Rino fue frontal con Toño:

— Ayer cuando hablabas por teléfono te oí refunfuñar diciéndole a tu abogado que no precisas de su ayuda y me gustó saber que tienes agallas para cortar la cabeza a quien no te sirve. Mira, conozco un abogado que me defiende en cuanto problema estoy metido y creo que él podría ayudarte; si quieres te lo presento cuando lleguemos a Lima.

— Gracias Rino, sin embargo...

— Nada Toño. Sospecho que tienes problemas judiciales ¿No es así? ¿Puedo saber de qué clase? ¿O tal vez necesitas otro favor además de llevarte a Lima?

— Gracias, no necesito otro abogado, sólo quiero que nos lleves a Lima. Sin embargo, no puedo negar decirte lo mal que estoy pasando: estoy a punto de rodar a la chirona y eso jamás lo aceptaré. Prefiero escabullirme a sangre y fuego hasta el fin de mis días. He pensado hacer cualquier cosa por vomitar de golpe el miedo a no poder vivir en paz los días que me quedan sobre la cenagosa tierra que piso. Y dadas las cosas, aferrado a los rigurosos tendones del dinero, asumo los peligros más horrendos con tal de ver parir a mi mujer y cumplir así la promesa hecha a Mholán, quien murió dándome "una mano" cuando más lo necesitaba.

— ¿Me das a entender que estás dispuesto a matar en nombre de tu libertad?

— Tú lo has dicho Rino, estoy dispuesto a todo, no te imaginas.

— ¿Qué te llevó a pensar así?

— Fueron las desgracias, una tras otra, las que cortaron mi voracidad por ser más humano y más caritativo con quienes precisan de ayuda. Sin embargo, el revés que me tiene desquiciado sucedió hace algunos días.

— ¿Qué pasó?

— En mi propio rancho del kilómetro 43 de la carretera central, cerca a Chosica, sucedió un aterrador hecho: Jacinto, un labriego del lugar a quien encomendé que vigilara mi rancho durante mi excursión a Iquitos, fue asesinado a balazos por los partidarios de Pentaequis. Acribillaron al amigo y hermano que dio su vida por custodiar una casa que no era la suya. Esos criminales fueron por mi cabeza y al no hallarme se desquitaron con él. ¿No significa esto que, como empleador de la víctima, recaiga sobre mí, cierta responsabilidad penal? A mí no me importaría morir en la cárcel, pero están en juego, la escurridiza paz y el férvido embarazo de mi mujer, cuya ambición por convertirse en madre, la tiene sobreexcitada ¿Y por qué no, si tal derecho lo consiguió tras un difícil tratamiento médico? Y ahora que su alegre preñez va viento en popa tras el primer y quizá único hijo ¿Crees que tales bienes querríamos perder?

— Te entiendo Toño ¿Qué esperabas de tus verdugos? ¿Un beso? Contra ellos no hay más argumentos que la represalia. Y respecto a eso mismo, puedo decirte que, yo cuento con algunos hombres que me protegen y que podrían tomar venganza por ti, a cambio de dinero obviamente.

— ¡Preséntamelos! ¡Quiero esa gente! De lo contrario, en el peor de los casos, yo mismo cobraré venganza, jugándome el pellejo a "punta de balas". Me inquieto noche tras noche sepultando mis uñas en los cojones imaginarios del enemigo; naturalmente, sin pretender que aquello trascienda a mi mujer.

— ¿Estás hablando en serio?

— Lo digo seriamente ¿Acaso es poco llorar por todas las cosas que ellos hicieron? Desde que secuestraron a mi mujer, la suciedad más apestosa nos asfixió, trayendo consigo problemas judiciales que ya no puedo resistir.

— ¿Por qué razón Pentaequis ha seguido ensañándose con ustedes?

— Tras el secuestro de Joba, contraté los servicios de dos detectives privados, con los cuales logramos atrapar a los criminales hasta llevarles a prisión, eso les dolió en el alma para comenzar su venganza. Carbonizaron mi casa de Barranco cuando logré alquilarla, y allí mismo, bajo sus llamas, murió un hijo de los inquilinos; éstos, por su parte, entablaron una demanda penal en contra mía, de la cual salí exento de responsabilidad, y fue por eso que, enterados de mi inimputabilidad al final del juicio, la familia afectada, al arrimo de su abogado, se propuso joderme la vida. Lo peor vino de los secuaces de Lobo Azul, quienes heridos por su caída, me buscaron hasta dar con mi paradero en los campos de Chosica; allá donde, con la esperanza de mascar en paz los gorgojos del más dulcificado arroz, levanté mi rancho entre un perfumado bosque de eucaliptos, pero los criminales llegaron hasta allá para prenderle fuego a mi nueva residencia. Fue a raíz de eso que decidí sacar a mi mujer a respirar otros aires, tratando así, de consolarla por las desgracias recibidas. Y como lo señalé anteriormente, fuimos a Iquitos, dejando como custodio del rancho y de los animales a mi buen amigo Jacinto, al que los esbirros de Lobo Azul asesinaron a balazos cuando no me encontraron. Ahora el único paliativo que puedo consentir es la venganza.

— Sinceramente Toño, me conduelo con lo que te está afectando. Y ya que tuviste el valor de confesarme tus sufrimientos, yo también te confesaré los míos. Te diré sin miedo que, si bien soy un adinerado, se lo debo al narcotráfico; no te asombres, ello es mi fuente de vida. Por lo tanto, yo también soy un prófugo de la justicia, a la que, de cualquier modo, soborno para estar libre. ¿Qué piensas de lo que te digo? Quizá oírlo te produzca extrañeza, sin embargo, la ayuda que yo pueda darte, no sería factible si no fuese por lo que soy.

— ¡A la mierda con lo que tú seas Rino! Lo que hagas por salvar mi situación no la juzgaré "ni cagando", con tal que lo hagas. Ya en confianza quiero decirte, ayer estuve leyendo en el diario El Comercio, un informe acerca de las rutas del tráfico de armas en el Perú y su particular "modalidad hormiga"... ¿Y cuál es ésa? La efectuada de persona a persona por zonas fronterizas de poca vigilancia, valiéndose de acémilas, motocicletas, encomiendas y costales de frutos agrícolas, los cuales sirven para el camuflaje de armas desmontadas. Las rutas preferidas son precisamente las fluviales con toda su maraña de afluentes y en las que destacan las de zonas limítrofes de Colombia, Perú y Brasil, por donde evaden diversos puestos policiales, cuyos problemas de personal, comunicación e infraestructura, generan una falta de control efectivo.

Me atreví a hablar de esto porque se menciona que, es también a través del río Ucayali que ingresan a Pucallpa diversas armas y municiones.

— ¿Y por qué me lo cuentas? ¿Te interesa saber si yo sé dónde conseguir armas? ¿Necesitas una acaso?

— ¡Diste en el clavo Rino! Necesito estar bien armado y justamente hablé del tráfico de armas porque creo que en Pucallpa podría adquirir algunas que me interesen. Mira, ésta arma es mi pequeña y atrevida comadre: una pistola semiautomática Magnun 41 con capacidad de siete proyectiles; ésta me es insuficiente y quiero otra de mayor poder.

— ¿Insuficiente para qué? Quieres ir a combate y barrer a un batallón. No me digas ¿Te crees más listo que yo?

— Innegablemente que no. Pero hablando de combate, estoy decidido a pelear a muerte por conseguir lo que ando buscando. He formulado mi propia Armagedón; enfrentaré a quienes me cagaron la vida y a "cuánto huevón" impida ver con buenos ojos las horas que hoy acaricio junto al amor de mi vida. Estoy en deuda con

Joba y con el difunto Mholán. Y es que, desde que me casé con ella, no he podido llevarla a conocer la mítica tumba del amigo que murió dándome todo su dinero, y a quien empeñé mi palabra por cumplir sus anhelos post mortem. Le debo tanto y no he cumplido con él. Ha de estar inflamado de impaciencia. Y para el colmo, hasta el momento, no he podido relamer la felicidad en su grado medio, tal como lo imagino.

— Quedísimo Toño ven por acá —dijo Rino visiblemente conmovido—, te mostraré los más perversos hierros de mi cosecha. Y abriendo unas maletas de añejo cuero, le mostró su exclusivo arsenal: escoge las armas que quieras y negociamos.

— No conozco mucho de armas, pero he averiguado por internet de algunas. ¿Cuáles me recomiendas para poder defenderme con cierta eficacia?

— Si te consideras fiero y temerario y no quieres perder tiempo, te recomiendo cualquiera de estas armas: una pistola calibre 9 mm, semiautomática, modelo reciente, con seguro ambidiestro, cañón 125 mm, con capacidad para 15 balas y con visor nocturno; su peso no es mayor a 1 kilo. Ahora bien, dependiendo del adversario, debes tener a mano este rifle de asalto ligero M-16 con visor nocturno. Y si pretendes responder a un ataque aéreo, te sugiero este misil ruso "SA-18 Igla" tierra-aire, con rastreo infrarrojo, su alcance es cercano a 4 mil metros de altura.

— ¿En dónde conseguiste estos mortíferos aparatos?

— En el mercado negro.

— ¿Me enseñas su maniobrabilidad?

— Por supuesto, en pocos minutos te lo explico todo.

Al final de la secreta reunión en la cabaña de Rino, y habiendo aprendido lo suficiente del manejo de las armas que acababa de comprar, Toño recibió de manos de aquél una tarjeta personal entretanto escuchaba la siguiente exhortación:

— Esta tarjeta personal que dejo en tus manos es la de mi lugarteniente Michael, a quien le hablé de ti. Puedes llamarle por teléfono sólo en caso que te sobrevenga algún percance. No olvides, preséntate ante él como si fueses un colega y amigo mío. Y bien, mañana salimos por la noche, arregla tus cosas, compra los abastos que has de consumir durante el camino y te espero acá a partir de las 7 p.m.

— ¿Por qué me dices en caso que te sobrevenga algún percance? ¿Estás dando crédito a algún presagio?

— Doy mucho crédito a los presentimientos y a todo lo inadvertido ¿Y tú no?

— Definitivamente; no sabemos qué cosas esconden las horas. Aun cuando estás al corriente de una amenaza, no puedes evitar el traidor puñete de ese anónimo ogro que llamamos destino, el cual puede reducirte a nada en un abrir y cerrar de ojos. ¡Oh qué irónica y sádica es la vida!; juguetea endulzándote la sangre para luego extraértela a cuchilladas. Mejor no hablemos de ella, vamos a descansar amigo. Hasta mañana.

Toño se despidió de Rino, alzando al hombro su pesada escarcela de boatos letales, estaba dispuesto a mostrar su más huraña espuma rabiosa ante cualquier humano que curvará sus designios. Pero de repente, un mensaje telepático de Joba percibió él a gritos:

— Apúrate en venir Toño, algo extraño ha sucedido.

— Nos vemos pronto Rino —exclamó Toño—, y haciendo caso a su presagio, corrió como pudo hasta la cabaña para ver qué estaba sucediendo con su mujer.

Al ingresar a la cabaña halló a Joba reclinada en el diván, completamente impregnada de sangre, como si hubiese sido salpicada por una ráfaga de esquirlas tras un ataque explosivo. De inmediato, para no alarmar a Toño, ella contó que al abrir la llave de la ducha para tomar un refrigerante baño, llovió sobre su cuerpo, sangre en vez de agua. Toño supuso estar percibiendo la señal premonitoria de otro funesto azote sobre sus ya amoratadas vidas.

¿Y ahora qué rayos significa esto? —reflexionaba Toño rumiando las penas del purgatorio—. Fue a la ducha a verificar si verdaderamente despedía sangre en vez de agua, y para sorpresa, al abrir la llave salió agua limpia. Acostumbrado ya a bucear las glosas de sus propias supersticiones, recapacitó hondamente, y rascándose la cabeza se dijo en silencio: Mholán nos está alertando que viene en camino otro trago amargo. Y lanzando una mirada compasiva a su mujer, expresó:

— Joba de mis entrañas, lo ocurrido en la ducha es el prefacio de algún revés que Mholán nos participa por adelantado. Sin embargo, él jamás deseará que los abrasivos resaltos de la ruta hacia su tumba sean un pretexto para no sortearlos ¿Olvidas que la fuerza de su espíritu está intercediendo por nosotros? Andemos con cuidado y todo saldrá bien, así que esta última noche en Pucallpa hagamos sueño, confiados que estamos protegidos. Pero antes Joba, ve a ducharte sin miedo.

— Sí Toño, iré a bañarme y espero que ya no sea con sangre.

Y fue así, esta vez Joba se duchó con agua limpia y sin más incidentes. En seguida, los amantes durmieron abrazaditos, entibiados por un efluvio a hierba cocida de la jungla y por un fuerte nudo de amor que ambos apretaban día tras día. No obstante, al despertar, y aun envueltos por el canturreo matinal de la fauna que custodia el entorno, aquella dulce paz de la mañana que comenzaba a trastear los sentidos, se rajó de golpe ante un reventón de balas que parecía estar dirigido a ellos. Asustados, se tiraron al suelo creyendo estar una vez más bebiendo otro fatídico cáliz colmado de hiel. Cuando la balacera se detuvo se asomaron a la puerta y vieron cómo la pólvora de los proyectiles soplaba desde la cabaña de Rino. Vecinos curiosos se arremolinaron en derredor de la choza afectada y alguien que pudo ingresar al lugar salió de vuelta gritando: ¡Mataron a Rino!

¡Oh no! ¡No puede ser! —voceó Toño— y abrazando a su mujer gimoteó su hondo pesar por el gran amigo.

¿Es posible tanta adversidad apiñada a las ganas de respirar? El grasiento molino de la vida volvió a mover sus viejas aspas, agitando feroces vientos en las propias mejillas de la pareja, para decirles: cuídense que el viaje a Lima no va a ser entretenido y los nubarrones cuales opacos tricornios que hoy dominan el cielo pucallpino, irán pegados a sus cabezas hasta el fin de sus vidas.

— ¡Ay Joba mía! Esto trunca los sueños programados ¿Y ahora qué haremos? Si nos quedamos a llorar al amigo muerto; por un lado, complaceríamos un deber religioso pero también podríamos ir derecho a las manos de la policía. Te sugiero hacer algo: fuguemos de Pucallpa con el dolor a cuestas, en cualquier vehículo, inclusive arriesgando nuestra caída. A veces el destino nos pone el dilema de saltar un precipicio o esperar el alud que nos viene encima ¿Cuál escogeríamos? Compremos los insumos que necesitemos para el viaje y saquemos los pies de Pucallpa ¿O tienes otra idea?

— Cariño, hagamos lo que te parece y que Mholán nos ilumine. Huyamos ya, pues tampoco puedo soportar la espera.

Los esposos abandonaron el "Eco-Lodge" y tomaron un taxi rumbo al centro de la ciudad a comprar ciertos alimentos para el viaje y después fueron directo a una moderna flota de autobuses con destino Pucallpa-Lima. Antes de comprar los pasajes se sentaron en la sala de embarque a descansar un rato, dejando en el suelo sus pesadas mochilas, incluso la de la mortífera carga que Toño escondía sin que Joba sospechara. En la pantalla del televisor de la empresa apareció la crónica del asesinato de Rino. El relator de noticias comentaba: "Se presume que la víctima fue uno de los más grandes narcotraficantes del momento y que murió en su ley, y no fue abatido por la policía sino por los sicarios de su propio círculo delictivo, debido a un ajuste de cuentas. Fueron tres hombres que de madrugada y a fuego de metralleta, lanzaron un chaparrón de plomo sobre el cuerpo dormido del sujeto que decía llamarse Rino; apelativo del occiso quien residía temporalmente en un confortable bungalow a orillas del turístico Lago Yarinacocha".

Para Joba que pudo testificar este hecho de sangre, la noticia le impactó tanto como el incendio de su preciosa mansión de Barranco. Toño ya sabía de los atados en que su amigo Rino estaba metido, por eso tuvo que disimular diciéndole a Joba ¿Si lo hubiese intuido?

El relator continuó informando: "Y a propósito de notas policiales: capturan a un sujeto de 47 años de edad, de iniciales F.M.T. que estaba requisitoriado por el tercer juzgado penal de la ciudad de Iquitos desde noviembre de 2009 por delito de lavado de dólares. Su captura se registró hoy a las 8 de la mañana en la empresa de transporte de pasajeros, "Red". El aludido F.M.T. se hallaba viviendo furtivamente en Pucallpa y se disponía a viajar a Lima, sin embargo, los agentes del orden, en sus operativos de rutina, sospecharon de él cuando al pedirle su documento nacional de identidad (DNI) mostró cierto nerviosismo, lo que constituyó la base para su intervención, siendo luego reconocido, capturado y llevado al departamento de requisitorias para las diligencias del caso".

Toño acercó su boca al oído de Joba musitándole: salgamos de aquí rápido, esto no me gusta. Y mientras caminaban propuso a Joba realizar el desplazamiento tortuga, yendo de pueblo en pueblo en cualquier carro hasta llegar a Lima. No correspondía ir en ningún bus donde la policía pudiese intervenir y hurgar el equipaje descubriendo su pesado armamento, lo que significaría el final de la travesía. Deseaban solicitar el servicio de un taxi para que les sacara de Pucallpa hasta donde pudiese llevarles. Avanzando unos pocos metros, Toño se detuvo para comentar: mejor llamaré a Michael, el colaborador de Rino del cual tengo su teléfono, pero se arrepintió. Del brazo de su mujer deambularon a cualquier parte. Se animaron a detener un taxi pero desistieron. Finalmente, caminaron a la deriva hasta dar con la plaza de armas; tomaron asiento en una de sus bancas y allí Toño, haciendo uso del celular de Joba, decidió telefonear a Michael, el lugarteniente de Rino; su incertidumbre afloraba a leguas, se le veía sudoroso e inseguro. Pero al fin, trepidando de nervios, extrajo de su portadocumentos la tarjeta personal de Michael, no antes, acordándose de las recomendaciones acerca de la forma cómo debiera presentarse, y llamó.

(Al otro lado, la respuesta fue inmediata)

— ¿Sí?

— Hola Michael, soy Toño, amigo y colega de Rino.

— ¡Ah! él me habló de ti.

— Qué gusto Michael. Te estoy llamando porque Rino me recomendó que hablara contigo sólo en situaciones extremas como las sucedidas con él precisamente ¿Te habrás enterado de la noticia no?

— Lo supe por la televisión local, y para ser franco, su muerte estropeó mi corazón. Semejante hecho es vox populi en Pucallpa; ciudad enredada al chisme como tantas otras. Acá todos sabemos que acribillaron a Rino en su propia cama esta mañana, pero en fin, ahora, vamos al porqué de tu llamado o mejor dicho ¿En qué puedo ayudarte? ¿Me vas a pedir que te acompañe a velar el cadáver?

— No Michael; lo mío es otra cosa. Tengo urgencia de entrevistarme contigo, y es que me veo forzado por las circunstancias, ¿Dónde podríamos encontrarnos?

— Espérame ahí mismo; dime dónde estás e iré por ti.

— Estamos con mi señora sentados en una banca de la plaza de armas de Pucallpa, mirando en dirección a la "calle independencia". Un detalle: estamos con nuestras mochilas tiradas en el suelo.

— Voy para allá Toño, mantén encendido tu celular, si no doy contigo, te llamo.

Minutos después, una camioneta plateada 4x4 que circulaba a baja velocidad se detuvo cubriendo la vista de la pareja, cuyas pupilas agrietadas por la soledad, veían las cosas incoloras. La fuerte voz de ¡Arriba Toño! hizo que éste mirase a la camioneta y pudo distinguir al hablante; era un joven de unos 25 años, quien le dijo sonriendo, soy Michael, y con un guiño repuso: suban. Los esposos que en esos instantes lamían la saciedad inclemente de la desolación, subieron a la camioneta sin demora. Ya en confianza, Michael fue directo con Toño: ¿Conversamos el problema delante de tu señora o a solas?

— Conversemos a solas.

— Bueno.

La camioneta gris no se movió de su lugar; Michael y Toño se apearon para conversar dejando sola a Joba, entretanto ella, a su vez, se puso a degustar una barra de chocolate para calmar la tensión. Al cabo de minutos Michael y Toño habían convenido en detalle, todas las condiciones y el jugoso pago por el servicio. Así pues, dado que a Toño le apuraba escabullirse de Pucallpa a como dé lugar, y a Michael le apetecía cerrar el negocio por una gran suma de dinero, no demoraron mucho en llegar a un buen acuerdo.

Toño pagaría a Michael la suma de dos mil dólares por el transporte hasta Lima, el pago sería en dos partes; mil dólares al emprender la marcha y los restantes al arribar a Lima. Tal dinero incluiría pagos de peaje y sobornos a las autoridades que se mostraran severas por algún motivo de control. El albergue para dormir y la comida durante el trayecto correría por cuenta de Toño. Por su parte Michael se comprometió a acelerar la marcha por llegar cuanto antes a Lima, pero dejando previamente a los esposos cerca del kilómetro 43 de la carretera central para que hiciesen su romería a la tumba de Mholán. Michael avanzaría dos horas más hasta llegar a Lima para hacer lo suyo, alojándose en algún hostal, y esperaría a que Toño y Joba llamaran para confirmar haber vuelto del mausoleo de Mholán; aquel panteón, que dicho sea de paso, se ocultaba tras los cerros de la zona, entre un macizo de rocas que nadie distinguía a simple vista. Así, con el trato hecho, Michael no haría pausas en el camino, ni siquiera para visitar lugares turísticos, salvo por demoras únicamente inevitables.

En consecuencia, después del mutuo acuerdo y con las pautas claras, Michael se dirigió a su residencia a recoger su imprescindible valija y de inmediato se fue al mercado mayorista para comprar algunos canastos de "Taperiba": económica y exótica fruta selvática que por su exquisito sabor es muy negociable en cualquier mercado limeño. Es de suponer que la venta de esa fruta no era la real intención de Michael, sino la de hacer creer a los agentes policiales que el cargamento de su camioneta era parte de su oficio de comerciante frutero en su largo y tedioso recorrido.

Silencio sobreexcitante al dejar atrás los rojos llanos del territorio pucallpino, que entre un ensortijado y verde cortinaje, fue de a poco, perdiéndose a la distancia hasta desaparecer de la mirada de los fugitivos. En la mente de Toño danzaban impresiones de todo grosor, él mismo las podía palpar y hasta podía sentir cómo quemaban sus crujientes sesos ante las ansias de llegar a saldar una de las más grandes promesas que pudo concebir en vida, ir con su esposa a trabar conversación con el difunto Mholán en su propio osario, aunque después se acabase el mundo.

Reflexionaba Toño: de resultar las cosas tal como queremos y habiendo, a la postre, transpuesto la difícil garita de control de Ancón al norte de Lima, se resolvería lo demás; y entonces retornaríamos a Cholol Alto, a ese encantador reducto, dormido a los pies del empinado Tantarica, para afincarnos allí y disfrutar de esa fértil y salvaje altura con sabor a "quesillo y chumbeque". Y allá mismo, Joba aguardaría tranquila los pocos meses de gestación que restan para alumbrar a su propio mesías, el cual haría extensible la obra humanitaria de Mholán, cumpliéndose, de ese modo, la primera y sacra promesa que Toño juró a Mholán: engendrar el hijo que aquél no tuvo y que Joba casi no lo consigue, puesto que le costó un persistente y oneroso tratamiento.

Establecidos en Cholol Alto, nutrirían sus almas, día a día, tentados por escalar la cima del Cerro Tantarica, donde alguna vez, refugiados entre espinos, cactus y paredones de laja, palmotearon sus pelados cuerpos en una palpitante "luna de miel" que jamás borrarían de su memoria.

Aquel soñado estilo de vida rural se integraría a la mayor pretensión post mortem de Mholán, digámoslo: "Que el dinero transferido a Toño se multiplicase en pro de la naturaleza y de quienes la defiendan, priorizando a los nativos de comunidades campesinas de humilde economía. No obstante, Toño tenía en mente algunos propósitos, tal vez más ambiciosos que los del fallecido Mholán y que los pondría en marcha tan pronto pisara los mojados herbajes de Cholol.

En tanto, después de catorce horas de apresurado viaje, la desfigurada camioneta, manchada de barro, sorteaba airosa los ulteriores tramos de la carretera central, que colmada de curvas, sacudían las tripas de los prófugos, creando hambre y emoción al acercarse al pueblo de San Bartolomé. Eran las 7 de la noche y Toño le indicó a Michael, estamos ad portas de nuestro destino, pero antes de seguir hay que matar el hambre, y acá en este distrito sólo hay uno que otro restaurante, engullamos lo que venga, pues quizá sea nuestra última cena. Toño lo dijo medio en broma, exhalando cierta incertidumbre al pensar en los serios peligros a los que podía enfrentarse si se chocase con sus perseguidores.

Merendaron y bebieron como se hace cuando la barriga reclama lo suyo. Desde entonces, todo ocurrió rápido; dejaron atrás el poblado de San Bartolomé y mientras se dirigían a Chosica, antes del kilómetro 43: el punto exacto donde hace poco, los cónyuges vivían y gobernaban su próspera granja, Toño, quien conocía muy bien la zona, le habló a Michael:

— La tumba del amigo al cual visitaremos está a tres kilómetros de nuestra casa, tras esos cerros cruzando el río, así que nos quedamos acá, en este agreste paraje junto al solitario eucalipto que ves a tu derecha. Por lo tanto, si estamos a sólo tres kilómetros de distancia de nuestra abandonada casa, no nos conviene bajar más adelante donde los vecinos puedan vernos; las razones te las contaré otro día. Mientras tanto partiremos hacia la tumba, cada quien con su mochila al hombro, el resto del equipaje llévalo contigo hasta cuando arribemos a Lima. Y ya que las cosas hasta el momento nos han salido bien, te pago por adelantado los mil dólares restantes. Por otra parte, mantén encendido tu celular, pues a cualquier hora podríamos llamarte para que vengas por nosotros y nos traslades a Lima y tras ello podrás decir: tarea cumplida.

— Me desempeñaré según lo conversado. Ahora, la inquietud es mía ¿El peregrinaje de noche tiene para ustedes algún significado religioso?

— Ningún significado especial, únicamente queremos aprovechar la oscuridad para pasar inadvertidos ante "los sapos" que no faltan ¿Entiendes?, además conozco perfectamente el atajo por donde caminaremos.

En aquella frígida y renegrida noche, la estropeada camioneta se deshizo de los cónyuges dejándoles en plena autopista. Michael siguió su viaje, ignorando que kilómetros más adelante, en la fría atmósfera del cielo conurbano, reviraba todavía, el hedor a sangre mohosa del aniquilado Jacinto; fiel guardián de la chacra de Toño, perforado por las balas de los incondicionales de Lobo Azul.

Los mochileros cruzaron el río Rímac a través de un precario pasadero de troncos. A partir de allí, debían caminar cerca de tres kilómetros y con los ojos bien abiertos hasta acostumbrarse a la oscuridad, pero ello no sería problema, pues lo que más necesitaban era soltar las acalambradas extremidades a raíz del rígido y cansador viaje. Acordaron guardar silencio durante la caminata y sólo hablar en voz baja si hubiese alguna razón justificada. Joba seguía las pisadas de su marido hasta que, a eso de las 11de la noche, arribaron al lugar del insólito y clandestino mausoleo del extinto Mholán.

Joba, al ver que Toño puso en el suelo su mochila, preguntó ¿Llegamos?

— Sí, hasta que por fin llegamos al lugar indicado.

— ¿Llegamos adónde? Acá no veo ni una sepultura, ni algo que se le parezca.

— No bromees querida ¿Olvidaste que te había dicho que la tumba se construyó con tanta sofisticación que a simple vista no la vas a descubrir?

— A ver, déjame ver ¿Está debajo de aquel montículo de tierra?

— No.

— ¿Dentro de ese murallón delante de nosotros?

— Tampoco. Estás adivinando; hay tantos riscos de todo tamaño en este lugar que es difícil saber cuál es el punto exacto de la tumba, salvo que, de buena tinta, conozcas ciertos detalles. Te lo mostraré; la tumba está detrás de nosotros, la que ni siquiera tiene forma de nada, sólo de un cerro más.

— Rebobinemos las cosas, ¿Recuerdas que te conté que Mholán aprovechó un escondrijo en los terrenos de su propiedad para edificar su panteón ideal? Ese panteón está oculto en este bosque natural de roca dura y bajo el suelo que estamos pisando. Todo esto fue parte de su hacienda y ahora es de su familia. Por coincidencia los terrenos míos están a pocos kilómetros de este lugar. Fuimos vecinos por tanto tiempo, hasta que, llegado el día, Mholán asumió su papel de nómada para viajar hurgando territorios abruptos, mientras yo me quedé viviendo acá como un chacarero más hasta cuando él me otorgó su fortuna para expatriarse del mundo. Así que, gracias a Mholán estás ahora aquí algo perdida, porque fue él quien dificultó el acceso a su tumba por razones propias de su exaltado ego. Él consideró que quienes pretendan ingresar al lugar donde reposa su cadáver, lo hagan esquivando una maraña de rocas, y de ese modo dejarían constancia de su atrevimiento. Y tenía razón, dado que una cita de semejante naturaleza, no sería apta para cobardes ni cardíacos. En fin, Mholán pretendía que a la cámara mortuoria, sólo entrasen los valientes, y de uno a uno, para que la sugestión de un "cara a cara" con la muerte, logre desgarrar el vetusto temor de su aterradora filosofía.

— Me has hablado tanto y aún no puedo ver su tumba.

— Cariño, tienes frente a tus ojos a la tumba de Mholán ¿Y todavía no la ves? Desde luego que no la ves porque está herméticamente taponada entre las rugosidades pétreas de aquel vulgar otero, que es uno más de los que por acá se derraman. Y tú dirás ¿Cómo es posible identificar la puerta de acceso? Bien, al visitante no le sirven las coordenadas ni la brújula, sino únicamente dar con el ápice de esta piedra negra que sobresale en el zócalo del cerro, y luego, tras sacar la tierra que la cubre, hallar un pulsador eléctrico que, al presionarlo, activará el mecanismo y operatividad de la tumba. En seguida, a través de unos imperceptibles orificios que esconde la piedra negra, emergerá una penetrante luz roja, a través de la cual se ha de pronunciar la frase máxjco-cabalística: Apu Deo Mholán.

Ahora vamos al hecho —susurró Toño a su mujer—, apretaré el botón para ver lo que pasa y de inmediato entraremos al panteón, y como no quiero que tropieces con el miedo, primero ingresaré yo y después lo harás tú. Cuando Toño se disponía a oprimir el interruptor de acceso, un sorpresivo helicóptero, meneando intensos haces relumbrantes, sobrevoló sobre la tumba. Esto erizó los pelos de ambos, quienes, como cucarachas esquivas, se escabulleron agachados por los recodos del escabroso laberinto.

— Parece que nos "ampayaron", dijo Joba.

— Yo creo que sí, repuso Toño.

Mientras el helicóptero se alejaba por un instante patrullando la zona con la misma rapacidad de un pájaro noctámbulo, los amantes volvieron al mismo punto donde se hallaba la tumba, y Toño, a toda prisa apretó el botón eléctrico de la oscura piedra, y desde un costado resplandeció una penetrante luz roja, sobre la cual, Toño interpuso su boca para pronunciar las tres palabras máxjco-arcanas: Apu Deo Mholán.

En el acto, la peña se abrió, dejando al alcance una estrecha cabina giratoria, a la que Toño ingresó sin su compañera y de inmediato fue transportado de afuera hacia adentro, quedando la portezuela clausurada con total hermeticidad. Segundos después, Joba, imitando a su marido, se acercó a la negra piedra y repitió las tres palabras ocultas: Apu Deo Mholán. La peña de nuevo abrió su boca brindando a Joba su cabina de acceso automático para luego tragarla sin dejar rastro.

Transcurrieron las horas, y en las alturas colindantes del recóndito sepulcro, la claridad azul opaca del alba, saludaba al nuevo día, mostrando orgullosa, la heroica explanada desde donde un helicóptero, a oscuras, había logrado rastrear con éxito la clandestina peregrinación de los prófugos. Sin embargo, la incitación para que los solitarios caminantes fuesen seguidos minuto a minuto desde temprano por la noche, provino del ex abogado de Toño, quien traidoramente alertó a la policía, que los requeridos por la justicia estarían prontos a arribar a Lima sin intención de acatar nada, sino por el contrario, huir lejos y a cualquier costo. Y así anticipadamente, la policía puso en acción un plan de captura, comenzando por vigilar las inmediaciones de su morada campestre. Sabían por experiencia propia que, por lo general, los fugitivos se mueven entre gallos y medianoche, y en el caso de Toño, por el gran amor que éste sentía por su fenecido trabajador, haría todo por volver al olvidado terruño para condescender con los familiares de la víctima, reparando económicamente el daño que su ineptitud ocasionó, y al menos así, redimir las penas de su propia consciencia.

Como se dice en el argot criollo, la policía estaba "dateada", y eso le dio hasta el momento cierto éxito, tanto que, decidió hacer ronda por entre la maraña de piedras donde se perdió de vista a los huidizos. Los uniformados estaban seguros que aquéllos podrían haber tomado por escondite alguna grieta o socavón, y que tarde o temprano saldrían de allí de sed o de hambre. Entonces no se movieron del lugar, estaban decididos a lograr su captura, e inclusive, desde una elevación, un policía provisto de binoculares, hacía de "Sereno", mirando celosamente los alrededores.

Mientras en la tumba, la pareja experimentaba con exaltación, el "lobby" de su anhelado encuentro con el punzante cosmos de la muerte, en las afueras se movía un aparatoso despliegue bélico afilando el cuchillo degollador. Mientras tanto ¿Qué actos se desarrollaban al interior del extraño mausoleo de Mholán?

Tal como Toño le había hablado a Joba acerca de la enigmática tumba de su amigo Mholán, ahora volvió a repetirle lo que una vez le dijo: este mausoleo prototipo es una máquina de alta tecnología que conduce a un virtual y nutricio coloquio entre un ser vivo con un ser muerto.

Lo sé —dijo joba—, asombrada de ver videocámaras por todos lados. Se aferró al brazo de su marido y ambos, orientados por la pacífica luz ambarina del ambiente, descendieron unos prolongados escalones hasta llegar a un reducido habitáculo, cuya portilla de metal se cerró tan pronto la cruzaron. Ahí, a la vista y detrás de unos gruesos hierros se veía la subterránea y oscura bóveda que ocultaba el cadáver de Mholán, cuyo nicho empotrado a una de sus paredes, tampoco se podía ver.

La tenebrosa cúpula estaba forrada de micrófonos, sensores y cámaras termográficas infrarrojas, capaces de captar valores térmicos del organismo frente al espanto u otras reacciones emotivas, activándose para tales casos, un tobogán mecánico de escape. La tumba se construyó especulando que, si alguien sufriese un shock nervioso o un vértigo, fuera atendido a tiempo por los cuidadores, quienes subrepticiamente estarían monitoreando y supervisando a cada visitante. Pero el funcionamiento público de la tumba nunca se estrenó, ya que Toño no alcanzó a promocionarlo. Sin embargo hoy, en el "Avant Premiere" de esta función fúnebre, no ocurrió el miedo que se esperaba. El miedo que se sentía adentro era muy inferior al que habría afuera;

los visitantes no iban a correr de la tumba, sabiendo que, de hacerlo, marcharían directo a las fauces de sus cazadores.

Las órdenes para el accionamiento de los diversos dispositivos electrónicos fueron previamente dadas a través de un software que transformaba las señales analógicas en señales digitales. Esto explica el porqué los interlocutores podrían preguntar a Mholán acerca de cualquier tema y éste respondería de inmediato. El secreto reside en que toda pregunta acciona un motor de búsqueda, explorando y abriendo un sinnúmero de "archivos de voz" previamente grabados por el mismo Mholán.

> ¿Puede toda pregunta hecha a Mholán hallar una respuesta? Esa inquietud fue planteada por Joba.

Mholán, respondería solamente a preguntas referidas con el inframundo, la filosofía y la humana expectación de cara a la brusca llegada de la muerte. Sin embargo, la respuesta clave a interrogantes inadecuadas, también fue programada por Mholán; él respondería alegando autoritariamente: "No dialoguemos de aquello que no corresponde".

En suma, el trasfondo metafísico de la disertación relacionada con el más allá en la "cripta conceptual de Mholán", tenía como finalidad, desatorar el angustiante estremecimiento humano ante el paso marcial de la muerte; sensación que el espíritu de Mholán proyectaba concebir, trocando lo inaceptable por una experiencia mística, capaz de activar la resurrección virtual de quien lo quiera cuando lo desee.

Adentro, frente al aposento mortuorio de Mholán, un comprimido habitáculo exhibía un amplio canapé; era el principal ajuar del álgido locutorio con la otra vida. Cuando Toño y Joba tomaron asiento en la suave butaca, la intensidad de la luz disminuyó, dejando ver a duras penas, la arcada de una tenebrosa caverna desde donde se oyó la potente voz de Mholán:

— ¡Adelante!

— Soy Toño; he llegado a ti, trayendo a Joba, la futura madre del hijo que me encomendaste engendrar.

— Bienvenidos entonces; siéntanse como en su propia casa, si lo desean tendremos un diálogo distinto a los que hasta hoy conocen. Si se sienten afectados por el miedo y no quieren dialogar, díganmelo y abriré una puerta de escape.

— Yo estoy bien, querido Mholán.

— ¡Bravo hombre! Estás forjando el rol de buen alumno; parece que no has tachado de tu agenda las tres cosas que te pedí: concebir hijos, velar esta tumba y aumentar la fortuna que recibiste en pro de los más necesitados, creando a la vez altruismo en tus hijos, para que ellos hagan lo mismo con los suyos. Pues así, perpetuando ello, la abundancia no inculpará a quien la usufructúa.

— Créeme que cumpliré con tus encomiendas, aunque eso avance a golpe de calamidades; lo juro por el hijo de Joba que desde sus entrañas cuenta los días por nacer. Sin embargo, te pido paciencia, pues me urge dejar atrás los problemas que estoy viviendo. Pronto abriré esta tumba al público; lo demás va en camino. Si lo habrás notado, nunca evadí quitar mis ojos de la granja de Chosica, la que labré con amor para dormir cerca de ti. Hay algo más, siempre creí que mi parcela, sería lo más sublime que defendería por estar cerca de tu tumba, pero a veces las cosas no siempre llegan como uno espera. Te aseguro que, si el destino me niega a vivir junto a tu sepulcro, te llevaré conmigo a Cholol Alto, y allá, con mis propias manos, removeré aquel suelo diamantino para alzar tu nuevo y cómodo lecho a la espera de unirme a ti para siempre.

— Sé práctico Toño, si el destino te curva a otro, sigue y actúa según lo que consideres favorable.

— Trataré de serlo querido Molan, y ahora te presento oficialmente a Joba, mi fiel compañera, quien desde que supo de tu muerte, compartió su corazón, soñando con venir acá para dialogar contigo.

— Enhorabuena mujer, gracias por atreverte a venir.

Ahora bien, si quieres preguntarme todo lo referente al inexorable infinito: nacimiento/muerte, hazlo.

(Mientras Toño, disimuladamente, se equipaba para desafiar a sangre y fuego las barreras que tal vez surjan afuera, Joba inicia la entrevista preguntando a Mholán)

— La gente, sin poder teorizar un ápice, se apasiona por saber ¿Qué es el más allá?

— La muerte es un medio más de la vida. Es el tramo de una argolla que, atada a otra, componen la cadena de la eternidad; patrimonio inapelable de la vida. Bajo tal concepto, haber fallecido o haber alcanzado el "más allá" —como se dice—, es meramente seguir existiendo, o más bien dicho, haber traspuesto el anterior estado de mortal para convertirnos en seres inmarcesibles bajo una nueva forma.

— ¿Quieres decir que estás vivo acaso? ¿Y cómo es esa forma de vida inmarcesible? ¿Placentera o aburrida?

— Esta forma de vida es placentera, y más que eso, el "más allá" es "sensibilidad inteligente". Es haber dejado de ser lo que fuiste para ser otra cosa y luego otra y otra, marcando un paso regulado y prospectivo en la transformación sempiterna de todo ¿Entiendes?

— Me cuesta comprenderlo. Si eres una cosa, careces de raciocinio, y sin raciocinio, no sientes ni disfrutas la vida.

¿Cómo interpretas semejante entresijo?

— A mi parecer, todas las cosas poseen vida ¿Por qué las cosas han de razonar para indicar que están vivas? ¿Lo hacen las plantas? ¿Por qué creer que la vida es sólo como se cree que es, y no creer que pueda ser como no se cree que sea? En el capítulo VII que atañe a las consideraciones finales del manual "Nerometamaxja", en los párrafos siguientes al subtítulo: "El precio de nuestras creencias", se bosqueja platónicamente la irreparable incógnita de ¿Qué es la vida? Y ésta es la interpretación del autor:

"A propósito ¿Alguien no se ha hecho tal pregunta? Quizá nadie incontrovertiblemente. En mi opinión, la vida es todo, incluso aquello que parece ser cada vez que nos asalta tal pregunta. Se puede decir de manera nomológica que cada quien tiene una respuesta más o menos acertada de lo que es la vida. Bajo tal sentido, la vida podría ser:

Fosforescencia y sombra, nacimiento y muerte, razón y contrasentido, movimiento en equilibrio, una idea pura, un viaje circunvalado, el punto de ebullición de las formas, una imagen que dormita sonora entre la nada, un diamante hecho trizas en la mente. Así pues, si la vida es la representación de todo, ésta podría ser: descubrirla, ignorarla, entenderla, o nada de lo dicho anteriormente, y eso representa "todo", incluso el estar convencido de saber lo que es".

— Estás diciendo, apreciado Mholán, que si la vida es todo ¿Tú estás vivo?

— Parece que vas acertando ¿Tú crees que estoy vivo o muerto?

— Estás vivo; hasta puedo sentir tu agitado aliento que sopla mi alma elevándola a donde quiero.

— Definitivamente mujer, estoy vivo, solamente que hoy puedo tener la forma de cualquier cosa, incluso de ti.

— Dime ¿Por qué tomaste la decisión de suicidarte en la forma que lo hiciste?

— Fue una disipada performance que, aunque parece trágica no lo es. Quise exhibir lo que tanto le cuesta al hombre: aprehender a la muerte como uno quiere y no dejar que ella te aprehenda como sea. Así, renunciar a voluntad a ser lo que eres, es un asunto ingénito de la individualidad supraconsciente. Es un contradecir a la impotencia de no poder volver atrás y optar por no haber nacido. Te lo digo de otro modo; es arrogarse de bravura y decir, esta forma de "ser" no me interesa: una decisión arquetípicamente sobrenatural.

— Respetado Mholán, ya veo que defiendes con sólidos argumentos tus intrínsecas razones. No obstante, ¿Qué enseñanza crees que nos has dejado con matarte?

— El testarudo instinto de hacer preparativos para el nacimiento de alguien, y también, el regocijarse por ese alguien que al nacer pagará con muerte su deseo de vivir, altera la saludable vía de la propia defunción. Pero, si de la misma forma que alistamos el advenimiento de un nuevo ser, tomáramos provisiones ante su natural y amenazador fin, no hay duda que conseguiríamos el trampolín para proyectarnos hacia el Olimpo de los superhombres.

— Creo ciegamente que la muerte es tal como dices. No obstante ¿Qué significa ir a sus brazos sin esperar a que ella nos abrace?

— Aquello significa lo mismo que para un deportista de aventura. Él sabe que juega a morir pero se atreve ¿Por qué se atreve? porque discurre que, ir al encuentro de la muerte, esquivando la peligrosa autopista del deseo, es más satisfactorio que tropezar en ella cuando las emociones no participan. Quienes prefieren morir en la alborada de sus vidas y no en el ocaso de las mismas, admiten que no hay nada más baldío que vivir más tiempo de lo esencialmente válido. Solamente ellos, son capaces de tarjar la desgracia de una mayoría que sufre por añadir años y más años al cuerpo cuando lo que se está haciendo es convertirlo en un asqueroso estropajo apto para la basura. Aquello es igual a ganar años a favor de la invalidez y la misericordia, y no mirar que los hombres, investidos y coronados por el envejecimiento, acaban convertidos en la fetidez propia de su ansiada supervivencia.

— ¡Cuánta filosofía atesoran tus palabras Mholán! Eres francamente admirable. Ahora va mi última pregunta, ¿En dónde se esconde lo más miserable de la vida, de esa vida que tiraste al basurero de un solo mordisco?

— Lo más miserable de la vida reside en la compasión, y no existe nada peor que usarla para sobrevivir. Un aforismo pregona la paradoja de nuestra existencia: "sufrimos para dejar de sufrir". No obstante, tan pronto logramos cierta complacencia, ésta expira y retomamos la obligación de sufrir para otra vez huir de ello, y es cuando caemos en la funesta ludopatía de dilapidar nuestro tiempo a cambio de un ovillo de ansiedades. Y peor aún, muchos se aferran a la vida no objetándole nada, y eso es igual a padecer por padecer. Aquéllos, "a posteriori", serán arrastrados al impetuoso vórtice que cabe denominar: "El miserable sótano de la compasión".

— Tus palabras rayan con la suficiencia de las almas que comprenden lo infame e indignante que es morir de hinojos. Nosotros por nuestra parte, adheridos a la consigna de no sucumbir a una existencia vejatoria, haremos todo por hacer realidad tus sueños que son también los nuestros, cueste lo que cueste. Lo digo en serio, o mejor te lo juro frente a ti, por el hijo que cargo en mi vientre. En cualquier momento abandonaremos tu dormitorio eterno con las ganas de volver a Cholol Alto, a colonizar ese olvidado paraíso andino debajo del Cerro Tantarica, elevado rincón por cuyos aglutinados aposentos de lajas, aún suspiran tus ensimismamientos metafísicos, vomitando su propia ponzoña mundanal. Quizá otra vez, veamos tu fantasma besando aquel cielo de oxígeno puro como poetizó Toño. Atestiguo que, no hay un lugar como ése para inflar el espíritu y elevarlo por encima del deseo. Para allá vamos. Hasta siempre compañero Mholán.

— Adiós, linda.

Finalizada la inquietante entrevista entre Joba y Mholán, Toño oyó ruidos provenientes de las afueras de la tumba. La reacción de Mholán no se hizo esperar.

— Siento a extraños rondando mi cripta.

— ¿Y cómo lo sabes?

— Si lo quieres averiguar, acércate por el lado izquierdo de la alambrera que separa mi bóveda con la butaca en que estás sentado y verás a la altura de tus ojos un afiche con mi foto, quítalo de su lugar y descubrirás una pantalla LCD de monitorización multidireccional que conectada a sensores audiovisuales y de movimiento en distintos puntos externos de la tumba, te harán ver lo que sucede afuera sin necesidad de salir; e incluso hay una cámara de largo alcance en la cima de la tumba. Las cámaras ocultas de las puertas de entrada y de escape, son los ojos más reservados para estar al tanto de lo que acontece alrededor. Cuando Toño dio con el disimulado panel espía, alcanzó a distinguir a dos escoltas reciamente armados que hacían guardia junto a la puerta de escape y de inmediato opinó.

— Perfecto, Mholán, has hecho las cosas pensando en la seguridad de tu íntimo sepulcro, al menos se sabe que hay dos cazadores afuera, y se sabe también con qué armas cuentan. Si no se quitan de la puerta, saldré y tomaré la vía de regreso, a fuego de balas.

— No me digas ¿Has venido armado?

— Sí te lo digo, he venido armado y perdón que Joba lo tenga que saber; que ella me dispense y eso mismo espero de ti. Por otra parte, te suplico que aceptes compartir el fiambre que hemos traído, pues la barriga está sonando.

— Adelante amigos, almuercen en confianza, será una comida sabrosa, me lo imagino, y muy significativa ya que lo comparten conmigo en mi propio lecho.

Mientras Toño y Joba almorzaban al interior de la cavernosa estancia y siguiendo los pormenores de lo que transcurría afuera. Los agentes policiales ya habían logrado advertir fracturas artificiales en la roca, por lo que quedaron convencidos que la huraña pareja se escondía en sus profundidades. También ellos se habían preparado, y con la ayuda de transmisores de sonido subterráneo denominados geófonos, tendieron puntos de contacto remoto a través de micrófonos por toda la roca, escuchando así, cierta resonancia y vibraciones en determinadas zonas. Inmediatamente dieron aviso a sus compañeros de armas que circundaban el lugar, contándoles lo que habían descubierto. Solicitaron a Chosica el refuerzo de más hombres para zanjar el apresamiento de la misteriosa pareja; intercambiaron opiniones y hasta se planteó dinamitar la peña en caso de no dar con ellos.

Caía la tarde y Toño, forrado de sus pesadas armas como un auténtico guerrero, puso en los hombros de Joba un chaleco antibalas, expresándole: el espíritu de Mholán irá con nosotros dándonos el valor de escapar. Primero salgo yo y después tú; imitarás lo que yo haré en estos momentos: te sientas en esta butaca roja y presionas el botón que está debajo y saldrás eyectada fuera de la tumba, y si todo va bien, en dos horas más llegaremos a la carretera central a esperar a Michael que nos devolverá a Lima. Toño envió un mensaje de texto al celular de Michael indicándole: en dos horas más debes esperarnos un poco más arriba del lugar que nos dejaste anoche. Te avisaré cuando nos acerquemos a la carretera. En caso que no nos veas, no te detengas, sigue dando vueltas, y si tienes problemas, te vas a San Bartolomé y allá esperas hasta nuevo aviso.

Toño se dispuso a dar comienzo obcecadamente a los procedimientos de su secretísimo plan ¿Y cuál era ese plan? Después de observar por un momento la pantalla de monitoreo, y apenas notó que los custodios afuera estaban de espaldas, presionó el botón de la butaca roja, activando el tobogán, por el cual, en un segundo, salió eyectado de la catacumba. Luego, sin pestañear y empuñando reciamente su rifle de asalto ligero M-16, aniquiló a los dos agentes, dejándoles tirados en el pedregal de la colina. Cuando Joba salió detrás, el estruendo de las balas zumbaba todavía en sus orejas. Por instinto, ella tomó la mano de su marido y juntos corrieron a toda velocidad en dirección de la carretera central.

Los amantes escapaban suponiendo que nada más sobrevendría. La huida hacia los brazos de la libertad parecía ser un asunto zanjado. Toño meditaba acerca de la fascinante aventura que había experimentado junto a su mujer, e incluso sacaba cuentas: para llegar a la tumba caminamos tres horas a paso de procesión y de noche, pero hoy a plena luz del día y acelerando el tranco, el regreso no debiera demorar más de dos horas. Pero avanzando apenas unos cuantos metros, un helicóptero asomó en la lejanía; Toño advirtió que aquel aparato se dirigía velozmente en dirección de ellos, entonces exclamó: viene de Chosica, regresemos a la catacumba antes que nos alcance.

Se devolvieron a la catacumba tan aprisa como las piernas daban. Al llegar, Toño dejó que Joba ingresara primero para cuidarle sus espaldas. Desde luego que ella había aprendido de memoria "el cómo hacerlo"; se acercó al negro guijarro que por olvido no lo habían cubierto de tierra y voceó: Apu Deo Mholán; la peña se abrió para engullirla, en tanto Toño, aún afuera, con el helicóptero sobre su cabeza, fue atacado con ráfagas de metralleta, pero favorablemente consiguió ingresar, salvándose "por un pelo" de ser abatido.

La automática voz de Mholán se oyó.

— Adelante, ¿Otra vez ustedes?

— Sí, hemos vuelto —respondió Toño— para cobijarnos, estamos en peligro, la justicia nos persigue a muerte, es probable que pasemos la noche junto a ti.

— Acompáñenme, no una noche, sino un millón de noches, sería una dulce gentileza para no sentirme tan solo. Pregunto ¿De qué se les acusa?

— Sería extenso confesártelo, únicamente señalaré que son cosas del destino. Resulté involucrado en crímenes horrendos que oblicuamente me hicieron responsable de recibir en el pecho las picaduras hostigantes de la justicia, que sin apelaciones, busca mi encierro, incluso el de Joba.

— No sigas hablando Toño, no me revelaste nada por lo que se te acusa y quedé en el limbo de la curiosidad. Mejor acércate al monitor espía, sube el volumen de los sensores de audio externo y después ve a dormir sin hacer bulla hasta que el monitor avise. Además, debes reflexionar que hay fuerzas que puedes torcer y otras que harán eso mismo contigo, así funciona la mecánica inevitable de la naturaleza.

Toño puso atención al monitor espía y no percibió movimientos ni ruidos adyacentes, excepto el lejano ronquido del helicóptero rondando el lugar; de vez en cuando sus lámparas de enfoque disparaban destellos reflejados en la pantalla LCD, la que iluminaba toda la cámara fúnebre. A Toño le vino el deseo de un accionar sorpresivo y eficiente como lo hizo al destruir a los dos policías más temprano. Pero esta vez no debería ser más concesivo con sus contrincantes dándoles tiempo para que actúen; eso significaría quedar acorralados para siempre. Sin consultar a su aturdida mujer y sabiendo que su alma estaba carcomida por una reivindicación desesperada de libertad, Toño decidió atacar sin asco al irritante helicóptero del que pensaba se convertiría en cualquier momento en un bombardero listo para hacer lo que más convenía. Su sospecha era cierta; la policía, tras haber ratificado el asesinato de sus dos agentes, daría inicio al asalto del lugar donde se guarecían los escurridizos prófugos.

Una ofensiva mayor fue ordenada por la autoridad, y así, diversos comandos militares de apoyo se sumaron a la operación para impedir que la pareja consiguiese escapar. Había suficiente evidencia para creer que su escondite quedaría totalmente sitiado. Se aproximaban al lugar en una suerte de rodeo sigiloso: carricoches de artillería, policía montada, francotiradores, aviones caza, e inclusive agentes disfrazados de campesinos.

Para Toño había llegado la hora decisiva de saltar la extensa acequia de humeante lava para escapar cuanto antes del lugar o caer masacrado por las municiones rivales. Por otra parte, Joba quería orinar, pues de tanto líquido, su vejiga no daba más; se lo dijo a Toño y éste le respondió al oído: aguántate un rato y salimos, acá no hay espacio que te sirva, excepto sobre la butaca y la antecámara a la concavidad sepulcral. Si orinas hazlo con discreción y los sensores de Mholán no lo van a detectar, de lo contrario, podría haber alguna objeción negativa. Por su parte Toño, bajo la premura, no iba a desperdiciar la ocasión de consumar lo que tenía ya planificado. Y así, tan pronto pudo notar a través del monitor, que el helicóptero daba el dorso a la puerta de escape, sin prevenirle a Joba, salió eyectado por el tobogán hacia la negrura del desierto, cargando en su hombro derecho, 15 kilogramos de su portátil misil. Por suerte había practicado muy bien el funcionamiento del mortífero cañón. Introdujo su alma entera al visor infrarrojo, guiando su puntería hacia la fuente de calor de los motores del helicóptero, el cual, al sobrevolar a baja altura, favoreció a que Toño, arriesgadamente, destrabara el seguro del misil y disparó, dando en el blanco sin margen de error.

Aquel cielo campestre de Chosica se agitó ante el súbito estruendo e incandescencia de un agonizante autogiro que, echando ambarinas chispas, cayó a tierra. Ese raro espectáculo fue percibido a distancia, incluso por la gente de Lima. Un fenómeno que reportaron diversos medios noticiosos y que Michael oyó por la radio y que además fue testigo presencial cuando el helicóptero se desmenuzó chisporroteando los tizones candentes de su muerte. Aquello ocurrió mientras él se encontraba descansando en un plácido hostal de San Bartolomé esperando la llamada de Toño que nunca llegó. Michael pudo intuir que los atrincherados en la maraña de farallones allende el río Rímac eran Toño y Joba; de modo que, embestido por el miedo, retornó a Pucallpa sin importarle nada más que salvar su propia vida. Cautelosamente, el contraataque policíaco sitió el macizo pétreo, y los francotiradores, apostados a corta distancia de la subterránea bóveda, se alistaron para atacar sin negociaciones de ninguna clase.

Ignorando Toño, que el peligro galopaba en sus propias narices, retornó sin ser visto hasta la piedra negra y formuló las tres palabras cabalísticas: Apu Deo Mholán. La roca se abrió e ingresó sin demora; adentro se topó con la sorpresa que Joba tenía los pantalones mojados; no le costó nada advertir de lo sucedido y sonriendo le farfulló:

— ¿Te orinaste?

— Me ganaron los nervios; observé por el monitor lo que tú estabas haciendo afuera, y más encima, con el estruendo y el temor a lo que pudiera sucederte, no pude aguantarme.

— No perdamos más tiempo y salgamos, nuestro mayor enemigo se desplomó a tierra, sólo falta asegurarme que no hayan más enemigos afuera, y debo probarlo saliendo yo primero; mírame a través del monitor y cuando te haga señas, sales ¿Estás preparada?

— Estoy preparada.

Sujeto fuertemente de su fusil con visor nocturno, Toño emergió de la tumba, dispuesto a observar en la oscuridad si acaso habría alguien que restringiese la marcha hacia la carretera central; le intranquilizaba además que el impaciente Michael huyera dejándoles abandonados. Al salir de la tumba, todo su mundo quedó en blanco al percatarse que numerosos agentes con anteojos de visión nocturna estaban desperdigados por el suelo; quiso volverse, pero éstos encendieron reflectores unidireccionales en su cara, inmovilizándole como a camarón bajo una fuerte fluorescencia. Contra él, hoy no habría magnanimidad ni aviso para rendirse pues estaba armado, y la orden contundentemente fue, ¡Disparen!

Toño murió hecho trizas por una lluvia de balas, y Joba que tenía los ojos pegados al monitor espía, al ver agonizar a su marido, fue impulsada inconscientemente hacia atrás, cayendo en la butaca roja que había en la tumba; literalmente "se cayó de espaldas" ante el brutal hecho. Fue entonces que dio rienda suelta a un llanto sin consuelo.

— La maquinal interpelación de Mholán fue, ¿Qué pasa mujer? ¿Estás llorando? ¿Acaso no hay un mendrugo de pan para cebar tu pena? ¿Hay motivos para llorar?

— Amigo Mholán, mataron a Toño ¿Qué va a ser de mí?

Mientras Joba sollozaba sin respiro, la sentimental expresión de Mholán intentaba poner cataplasmas al desgarrado corazón de Joba buscando suavizar su intenso dolor.

— Mujer, cuando la fúnebre y letal matrona escinde cabezas con su filuda hoz, no hay lágrimas que la conmueva. Ella es soberana y asalta cuando nadie lo espera. No obstante, únicamente tu temeridad puede quitarle un pedazo de su hegemónica atribución.

— ¿De qué manera?

— Predisponiéndote para morir ¿Has meditado en ello alguna vez? Si no lo has hecho, puedes recapacitar que, parece inhumano tener que engalanarnos para asistir al irónico y macabro edicto de morir, y sin embargo, ello podría ser un vigoroso y dulce abrazo, dependiendo de cómo reajustemos nuestro instinto. Estamos lejos de comprender que abandonar este mundo, debiera ser indistintamente halagador a como lo fue asomar a él. Sin embargo ¿Es justo ovacionar a la muerte en vez de sufrirla? Consecuentemente que sí y te digo porqué. Si nuestra consciencia no aprende a ver la prominente simetría nacimiento-muerte, sufrirá como lo sufre la consciencia de quienes —una mayoría— hacen maletas para un viaje sin retorno. O mejor dicho, se resignan a no tomar medidas para morir con galanura. Es por eso que, cuando muere un ser querido, surgen lamentos y epitafios tan desgarradores que seguramente hemos visto y oído innumerables veces:

Murió mi madre; se fue parte de mi vida. Desde hoy mis días no serán iguales. No sé cómo sobrellevaré esto.

Con su partida he muerto yo. Su ausencia me lastima tanto que no hay palabras para describir lo que siento.

No tendré consuelo. Es una terrible pérdida; se nos fue dejando un vacío difícil de llenar.

Lloraré por siempre, habría preferido morir yo en vez de ella, y no me pregunten cómo me siento; estoy destrozado.

Todo sucedió rápido que parece mentira; hoy por la mañana estuve conversando con ella y mira tú.

Habíamos pensado ir a su casa para saludarla por su aniversario de nupcias y nos quedamos mudos ante semejante noticia.

Murieron todos los que viajaban en el carro siniestrado; familiares y amigos quedaron impactados frente a lo sucedido; etcétera.

¿Por qué este particular sentimiento todavía no es posible sondearlo en su mediana profundidad? ¿Por qué despegarnos de vivir nos impacta, nos aterroriza y nos echa por tierra, pese a que sabemos que morir es el justiprecio que se paga por vivir?

Si bien es cierto, tan pronto reconocemos que por haber nacido estamos en la fila de los sentenciados a muerte, duele sin embargo, alistarnos de buena gana para salir al encuentro de aquélla. Si recapacitamos un poco, veremos que todo es cuestión de consciencia. Digamos que, los mortales, de cara a ese irremediable acontecimiento, nos fragmentamos en dos bandos; los que esperamos a que la "cortesana genocida" defina cómo nos devora, y los que condenamos aquello. En este último bando se inscriben los suicidas, quienes a su vez se subdividen en vencidos y vencedores; los primeros se quitan la vida soportando angustias e ignominias, y los segundos, lo hacen con indiscutible satisfacción, emplazando su egovanidad a la cabeza de todo, para luego escupir su más grande y sublime invectiva: "Esta vida no me agrada", "Quiero cortar mi propio oxígeno", etc. Eso mismo hice yo una lejana tarde; se diría entonces que, mi holocausto, cabe en el bando de los vencedores.

— Aplaudo las razones de tu particular punto de vista acerca de consentir la muerte con decencia y no con denuesto. Creo que, si te inmolaste voluntariamente, fue para contradecir a quienes con su fallecimiento abandonan en los hombros de la familia la abultada e incómoda tarea de cargar con las secuelas. En cambio nosotros —tú lo sabes— no podíamos morir a voluntad, porque había que mantenerse en pie y cumplir con los ofrecimientos estipulados. Querido Mholán, todo ello lo veníamos haciendo paso a paso, sólo que el destino dijo otra cosa. Si hubiéramos pensado como tú, estoy convencida que habríamos preparado las cosas con más prisa y holgura; habríamos consignado fondos para los vecinos de la granja de Chosica; habríamos contribuido con la comunidad campesina de Cholol Alto para que abriera la carretera Santa Catalina-Tantarica; nos habríamos apurado en venir acá, o haber permanecido más tiempo con la familia. En fin, habríamos hecho cosas más productivas y vitales en favor de otros que en favor nuestro. Pero el tiempo se nos fue dejando la vida inconclusa. Es una pena no haber acabado la gestación del hijo que debía nacer para desarrollar tu obra. En buena hora, ese hijo que tanto querías y que hoy se contrae en mi vientre, es la dádiva más sagrada que hoy puedo ofrecerte.

— Mujer ¡Cuánta compasión estás derramando sobre mi oscuridad la que también está llorando! Quiero remojar tu agonía en el "agua dulce" de la serenidad. ¿Dime qué debo hacer por ti?

— Aun si pudieras librarme del dolor, no necesito otra cosa que salir de acá para abrazar el cadáver de Toño y morir como él. De otro modo, maldigo la angustia de aspirar el mugriento aire de vivir.

— No salgas afuera querida; serás fusilada, y eso es caer al pozo abyecto de la deshonra. Acomoda tus huesos para estrellarlos contra tu propia alma antes de conceder un asqueroso destierro. Por último, pon tu oído en mi pecho y ausculta lo que viene: cuando mueras te reencontrarás con Toño, catando la miel de una vida íntegramente superior.

— ¿Lo dices ahora que absorbes el perfume de un mundo que no conozco?

— Lo digo sencillamente porque no he muerto.

— ¿Acaso no sabes qué es morir?

— ¿Morir? Eso nunca querría.

El diálogo transterrenal entre Mholán y Joba fue interrumpido por un aluvión de balas rebotando en la superficie rocosa de la caverna, la que titiló como si se tratase de un fuerte sismo. ¡Oh no! dijo Joba sin dejar de sollozar, no esperaré a que se desplome sobre mí esta bella cripta ¿Qué debo hacer para morir con pudor e ir presurosa a los brazos de Toño?

La respuesta de Mholán quedó en el aire cuando desde el exterior, el altoparlante de los francotiradores se filtró al subsuelo amenazadoramente: "Escucha Joba, logramos identificarte y seguimos tus movimientos, el golpeteo de balas es apenas la advertencia de lo que vendrá, tienes 20 minutos para salir; es el tiempo que demoraremos en perforar diversos puntos de la peña, dentro de los cuales pondremos suficiente explosivo para pulverizar tu guarida".

Los agentes, a quienes les había costado horas de intranquilidad, esperando a que Joba emergiera por la misma portezuela que lo hizo su marido, hoy ganaban tiempo precisando cada detalle de su ofensiva final. Y con la asistencia de especialistas en geotecnia, aparatos de reflexión de sonido y cámaras térmicas, consiguieron establecer el espesor de la roca y la profundidad en que se hallaba la fugitiva, quien por su parte, al reconocer que estaba bajo control absoluto, palpitaba al compás del temporizador crucial de su amenazada existencia.

— Querido Mholán, en un rato más demolerán toda la gracia de este palatino sepulcro y no quiero sucumbir a la victoria de ellos, sino a la mía y dignamente ¿Acaso tienes reservada una jugosa manzana, igual a la que mordiste aquella tarde de tu cumpleaños número 38?

— ¿Quieres seguir mis pasos? ¡Cuánto me agradaría que tragues como yo el egoísta y cristalino cáliz de la vida después de la vida! Si consigues hacer lo que yo hice, manejarás el escalpelo del tiempo y del espacio a la medida de tu propio arte y dejarás de ser lo que no quieres ser. Actitud crítica que denomino "consciencia súper estoica", una cualidad opuesta a "sufrir por vivir" y "morir por morir", lo que equivaldría a limosnear una vida irrisoria y expirar en la inmundicia.

— Tal consciencia la llamaría "consciencia Mholanista", capaz de impulsarme a renunciar este mundo sin dejar que los arpones lacrimosos de la vida despedacen mi orgullo.

— Nos vamos entendiendo mujer. Me preguntaste ¿Qué

hacer para morir con honor? Pero la respuesta acabas de darla tú misma: huir del mundo, propulsada por la furia de tu propia gana. Mas, si crees que la muerte es el portal a la fáctica existencia de todo, habrás creado la eternidad.

De improviso y en forma gaseosa surgió la silueta de Mholán flotando en "cámara lenta" bajo la bóveda sepulcral. Los ojos atónitos de Joba, al examinar que se trataba de los rasgos fantasmales del difunto Mholán, se cerraron por un momento para poder articular los labios y lanzar una oración exclamativa:

— ¡Ahora creo que la muerte no es muerte y cuando yo muera será posible ver a Toño y también a Dios!

— ¿Verás a Dios?... El Dios que las religiones presentan no se encarna en ningún cuerpo físico sino en la mente.

— Pero Mholán, si tú mismo declaraste que, bajo el nivel de vida en que te encuentras, todo es posible. Allá, yo podría ver a quienquiera ¿No crees?

— Tienes razón, verás a quien quieras, incluso a quien no existe. A diferencia del nivel de vida terrestre, en este paraíso etéreo, puedes plasmar las ambiciones de ver o sentir lo que desees, siempre que tu capacidad mental lo permita. Sin embargo, todo será ficticio y espiritual. Asimismo, según tus creencias, lo que para ti fue ilógico en la tierra será ilógico también acá. En lo factual, por ejemplo, si es imposible que alguien mueva los dedos si no los tiene, aquello será imposible acá y dondequiera que sea. Por lo cual, si no conozco a ese Dios de aspecto añejo y barbón, aunque lo viera, no creeré en él. De modo que, cuando estés andando por los celajes de este seráfico imperio, si logras ver a Dios y a su querido hijo, dales mis saludos, han de estar en sus brillantes tronos, lamiendo una de sus más insaciables vanidades: la adoración de millones de ángeles.

— Lo haré Mholán porque soy cristiana y empecinada creyente del Padre, del Hijo y del Espíritu Santo.

— No me digas ¿Y cómo crees que es el Espíritu Santo?

— No lo sé, quizá tenga una forma, o solamente sea una fuerza benigna.

— No te quemes la cabeza Joba, todos los espíritus son amorfos pero pueden adoptar la figura que sea; desde una blanca paloma hasta un rechoncho piojo. Pero no discutamos más de eso, ya que nunca veré al Padre, al Hijo y al Espíritu Santo, porque yo soy ateo.

Mientras los barrenos perforaban la peña para ser llenados de TNT y el conteo final iba cayendo, Joba apuró a Mholán gritándole:

— Debo morder la manzana del fin, no quiero respirar ni un segundo más.

— Ingrata, ¿Te vas a marchar no haciendo nada por impedir la profanación de mi placentero asilo que tanto me costó erigirlo?

— ¿Y qué quieres que haga? Yo no puedo hacer nada por sí sola.

— Nadie ha de profanar mi tranquilo templo, sería la atrocidad más indeseable, pues si éste no sirvió para cumplir su misión: la de crear consciencia acerca de la preciosidad natural de la muerte, entonces descorre la cremallera que está detrás de la butaca y extrae la manzana que necesitas. Todavía hay algo más, delante de la misma butaca hay dos cepos de acero, átalos a tus pies, y luego, cuando decidas morder la manzana del adiós, de inmediato se activará un mecanismo secreto que hará volar por los aires este sagrado monumento, destruyéndolo frente a sus invasores.

— Mholán, tengo la manzana en mis manos y mis pies engrilletados, dame la orden y alzo vuelo.

— Querida, antes de todo, pide un deseo.

— Quiero cantar ese himno adventista que Don Melesio coreó a tu memoria, la noche cuando nos hospedamos en su casa de Cholol Alto; es un cántico de esperanza que se me quedó grabado en la cabeza.

— Hazlo serenamente que yo respetaré tu fe cristiana, y

después, piensa que el aire que envuelve tu piel duele más que el mordisco de la manzana.

De pie, con la manzana entre sus manos y su pecho, Joba se halló dispuesta a saltar hacia el infinito. Así pues, mirando a la bóveda sepulcral, Joba endulzó su faz evocando el himno aprendido en casa de Don Melesio —aquella vez cuando junto a Toño hicieron un alto durante el ascenso al Cerro Tantarica— y cantó emocionada:

"Aunque en esta vida, fáltenme riquezas, sé que allá en la gloria tengo mi mansión; alma tan perdida entre las pobrezas, de mí, Jesucristo tuvo compasión.

(Coro)

Más allá del sol, más allá del sol, yo tengo un hogar, hogar, bello hogar, más allá del sol.

Joba habría preferido cantar a dúo con su marido, pero lo hizo sola y con la esperanza de reencontrarse con él en la próxima vida según su creencia religiosa. Luego sin más tiempo que perder se dirigió al difunto Mholán para despedirse tiernamente: "Hasta la vista hermano". Y por último con total arrojo mordió la manzana infecta de la inmortalidad.

De pronto, un apocalíptico estallido cual colisión de átomos redujo a escorias la compacta sepultura, y tras aquello desaparecieron afuera decenas de miembros policiales que frenéticamente batallaban por auscultar los secretos prohibidos de este inusitado camposanto. Así, Joba y los que murieron afuera, tomaron el atajo más cruento hacia el más allá. Fue la dulce y vengativa masacre de un hombre llamado Mholán a quien le enfermaba vivir, pero que al morir, aceptó la costumbre terrenal de un descanso eterno en su privado panteón, el que a su parecer debía ser improfanable, y contra ello montó una pavorosa trampa cuyo poder dormía en el subsuelo de la tumba esperando despertar enfurecido. Aquella mortífera trampa consistía en una tonelada de pólvora comprimida y oculta bajo los cimientos de la tumba, la que explotó tras la convulsión de Joba.

El carbonizado torbellino de ceniza que enturbió el aire tras la explosión, fue disipándose con pereza, no obstante bajo la tóxica bruma del ambiente, la policía y el periodismo, hurgaban la "zona cero" con meticulosa curiosidad, quedándose allí varios días hasta desenredar y fijar los pormenores de lo sucedido.

Entretanto, inconmovibles a la catástrofe causada en tierra y gozando de un etéreo cosmos color violeta, los difuntos esposos y su flamante retoño que apareció nacido en la vida post mortem y al que denominaron "Espíritu", se reencontraron con el entrañable Mholán, consumiendo la yema de una tarde estival sobre las mentoladas laderas del Tantarica. Platicaban alegres, mirando sus nuevos cuerpos rodeados de una cálida luminiscencia eléctrica y desplazándose entre las ruinas de laja como niños en pleno recreo ¿Y qué platicaban?

Mholán le ratificaba a Joba que, en la interlocución que ambos defendieron allá en su tumba, predominó el espíritu detrás del difunto; en otras palabras, ella no trabó conversación con un ser muerto sino con un ser vivo, cuyas palabras se desprendían de un ordenador previamente programando para rastrear un raudal de archivos de voz, donde cualquier pregunta recogida, "daba en el clavo" con una respuesta coincidida con la filosofía terrenal de Mholán respecto de la muerte.

Le hizo recordar también lo que Toño ya le había referido alguna vez, que el objetivo central de todo, era manosear a diálogo abierto, lo tocante a la utópica y sugestiva correspondencia entre "el acá y el más allá", intentando dar respuesta a las absurdas interrogantes de una mayoría que poco o nada expresa acerca de la humana expiración. Pretendía de igual forma, que los visitantes a su tumba, descubran en el temor a morir, al bodrio de su propio ser.

Anhelaba que cada cual, a partir de la arriesgada cita con el alma del fallecido, ganase para siempre, una consciencia nueva, acaso más sediciosa, que le ayude a peregrinar por la agrietada calzada de la vida, la cual recauda lágrimas y chorros de sangre el salir de ella.

Al oír Joba de labios de Mholán su insigne confesión, escrutó mentalmente lo que aún pensaba acerca de la vida y de la muerte, e inquirió:

— Claro, aquélla era tu filosofía cuando estabas vivo. Pero ¿Qué piensas ahora tras haber dejado de serlo?

— ¿Me estás diciendo que estoy muerto?

— Perdóname, no me expresé bien, yo misma puedo testificar que estás vivo. Quise preguntar ¿Qué piensas ahora que cortejas una vida totalmente ajena?

— Seguramente que no pienso igual, pero es parecido a como pensaba en la tierra. Sigo creyendo que la muerte no es el final de la vida y que ésta es razón de la naturaleza, la sintamos de un modo u otro. Intuyo que, el constante travestismo de la materia, germina de sus consanguíneos tiempo y espacio y que en su conjunto generan vida transformándola eternamente. Así pues, al morir no descendemos, sino ascendemos, dificultando de paso, la comunicación con quienes permanecen un peldaño más abajo. En último lugar, bajo un estado de vida supraterrenal donde es admisible plasmar los más caprichosos antojos, mirar hacia atrás no es la regla.

— ¿Osarías confesar que nuestras desgracias en la tierra las manejaste tú para traernos acá y compartir contigo las particularidades de este lujurioso entorno?

— Fue eso ciertamente, pues pastando mi espíritu sobre la yerba de estos radiantes e inconmensurables prados, decidí orientar vuestros pasos para seguirme y estar cerca de mí, ya que ustedes son las mayores fracciones de mi alma. Además, advirtiendo que ustedes estaban atravesando angustias inevitables, apuré sus muertes con el resultado que hoy conocen y espero que esté justificado.

— Ahora comprendo Mholán, por qué cuando alguien muere le sigue de inmediato un familiar o amigo, como suele decirse corrientemente: "Todo muerto se lleva a alguien".

— Lo entiendes Joba; y hablando del "rey de Roma", tenemos visita; miremos abajo, un hombre viene hacia nosotros, cruzando malezas, cactus y muros de piedra, y va derramando a su paso una dorada irradiación.

— Joba y Toño orientaron su vista al lugar referido y no dudaron en reconocer al difunto Rino. La pareja saltó de gozo para recibir al terrenal compañero que murió por las balas de los narcotraficantes en el bungalow de Pucallpa. Fue un encontrón emocional que les llegó al tuétano, pues jamás creyeron volverse a ver. Pero como en este universo, hasta las cosas más singulares son factibles según el grosor intelectual del propio poder, la gran emoción del reencuentro de los amigos fue prontamente superada por la naturalidad.

Y así, Mholán, Rino, Toño, Joba y el hijo de ambos; los cinco indiscutibles aliados que traspusieron el ocaso de la vida terráquea para fusionarse a una incorpórea y nueva estirpe, se aprestaron a recorrer los yacimientos arqueológicos de aquel exaltado altozano, "Tantarica"; vocablo derivado del quechua "Tantaricuy": "Reunión por poco tiempo". Sobre ese lugar y haciendo honor a su significativo nombre, decidieron peinar las ruinas para conocerlas más a fondo y rápidamente bajar a Cholol Alto, el fantástico caserío que reservaba para cada quien, una novísima y sosegada estancia como a veces se fantasea. De repente, tropezando las herbosas protuberancias del suelo y repasando los ojos sobre la flora nativa que no dejaba de temblar ante el sibilante y alocado viento del abismo inmediato, Joba fue la primera en dar con un tierno hallazgo que la memoria había olvidado.

— ¿Qué significa esto? ¿De quiénes son estos inmundos trapos? Le preguntó Rino, riendo burlonamente.

— Déjame que te explique —replicó Joba—, esto tiene un significado especial: fue en este mismo lugar que un lejano día, como parte del libreto de nuestra "luna de miel", tras haber hecho el amor, escribimos nuestros respectivos nombres en cada ropa interior: calzón y calzoncillo, los que entrelazados y estirados con dos estacas, nos recordarían el lugar donde sellamos un profano ritual de aventura, alimentando de esa forma, la esperanza de reencontrarnos con esta amorosa señal, y ese día llegó, es éste.

— Mera elocuencia, no necesitas dar más explicación, cualquiera se daría cuenta que se trata de un expresivo y mudo epígrafe de lo que acá hicieron. Si hasta las secreciones aún se embuten al olfato ¿Lo hueles? Mejor dejemos este erótico monumento sin tocarlo y bajemos a la aldea, planeando como las aves en un paraíso de eternas auroras, cuyas alboradas y crepúsculos puedes mancharlos del color que desees cuando de jugar se trata —agregó Mholán—.

De un soplo y con tan solo quererlo, como lo hacen los duchos transvivientes, las cinco almas sobrevolaron en descenso hasta sus emblanquecidas casas, las que deslumbraban desde lejos, magnetizando los sentidos a través del sahumerio con olor a cal de sus paredes.

Ya que los espíritus tomarían su rumbo trasmutativo de una forma a otra, este pacífico lugar sería habitado momentáneamente por el recién creado clan familiar, cuyas viviendas fueron diseñadas y concedidas a cada quien por el mismo Mholán. Las viviendas desocupadas serían destinadas a los nuevos allegados que tras dejar el mundo, apremiasen, sea por interés propio o por la cordialidad extrafísica de sus anfitriones, ser emplazados a ocupar un espacio dentro de la villa.

Sentados en círculo en plena plazoleta y respirando la neblina de una vida distinta a la que dejaron atrás, sobreentendieron, al fin, que Mholán fue el autor de las edificaciones de este nacáreo baluarte, dada la condición de ser el difunto antecesor. Por eso Joba, ante su propia curiosidad, se animó a disertar.

— Pienso Mholán que todo esto lo hiciste tú, en virtud de ser el primero que pisó suelo en esta incomparable elevación de vida, pero me aturde todavía comprender ¿Cómo un espíritu logra realizar cosas inverosímiles?

— Si te das cuenta Joba, acá nada es palpable aunque todo se perciba como cierto. Paradójicamente, las cosas que parecen irreales tampoco los son, puesto que por el simple hecho de ser, e incluso de distinguirlas como utópicas, pasan a ser reales. Queda entonces preguntar ¿De dónde irrumpe esa energía capaz de fraguar cosas fantásticas? La respuesta emerge desde la psiquis post mortem del individuo, la cual, bajo un adiestramiento inquebrantable, tal como acontece en el mundo físico, consigue avivar las innatas fuerzas de una naturaleza anónima.

— Aún no logro entender Mholán, cómo funciona esa mecánica divina.

— Tampoco lo entiendo yo mismo, pero a mi modo de ver, puedo proporcionarte una vaga explicación. Las fuerzas inherentes a este inaudito medio no son afines a las mundanas, sino aterradoramente incomprensibles. Así pues, cuando las propias apetencias de este extraño cosmos, son moldeadas por el pensamiento a voluntad (ideoplastia) en contraste a como se da en la tierra, es debido a que, tras el fallecimiento humano, cuando la parte espiritual rompe lazos con su otra parte física, el delirio que sufre la mente en su migración de un estado a otro, se funde a la esencia eterna e indestructible de la vida (alma), tal como ocurre con un hecho que queda adherido a la imperecedera memoria por sólo haber existido. Aquello mismo, que no es más que el deseo de una mente ávida por trascender los límites de una existencia fundamental por otra superior, abre en el tiempo-espacio una especie de "agujero de gusano" por donde saltamos hacia un universo de "sensaciones puras", el cual no consiente padecimientos por ser de índole inmaterial. Y eso no es "mecánica divina" sino la "obra maestra" del abstruso carácter de los espíritus.

— Quieres decir que, lo que estamos experimentando acá ¿Es acaso pura ilusión? ¿Tienes idea de por qué las cosas fantásticas, montadas antojadizamente en este mundo, son percibidas como reales?

— Sucede lo mismo como en la vida terrenal, cuando la realidad niega algo, los sueños lo dan, y ese algo se percibe como real. Y dado que acá, el medio no pone trabas, la psiquis forja una gama de perfiles como lo hace la facultad mediúnica con la "fantasmogénesis".

— Entonces ¿Qué factores distinguen a lo real de lo irreal?

— Ninguno. La diferencia entre ambos perdura en el criterio de cada uno, pues tanto lo real como lo irreal depositan en la mente sensaciones idénticas, de ahí que, quienes sienten la realidad como tal, carecen de argumentos para negar que la ilusión es la ineluctable vía por la cual se llega a ella, dicho de otra manera, ignoran que la ilusión es el cimiento sobre el cual se construyen las más versátiles realidades.

(La opinión de Toño)

— En el mundo material, las diversas fuentes energéticas son sometidas por el hombre, cediendo la fuerza básica de los músculos a la fuerza ligera de la tecnología, imponiendo de esa forma "la energía aplicada" como lo hace el engranaje de "la desmultiplicación"; efecto que lleva a aumentar la fuerza sobre un peso con el menor esfuerzo posible. Anteriormente, para arrastrar una tonelada de roca se requería la intervención de muchos hombres, hoy en cambio, basta y sobra con la injerencia de uno o incluso de ninguno. Podemos ya afirmar que, para el hombre, no hay energía que una vez conocida no pueda ser manipulada con el fin de fraguar maravillas en un tiempo cada vez menor. No obstante, comparativamente hablando, aquello mismo se reproduce en un mundo de índole etéreo a través de la "desmultiplicación astral": potencia privilegiada de los espíritus, quienes la convierten en la singular herramienta que los metapsíquicos transcriben como "telergía" (acción a distancia), un fenómeno que si en la tierra se da con relativa eficacia, acá sobre este lienzo estrictamente incorpóreo, se bosqueja en el acto.

— Buen enfoque Toño —repuso Rino—. Y ahora bien, dado que todavía nos ataca la evocación de una vida anterior y la codicia nostálgica de ver consumadas las cosas que en vida envidiábamos, pongamos a prueba nuestro insignificante poder astral y tratemos de hacer evidente nuestras quimeras como seamos capaces.

— Buena idea —dijo Mholán—, pidamos cada quien un deseo, pero un momento, para ejecutarlo, éste ha de expresar mucho más que un deseo, debiera nacer de una profunda concentración mental y de una cerrada fe que no tolere vacilaciones.

— Yo quiero para mi nene unos patitos recién nacidos, pues considero que no hay nada más tierno que verlos asomar por entre la axilas tibias de su madre —propuso Joba–, y así fue. Cuando su pedido se hizo realidad, ella corrió con su pequeño, hacia los amarillos y tiernos palmípedos recién salidos del cascarón, para arrullarlos.

— Para mí, no hay emanación más exquisita que el olor a bizcochos de vainilla recién horneados, los cuales deseo —dijo Toño en voz alta—. En un instante apareció a un costado del grupo, un ardiente y rústico horno, cuyos crocantes y bronceados bizcochos iban saliendo del rescoldo uno a uno para caer a una cesta, mientras despedían su característico y sublime olor a vainilla.

— Yo pido una motocicleta hecha de ágata, cuyo color contraste con los violáceos celajes de este mundo, pues quiero recorrer las abruptas ondulaciones de estos matizados campos —reclamó Rino—.

Mholán le dijo a Rino, ahí tienes tu salvaje moto, ve a pasear por aquellos verdes y tupidos potreros que cubren la quebrada de enfrente y no tardes en volver. Luego, mirando con el rabo del ojo a Joba, quien en su tumba terrestre juraba ser una devota cristiana, sacó de sí, todo su ateísmo y su lascivo "humor negro" para gritarle a Rino que se alejaba envuelto por el bronco ruido de su moto: "Si por ahí ves al espíritu santo, es decir, si te topas con él, frente a frente, métele el dedo al culo y te convencerás de una vez por todas que acá todo es permisible". Joba sonrió y para disimular su contrariedad, miró a Mholán y apuntó: siempre fuiste un ateo recalcitrante ¿Pero sabes? te doy la razón, ya que no he visto a Dios, ni al Hijo, ni al Espíritu Santo por ningún lado.

Una vez que Rino regresó al grupo tras haber rodado su moto por las colinas del glorioso suburbio, Mholán pidió su deseo: "Quiero que compartamos el patetismo de una cena donde no falten manjares que tal vez, poco o nada, hayamos probado en la tierra".

Al instante, en medio de la silenciosa plazuela de Cholol Alto se extendió una larga y distinguida mesa repleta de ambrosía, que ya quisiera probar el glamour de toda la naturaleza humana. Había platillos exóticos de todo sabor, que por su diversidad, engalanaban el mayor culto por quienes murieron apresando el honor de sus ideas. La natural iluminación del ambiente bajó su intensidad, y cuando todos se aprestaban a hincar la mesa con su ávidos dientes, asomó por una empedrada senda en medio del bosque, la silueta eléctrica de una octogenaria, la que sin preámbulos se dejó ver con total transparencia frente a los presentes. ¡Qué sorpresa! Era la aparición espectral de la señora R.S.H., la tía y madre interina de Mholán, la que también ascendió a esta impalpable demarcación tras su reciente fallecimiento.

Mholán murmuró emocionado:

— Madrecita querida, no sabes ¡Cuánto éxtasis siento al verte de nuevo! Tu presencia es la coronación a una cena hogareña, equivalente a la nostálgica costumbre de nuestra existencia pasada. Dime, madre santa ¿Qué sucedió contigo? ¿Cómo así tomaste la misma travesía?

— Tras tu accidentado suicidio, yo sufrí como nadie, no logré superar el trauma de haberte perdido y verme de repente sola cuando más te necesitaba. Y peor aún, con la escalofriante muerte de tus amigos Toño y Joba en tu sepulcro; noticia que la prensa internacional sigue transmitiéndola, resbalé sin piedad a las zarpas de una terrible depresión, la que a fuego lento fue soasando mi alma hasta matarme. Te he extrañado tanto hijo mío que, ahora que te veo, me cuesta creerlo. Te pregunto, ¿Acaso tras la muerte sobrevive la ilusión que uno mismo prevé?

Mholán se abalanzó al regazo de su cariñosa tía, y abrazándola dulcemente le dijo: tu pregunta es la de todos, nadie de nosotros entiende aún lo que estamos experimentando, únicamente puedo conjeturar que nos sentimos vivos. Sin embargo, el contexto de estas vivas sensaciones, es y será el eterno rompecabezas de la ciencia y la teoría de la relatividad espacial. Más bien, acércate a la mesa, madre de mi corazón, y comamos y agasajemos tu llegada.

Mientras cenaban, Mholán preguntó a su tutora, ¿Qué noticias nos traes de la tierra? La señora R.S.H., con ese candor de quien se apiada frente al doloroso azote de la muerte, relató:

— La tarde del 2 de setiembre de 2011, un "avión casa 212" de la FACh que intentaba aterrizar en la isla

Robinson Crusoe (archipiélago Juan Fernández, Chile) se estrelló en el mar, muriendo sus 21 pasajeros, entre ellos, un celebérrimo animador de la televisión chilena cuya muerte conmovió hondamente a todo el país.

— Madre, hablar de cadáveres o hecatombes que traen cadáveres, no es una gran noticia y no debería serlo para nadie, ni asombrar a nadie. Al mundo le causa conmoción cuando alguien muere y no así cuando alguien nace; contra ello prevalece una pregunta ¿No es el nacimiento, la asombrosa causa de la muerte?

— Dime entonces hijo mío ¿Qué cosa debería ser una gran noticia para ti?

— Una gran noticia debería ser un hecho que destroce la noción de lo convencional. Digámoslo, un suceso no familiarizado. Por ejemplo; que desapareció el poder del vaticano; que ya no hay un religioso sobre la tierra que esté obligado a ceder dinero por su fe; que no hacen falta ya los tribunales de justicia porque la consciencia logró imponerse a la prevaricación. U otra gran noticia como lo fue, por ejemplo, la asunción de un hombre negro a la presidencia de los Estados Unidos, etc. Los sucesos de sangre, aunque parezcan noticiosos, no son más que el legítimo efecto de una violenta naturaleza que ante los ojos de los hombres, no se resigna a ser de otra manera.

Después de la exuberante comida, a Joba le vino la sensible remembranza de aquella oxigenada noche, cuando sobre un colchón de paja en los predios de la familia Pichén en Cholol Bajo, reposaba junto a su marido, mirando un firmamento ataviado de astros. A causa de ello, propuso al grupo, descender a dormir al sector de chozuelas esparcidas, que desde arriba, simplemente se distinguen por la fogarada naranja de sus braseros. Instantes previos a que todos se lanzaran en vuelo hacia Cholol Bajo, Joba le habló a la anciana R.S.H.: Madrecita, no te quiero ver así, encanecida y arrugada, ahora mismo volverás a ser joven. Y en seguida, cual experta prestidigitadora, dibujó en el aire con su mano derecha un rectángulo y con la mano izquierda irradió una fuerte luz sobre la cara de la abuela para decirle: ahí tienes el espejo, mírate como querrías verte, y cuando la abuela pudo verse, quedó admirada, pues literalmente había vuelto a ser joven. Ella, muy alegre, abrazó a Joba preguntándole ¿Qué hiciste hija? ¿Cómo pudiste hacer tremenda cirugía? Joba confesó: esto mismo puedes hacerlo tú, todo es cuestión de potenciar tu mente.

La nueva familia, incluido el pequeño "Espíritu", el unigénito de los esposos Toño y Joba, tomados de la mano y en hilera, como si fuesen unos experimentados paracaidistas, se lanzaron de espaldas al vacío para caer sobre mullidos almohadones de paja. Y de esa manera, acostados todos a la intemperie, boca arriba y contemplando un cielo serrano satisfecho de estrellas, se trenzaron en una conversación acalorada.

Por su parte Rino, cuestionaba la contraproducente y perdurable respuesta de la astrofísica a la pregunta ¿Qué había antes del big bang? No había nada. Y si de la nada surgió todo, ahí agoniza la pregunta. A la sazón de lo que la omnisciencia deduce, yo también puedo deducir —consideraba Rino—, que nada es la base de todo, y todo la base de nada; un círculo imperecedero de todo-nada; todo-nada; todo-nada. Definitivamente, ¿Qué fuerzas pujaban desde la nada reanimando la gran explosión? Yo opino que esa recóndita fuerza tiene nombre: "Alma eterna"; o vida en su más terrífica y subrepticia forma ¿Imposible de distinguirla no? Sí, pero ahí estaba.

Concretamente, Mholán careó el punto de vista de Stephen Hawking cuando esboza una de sus tantas hipótesis, apuntando que con la muerte el cerebro deja de funcionar y tras ello no existe nada.

Si bien, el cerebro humano —enfatizaba Mholán— precisa de un cuerpo para existir y así poder rastrear el contexto de su propia vida, el cerebro no es la médula ideal de la inteligencia ¿Y no es inteligente el plancton pese a no tener cerebro?

La percepción de la vida no respira exclusivamente en el cerebro sino en todos los cuerpos de la cual depende. "Qué pena de aquel que cree saber en base a lo que cree". Mi sospecha siempre fue que habría un universo crujiente tras la muerte y hasta hoy intuyo no haberme equivocado. Y creo que existen universos que Hawking no los percibirá jamás mientras no crea en ellos; "creer es la clave". Si Hawking no cree en una forma de vida tras la muerte, será tal vez —si no se lo ha planteado—, que no sabe responder ¿Cómo es que, fundido a su abominable y esclerótico cuerpo, fluye sin rémoras el conocimiento? Conocimiento que hasta una medusa lo goza en su implacable rol de existir.

Reconozco que el cielo bíblico es una fantasía, pero el cielo del cual yo hablo es distinto, ese cielo es de cada quien y llanamente se palpa a la luz de una dimensión ignorada, la que si deseamos percibirla, hay que hacerlo con los ojos del alma. Si las cosas morirían para siempre, no habría evolución, entonces el imperecedero círculo nada y todo y viceversa contrastaría con la razón del "big bang". Ésa es mi opinión —sentenció Mholán—.

Así las cosas, en los prados de Cholol Bajo, mientras los muertos "hacían sueño" sobre almohadones de paja junto a un bohío a cielo abierto, el diálogo entre todos, se prolongó más de lo pensado, sin embargo, hubo un momento en que éste se cortó para luego retomarse.

— ¿En qué estábamos?...

Discúlpame querida pero el rasgón de una estrella fugaz me distrajo —indicó Toño a su mujer—.

— Me estabas diciendo que no entiendes por qué, para Mholán, la elección de un negro como presidente de los Estados Unidos de Norteamérica es una gran noticia.

— ¡Ah! de eso te estaba hablando. Mejor preguntemos a Mholán ¿Por qué tal suceso sería una gran noticia para él? ¿Tendrá Mholán sentimientos racistas?

No hacía falta preguntarle a Mholán; él estaba con las orejas paradas, y sin esperar respondió:

— No tengo nada de sentimientos racistas, ni tampoco tiene nada de noticioso que un negro o un chino sea presidente de un país ¿Pero de los Estados Unidos de Norteamérica? La pregunta sorprende ¿Por qué razón? Porque si este mismo hombre que hoy es presidente de los Estados Unidos, hubiera nacido en el siglo XVIII, sería uno más de los 400.000 esclavos negros que azotaban sus vidas, diseminados en las 13 colonias inglesas que por entonces había en Norteamérica. Viviría tal vez, sometido a una inhumana explotación, trabajando en las plantaciones de algodón, tabaco o caña de azúcar.

Actualmente, nadie rebuzna cuando las cosas mudan de aspecto rápidamente ya que eso se ha vuelto usual, y lo usual no es noticia, pero la noticia surge cuando un hecho desgarra de golpe todas las pautas.

Rino complementó: fue muy facundo tu argumento querido Mholán, ahora entiendo por qué Joba y Toño ensalzan tu formidable sabiduría. No obstante, al filo de la noche se me ocurre pedir algo ¿Puedo apagar las estrellas para dormir, simulando un inocente sueño y así reposar como lo hacíamos en la tierra?

— Adelante Rino, apaga todas las estrellas y durmamos al compás de la armoniosa lírica de David Dalí... Hasta mañana amigos —indicó Mholán—.

— Hasta mañana —contestaron los demás—.

Mientras la balada: "Qué voy a hacer sin ti" de David Dalí, se derretía en los gélidos y cerrados cielos de Cholol Bajo, y cuando se pensaba que ya nadie haría bulla, desde la oscuridad profunda se oyó la voz de Mholán, exclamando a su propio y deslenguado estilo:

Por la grandísima flauta... ¡Esto es vida!